公元787年，唐封疆大吏马总集诸子精华，编著成《意林》一书6卷，流传至今
意林：始于公元787年，距今1200余年

花羽季

时光有你，花开羽季

花羽季
系列002

你离开后，
我才
学会告别

麦九 ——— 著

吉林摄影出版社
·长春·

图书在版编目（CIP）数据

你离开后，我才学会告别 / 麦九著. -- 长春：吉林摄影出版社，2018.7
（意林. 花羽季系列；002）
ISBN 978-7-5498-3666-6

Ⅰ.①你… Ⅱ.①麦… Ⅲ.①长篇小说-中国-当代 Ⅳ.①I247.5

中国版本图书馆CIP数据核字(2018)第143155号

你离开后，我才学会告别
NI LIKAI HOU, WO CAI XUEHUI GAOBIE

著　　者	麦　九
出 版 人	孙洪军
总 策 划	安　雅　张　星
责任编辑	施　岚　胡晓路
图书统筹	凉小葵
特约编辑	杨　宁　张雅琴
绘　　图	亚　玖
封面摄影	ARTLee小杰
书籍装帧	胡静梅
美术编辑	赵艳红
作家经纪部	卢晓凤
开　　本	880mm×1230mm　1/32
字　　数	300千字
印　　张	9
版　　次	2018年8月第1版
印　　次	2018年8月第1次印刷

出　　版	吉林摄影出版社
发　　行	吉林摄影出版社
地　　址	长春市泰来街1825号
	邮编：130062
电　　话	总编办：0431-86012616
	发行科：0431-86012602
网　　址	www.jlsycbs.net
经　　销	全国各地新华书店
印　　刷	三河市宏图印务有限公司
书　　号	ISBN 978-7-5498-3666-6　　定价：29.80元

版权所有　侵权必究
如发现印装质量问题，请与印务部联系退换，电话：010-51908584

目录

001　楔　子

003　第一章　陶晏之，
　　　　　　如果可以，我宁愿我们从没有相遇

037　第二章　陶晏之，
　　　　　　新的一天，我们又要见面了

067　第三章　陶晏之，
　　　　　　你想爸爸吗

105　第四章　陶晏之，
　　　　　　我要和你藕断丝连

目录

143　第五章　陶晏之，谢谢你，谢谢你从没说出口的宽容

185　第六章　陶晏之，我能叫你阿晏吗

223　第七章　陶晏之，我不喜欢你，一点儿也不喜欢

253　第八章　陶晏之，我不想和你说再见

281　后　记　在很远很远的地方

楔子

阿晏，最近总是很想你。
开心的时候想你，不开心的时候也想你。
开心时，想把快乐的事告诉你；
不开心时，想借你的肩膀靠一靠。
可是我不能去找你，也不能太想你。
阿晏，你说，这世上会不会有一个地方，
一个温暖的地方，
一个很远很远的地方，
一个我们都不知道但都在找的地方？
那里，山川大地，海晏河清。
那时，我们就能在一起。

陶晏之,

如果可以,我宁愿我们从没有相遇

1. 他叫晏之，陶晏之，同学们都叫他阿晏

新的一学期又开始了。

宋秋旻跟在班主任刘老师的身后，脚步轻松，脸上的神情自然平和，看起来柔顺乖巧的样子，可是紧紧攥着双肩包肩带的手还是暴露了她的紧张。

看着老师有点儿圆润的背影，她不断地祈祷：千万不要有人认识我，千万不要有人认识我……

刘老师的脚步在高二（6）班停下，她领着宋秋旻进去，简单地介绍说班里来了新同学，然后让宋秋旻进行自我介绍。

讲台下响起稀稀拉拉的掌声，宋秋旻上前一步，抬起头，脸一下子白了。

虽然每个同学桌上摞得高高的书几乎要把脸遮住，可她还是一眼就看到坐在倒数第二排靠窗位置的一个男生，他正低头翻着书，线条感分明、异常俊朗的侧脸上是一副事不关己的样子，带着一丝拒人于千里之外的淡漠。

"我……我……"宋秋旻蒙了，她结结巴巴地介绍，"我……我叫宋……宋秋旻。"

然后就只剩下沉默。

老师等了半晌，没听到她继续说话，打圆场道："看来我们的新同学有点儿害羞。"

她指了指班里一个空的座位，说："秋旻，你就和楚夏同桌吧，她家里有点儿事，还没回学校。"

宋秋旻低着头坐到那个空座位，别的同学的书都堆得高高的，只有

第一章 陶晏之，如果可以，我宁愿我们从没有相遇

她同桌的桌子上空空荡荡，发下来的新书全部胡乱地塞在课桌里。她把课本从书包里拿出来，整整齐齐地码在桌上，偷偷地瞥了一眼靠窗的那个方向，发现自己坐在那个人的右手边前面一排，只要眼睛稍微往斜后方一瞄，就能看到他。

她下意识地把书本移了下，尽可能地遮住自己，不想让他看到，也不想看到他。

新学期刚开始，第一堂课，大家都没进入状态。所以这节课，大部分人上得漫不经心，而宋秋旻上得心事重重。

下课铃一响，宋秋旻逃也似的冲出教室，跑到年级办公室找刘老师。

她绞着手指，简单地说了下情况，小心翼翼地问能不能帮她换班级，随便哪个班都可以，只要不是在（6）班就行了。

刘老师听完，沉默了好久，为难地说："秋旻，这恐怕不行。学校都已经入档了，你也知道，咱们学校是重点高中，学生数量都超了，就咱们班人数少一点儿，还能挤一两个进来。"

"可是，老师，我……我和他……"宋秋旻脸涨得通红，结结巴巴地为自己争取，她刚才连看他一眼都不敢，更别说和那个人共处一班做同学了。

可是班主任并不打算听完她的理由，直接打断宋秋旻的话，开始给她灌心灵鸡汤："知道你们俩情况特殊，可那是一场意外，你是无罪的，并不关你的事，况且，"刘老师清了下嗓子，一脸肃穆，"遇见困难，人生最重要的是面对，而不是逃避。"

可她要面对的不是普通困难，是仇恨，说是杀父之仇也不过分！宋秋旻快哭了，几次想为自己说句话，都被老师慈爱和鼓励的眼光打断，她的手指都快绞断了，老师只叫她克服、面对。

"秋旻，相信我，你们能处理好的。"刘老师继续给她鼓劲。

"是，老师。"宋秋旻无法再说什么，自从那件事之后，她变得不

大敢说话,生怕说一句话又招来谩骂,她说什么都是错的。

她垂头丧气地准备回教室,刘老师又叫住她,问:"秋旻,你知道他叫什么吗?"

宋秋旻一脸茫然,虽然事情刻骨铭心,可她还真不知道他叫什么,她摇了摇头:"我只知道他姓陶,是陶警官的儿子。"

"他叫晏之,陶晏之,同学们都叫他阿晏。"提起他,刘老师露出亲切的笑容,似乎这是个很让她骄傲的学生,她又说,"你放心,他不会为难你的,阿晏是个很好的孩子,他很正直,也很阳光,在班里很有号召力,同学们都服他。"

宋秋旻点头,原来他叫陶晏之。

"河清海晏,时和岁丰。"

他爸爸一定很爱他,所以取了这样一个名字,希望他平安快乐地长大。可惜……想到这里,她心里有些惆怅,不自觉地叹了一口气。

宋秋旻慢吞吞地走回教室。

她给自己打气,名字这么好听,长得又好看,人肯定不会坏到哪里去。

可她刚踏进教室,本来还热闹成一锅粥的教室刹那间鸦雀无声,打闹的同学停了下来,聊天的同学闭上嘴巴,就连原本在专心看书的同学都抬起头,目光全部落在她身上。

如果眼神有实质的话,她觉得这一刻,自己已经被射成了一只刺猬。

宋秋旻顶着众人的注视,走向座位。

一个穿着校服的男同学走上讲台,他敲了敲老师放在讲桌上的铃,嬉皮笑脸地说:"来来来,兄弟姐妹们看过来,咱们一起欢迎一下新同学。"

说着,他意味深长地看了宋秋旻一眼,同学们也兴致勃勃地看着她。

那眼神有些奇怪,带着点儿兴奋,像期待着什么事发生。宋秋旻心里咯噔一下,隐约有不祥的预感,果然,下一秒,就听到那个男同学带头喊了一句:

"宋秋旻,滚出去!"

接着,雷鸣般的吼声响在宋秋旻耳边,全班同学异口同声地喊着:

"宋秋旻,滚出去!"

"滚出去!"

宋秋旻手足无措地站在座位边,她的眼泪在眼眶里打转,可始终没有落下来。她不哭,这些人想看她哭,想看她笑话,她不会让他们如愿的!

她紧紧握着拳,指甲深深地嵌在手心里,她不会哭!

她就那样站着,突然间忘了接下来要做什么,好像连坐下来都不会,这一刻,她竟本能地望向陶晏之,看他在做什么。

陶晏之趴在座位上睡觉,只露出一个冷漠的后脑勺儿,似乎对正发生的事一无所知,也根本不在乎。

这就是老师口中说的很好的同学吗?

宋秋旻觉得自己很可笑,笑自己竟有一点点的期盼,期盼陶晏之看她一眼,或者替她说一句话。

不可能的,宋秋旻想,如果换作自己是陶晏之,她也做不到,她也只会有滔天的恨意,就像她第一次见到陶晏之,看到的就是一双充满仇恨和敌意的眼睛。

2. 爸,期末我考一个班级前三送给你

那是两个月前的事。

宋秋旻永远忘不了那一天,明明是很寻常的日子,可就从那天开始,命运极其坚决地不放过她,一步一步地把她拉进深渊,她努力地逃,却怎么也逃不出那如影随形的阴暗。

12月22日,宋秋旻清楚地记得那一天。

那天，宋秋旻被手机的闹钟吵醒，是一条备忘录提醒，今天是继母杜月霞的生日。

宋秋旻的妈妈在宋秋旻没记事前就因病去世，一直以来，她的爸爸宋军单独带着她，把她养大。宋军开了家规模挺大的超市，杜月霞是超市的管理人员，离异，据说是因为经常请假带儿子去看病，和宋军熟了。宋军是个热心肠，知道单身带孩子的辛苦，何况是个病孩子，总会能帮则帮，一来二去，两个人就有点儿意思了。三年前，宋军和杜月霞结婚了。

宋军再婚，是经过宋秋旻允许的，她心里当然不乐意，不过谁叫她是个懂事的孩子，况且爸爸一个人……太累。宋秋旻看过一句很矫情的话，"无人与我立黄昏，无人问我粥可温"，她上学住校，不想爸爸回家后连个给他倒热水的人都没有。

不过宋秋旻一直不怎么喜欢这个继母，倒不是杜月霞不好，任是再好的人来做她的继母，她也不会喜欢的。她觉得爸爸像被人抢走一半，所以，宋秋旻同继母的关系很一般，平时也不大理她，保持着井水不犯河水的态度，在家，对她能不说话则不说话。

这一切，宋军都看在眼里，却拿女儿没办法，说她，怕她伤心多想，打她，更不可能，只能在两个人之间求个和平。

宋秋旻不喜欢杜月霞，怎么可能花心思去记她的生日？不过是上周末回家，看到爸爸坐在沙发上睡着了，灯光把爸爸头上的白发、前额的皱纹照得特别清楚，他看起来很累，又老了很多。

他不再年轻了，宋秋旻看着心疼，正巧无意间看到林昭在日历上标了杜月霞的生日，就暗暗记下来，想她要是给继母过生日，爸爸看到了，大概会高兴点儿。

对了，林昭是杜月霞带过来的儿子，是宋秋旻名义上的弟弟。

这一天，宋秋旻都想好了，甚至，她都给继母买好了礼物，一枚精致的胸针。

第一章 陶晏之，如果可以，我宁愿我们从没有相遇

早晨，宋秋旻洗漱完，接到了爸爸从家里打来的电话。宋军小心翼翼地问，阿姨今天生日，能不能晚自习的时候请假回来陪她吃顿饭，大家热闹一下。

也不知道宋军的语气太过讨好，还是这一大早就记住杜月霞的生日，让宋秋旻不高兴了，她的公主病又犯了，冷冷地说：

"不去，我很快要期末考了，没时间。"

"旻旻，就一晚上，没关系的。"

"一晚也不行，老师说了，学习是争分夺秒的事。"

宋秋旻直接挂了电话，回到宿舍，气得把手机扔在床上，手机弹跳了好几下。

她的同班同学兼闺蜜谢雅雅问："怎么了？"

"我爸！一大早就来讨好他老婆，我生日时，也没见他这么上心！"宋秋旻气哼哼道。

"你爸真是太过分了，我跟你说……"谢雅雅陪宋秋旻一起指责她爸爸。

宋秋旻所读的学校是朝露城一所很有名的国际学校，学生非富即贵，当初宋军也是花了好大力气，再加上宋秋旻本身出色才进来的。

谢雅雅跟宋秋旻讲了几个后妈夺宠争财产的豪门狗血故事，越说宋秋旻越对号入座，觉得爸爸偏心，果然是有了老婆忘了女儿，心里委屈极了。

下午放学，宋秋旻又接到了爸爸的电话。

他说他在校门口，已经帮她跟老师请好假，叫宋秋旻出来。

宋秋旻说不去，还很是刁蛮地威胁他："你要想我毁了她的生日，就载我回去试试。"

手机里传来宋军苦恼无奈的叹息，他好脾气地哄着："旻旻，你也好久没见爸爸了，就不来看爸爸一眼？"

宋秋旻犹豫了一下，还是说："爸，我学习真的很忙。"

"爸爸给你带了你最喜欢的芒果千层。"

"你……你放门卫叔叔那边吧，晚自习后我去拿。"

宋军做最后的努力，有些可怜地说："可是爸爸想见我的宝贝女儿了。"

宋秋旻笑了，心里一甜，她是宋军一手带大的，父女俩的关系极好，父亲对她也是极度宠爱。小时候，宋军问，旻旻是谁啊？宋秋旻就奶声奶气地说："旻旻是爸爸的宝贝女儿。"扑过去，"吧唧"亲宋军一下。

现在宋秋旻长大了，再加上宋军再婚，两个人的关系才生分了些。

宋秋旻几乎要软化了，又想到宋军竟这么不相信自己，一大早打电话，难不成在她眼里，自己就这么任性？

最后，她还是说："爸，你忍一下，期末我考一个班级前三送给你。再过两天就周末了，你等我回家。"

宋军没办法，只得叮嘱她一定要记得来拿芒果千层。

挂了电话，宋秋旻弯弯的眉微微皱了，她心里有一点点内疚。

她……好像任性了点儿，又太不懂事了，可这也是爸爸宠的，是爸爸说，他的宝贝女儿可以慢慢长大的。

没事，爸爸不会怪她的，宋秋旻又展颜一笑，心安理得。

晚自习后九点多，她去保安室拿芒果千层，是从她最喜欢的那家店买的。宋秋旻喜滋滋地拿着蛋糕盒子，想，爸爸还是惦记着她的，算了，胸针等回家再给杜阿姨，再说几句好听话补救一下，哄爸爸开心。

我真是个贴心的小棉袄，宋秋旻在心里给自己点了个赞，眉开眼笑、脚步轻快地往回走，还开心地哼起歌。

这时候，手机响了，叔叔宋洋在电话里十万火急地吼着：

"秋旻，你快到平安路！你爸出事了！"

宋秋旻蒙了，手上的蛋糕也掉下来摔烂了。

她疯了似的向前跑，她不知道，她接下来的生活就像掉在地上的蛋糕一样，不复精致与美丽，变成一摊烂泥。

3. 我爸呢

直到今日，宋秋旻还是想不明白，那晚到底发生了什么。

十点钟，她终于赶到平安路，只听到警车的警鸣不断地叫，旋转的红蓝色灯光照得她眼睛生疼，她看到现场一片狼藉，有好几处血迹，爸爸的车撞在路边的花圃上，车头已经完全变形，几乎是扎进花圃里。

距离车一两米处躺着一个男人，全身用白布盖着，布面有血渗出来，触目惊心地红。

宋秋旻跌跌撞撞地向前走，她有点儿不敢向前，那个躺在地上被盖住的男人体形和爸爸惊人地相似，胖胖的，看起来不高，穿着爸爸也有的一件大衣，那是他们一起去商场她选的款式。

宋秋旻的爸爸长得不高不帅，还有点儿胖，可是他一直很骄傲，骄傲他有个漂亮的女儿，他的宝贝女儿和他一点儿都不像，亭亭玉立如雨后小荷般美丽。

宋秋旻在离男人两三步的距离停下，她不要去看，不要去掀开那块布，她不要，她只想时间倒回到下午，她接到爸爸的电话，在他说"可是爸爸想见我的宝贝女儿了"，就飞奔去找他，和他一起回家。

宋秋旻跪下来，颤抖地掀开盖着脸的布，看到一张万分熟悉却毫无生息的脸，脸上有血，太阳穴的伤口还在流血。

那一刻，宋秋旻的天塌了，她的世界崩溃了，她颤抖着手捂住那个伤口，紧紧地按住，用袖子去擦宋军脸上的血，小声地喊：

"爸，爸，你醒醒啊，你醒醒啊……"

宋秋旻没能叫醒父亲，车祸发生时，宋军当场死亡。

宋秋旻不记得那晚她是怎么度过的，好像她一直跪在爸爸的身边，抱着他，给他擦脸，捂伤口，又好像她一直抱着一块越来越冷、越来越僵硬的冰块，总之，那晚，很冷很暗，她总是想不起那晚究竟发生了什么。

她好像也不会哭出声，就一直默默流泪。

在他们的不远处，也躺着一个毫无生气的男人，同样盖着白布，白布没遮住的地方露出警服的衣角，一个和她差不多年纪的男孩子搀扶着一个哭得快喘不过气的女人，女人的哭声很凄厉、很绝望，像要把这寒冷的夜撕开一角，还她一点儿光明。

宋秋旻听得害怕，偷偷地看了一眼，就看到一双血红的眼睛，年少清澈却充满仇恨。

那就是陶晏之，躺在地上的警察是他的父亲。

那晚陶爸爸正在路边执法，抓到一个扒手准备送到警局，却突然被宋军的车撞上，当场去世。

撞倒警察之后，宋军的车没有停下来，反而不知道什么原因，继续向前行驶，又剐倒了好几个路人，最后撞上花圃，才停下车。

宋秋旻看着那个趴在桌上睡觉的少年，想起那双通红的充满仇恨的眼睛。

她木然地站着，她怎么敢？怎么敢奢望陶晏之能为自己说句话？那晚，她失去了爸爸，陶晏之也成了没有爸爸的孩子，他何其无辜。

她记得，他跪在陶警官身边，搀扶着母亲，想哭一哭，却还要勉力撑着母亲，不宽厚的背不服输地挺得直直的，很倔强，很痛苦。

同学们依旧异口同声地喊着："宋秋旻，滚出去！"

宋秋旻呆呆地站着，沉默地忍受着，好在上课铃声终于响了，救了她一次。

宋秋旻坐下来，拿起课本，看着老师满面春风地走进教室。她低下头，第一次期盼，上课时间能长一点儿，再长一点儿，这样她就不用单独面对义愤填膺的同学。

可就算只是这样坐着听课，宋秋旻仍觉得他们在看她，指责般地盯着她，充满鄙夷和不屑，似乎在说——看吧，这是凶手的女儿。

那一晚，宋秋旻过得浑浑噩噩。

她隐约记得，她就一直守着爸爸，想叫他醒过来，但很快就有警察过来，要把爸爸拉走，说要做尸检。

尸检？宋秋旻被这个字眼吓坏了，抱着父亲说："你们乱说，我爸爸没死！他没死！"

她抱得很紧，警察不敢太用力去拉她，最后还是叔叔宋洋过来，拉开了秋旻，他跑了一晚上，又累又急，吼了她一句：

"秋旻，你爸都不在了，你能不能懂点儿事？"

宋秋旻被这句话震住了，也吓哭了，连叔叔都说爸爸不在了，那爸爸是真的不在了，可是为什么会这样？好好的，爸爸就没了？

叔叔让宋秋旻回家，他说继母和弟弟还在医院，生死不明，她要有心，就去医院看看他们，要是不想，就懂事点儿，先回家，别在这儿添乱了。

他说得又急又快，口气还有点儿凶，说完，就跟着警察走了。

宋秋旻根本没听清楚，只觉得脑袋嗡嗡作响，等她反应过来，她已经被一个人扔在原地了。

她看着地上的一摊血，爸爸不在了，那儿空荡荡的，不知道为什么，她突然间很害怕，脑袋蒙蒙的，几乎是用尽全力才跑回家。

宋秋旻想回家，可能回到家，刚才发生的事都是一场梦，都是假的。

爸爸还在，还会哄她，还会问，旻旻是谁？她就跟他撒娇说，旻旻是爸爸的宝贝女儿。

可到了家，家里也是空荡荡的，没有一个人在，甚至连门都没关，看得出来走得很匆忙，像中途吃到一半，因为什么事，急匆匆走了。不是在家过生日吗？怎么会出门？秋旻走进来，看到餐厅还保持着过生日的样子，桌上摆了一个吃了一半的蛋糕，生日并没有很铺张地过，只是比平时多炒了几个菜，开了一瓶酒。

宋秋旻愣愣地看了一会儿，蓦地冲过去，把蛋糕砸了，把盘子全扫在地上，她边扫边骂："为什么要过生日？为什么要喝酒？为什么？为什么？"

砸到没有东西可以砸，宋秋旻终于哭出声来，她抱着双臂蹲在地上，大声哭起来："爸爸！爸爸！"

她不明白，怎么一晚上，爸爸就变成那样了？

明明下午，她还接到爸爸的电话，说了她周末就回家，她更恨，恨自己，为什么……为什么不去见爸爸一面？为什么不去见他？

秋旻哭够了，又跑到警局，她想爸爸，想见他。

太晚了，已经没有公交车了，秋旻走过去，一路走一路哭，她第一次知道凌晨三点的朝露城是什么样子，原来繁华都市的长街也可以这么冷清，这么安静，这么黑，人生可以这么绝望，这么无助。

走到警察局，天也亮了，宋秋旻哭了一夜，嗓子哑了。

她问办案的人："叔叔，我爸爸呢？"

他们告诉她，因为事故涉及一名警察，法医连夜加班，已经做好尸检，遗体送到殡仪馆，等事故解决了，让家属处理。

又是那个该死的尸检，宋秋旻不想听到这两个字，她固执地问："我爸呢？"

她只想见到他爸爸,看到他,好好地把他的脸擦干净,他不高不帅,可他是个爱干净的人,什么时候都喜欢清清爽爽的。还有,他的大衣也破了,她要给他换一件,宋军才不是会穿破衣服的人。

秋旻红着眼睛固执地一遍遍地问:"我爸呢?"

最后,还是叔叔宋洋从警局里面出来带走秋旻的。

宋洋一整夜没睡,他也很累,疲倦地跟宋秋旻说:"不要闹,你爸爸已经去世了。"

宋秋旻听了,直到这一刻,她才真的相信,爸爸死了,她跟在叔叔身后默默流泪,喃喃自语:"可是我没见我爸最后一面,没和他说上一句话……"

叔叔摸了摸她的头,没说什么,只重重地叹了口气,带她去医院,杜月霞和林昭还在医院,至今没人去看他们。

4. 没了,我爸没了,你们害死的

一路上,叔侄俩谁也没有说话。

宋秋旻默默流泪,宋洋愣愣地看着自己的手发呆,他也才四十岁出头,却看起来神色悲戚,苍老不少。

一夜之间,他们都失去了最亲的亲人,一个失去了父亲,一个失去了兄长。

林昭和杜月霞都已经醒了,车祸发生时,他们坐在后座,并没有特别严重的伤。杜月霞的头磕破了,缝了十几针。林昭没什么外伤,正在输入凝血因子。

他有血友病,这是一种隐性的遗传性疾病,虽然他的爸爸妈妈都很健康,但是他从出生起就患上了这种无法治愈的病。平时不能受一点点

伤,也不能出血,一出血就血流不止。所幸车祸发生时,他被母亲护在怀里,保护得很好,并没有受伤。

宋秋旻终于知道,爸爸为什么要匆忙离开家,因为林昭又发病了,家里备的药又正好没了,血友病如果不及时止血并输入凝血因子的话,是会有生命危险的,所以宋军才在喝了酒的情况下,还坚持开车送他们去医院。

他车子开得飞快,加上喝了酒,在撞上警察后,一时慌乱失去判断,手忙脚乱地把油门当刹车踩了,这才又撞伤路人,最后撞进花圃。

这些是后来警察过来做笔录,杜月霞说的,不过宋秋旻已经不关心,她只知道,爸爸死了,因为他们而死。

母子俩在不同病房,秋旻和叔叔先去看杜月霞。

杜月霞坐在床上,手里拿着手机,低着头,不知在想什么,似乎想打电话问一下又不敢。听到脚步声,她抬起头,茫然地看着他们,眼睛通红,欲言又止。

杜月霞今年过的是四十二岁生日,看起来还很年轻,穿了件驼色的大衣,皮肤白皙,平日里看来是个气质很好的女人。

宋秋旻认得这件大衣,是爸爸买给她的,当初他们一起逛商场,杜月霞试穿了这件大衣,当时嫌贵,没舍得买,后来爸爸偷偷买了送给她。她记得当时自己还挺不乐意,嫌爸爸偏心,给阿姨买这贵的大衣,爸爸还哄她,说她从小到大用什么都是最好的,阿姨却不一样,因为儿子的病,省吃俭用,什么都舍不得,想买件衣服让她高兴。

杜月霞收到后确实很开心,虽然怪宋军乱花钱,眉眼却带着笑,平时她也舍不得穿,只有过年过节,有什么重要的日子才舍得拿出来。如今这件大衣衣领有鲜红的血迹,也不知是她的,还是宋军的。

就是她害死爸爸的。宋秋旻恨恨地想。

杜月霞看着他们,嘴张开几次都没发出声音,良久之后终于问出

第一章 陶晏之，如果可以，我宁愿我们从没有相遇

口："老……老宋……怎么样了？"

"没了，我爸没了。"宋秋旻抢在叔叔开口之前回答，她怨毒地瞪着面前的女人，咬着牙说，"你们害死的！"

"秋旻，不要这样说！"叔叔制止她。

"难道不是吗？要不是他们，我爸会死？"

宋秋旻吼了一句，恨恨地盯着在场每个人，连叔叔都怨上了。

秋旻盯着杜月霞，看着她衣领上沾上的那刺眼的红，想起爸爸一脸的血，冰冷的身体，从来没有像今天这样怨恨仇视过这个女人。秋旻不喜欢她，一直不喜欢她，可是自己去上学，爸爸在家太孤独了，她想着，没关系，她不喜欢也没关系，起码爸爸有人陪了，多一个人关心他也好。

可如果不是他们母子，爸爸就不会死！

叔叔还在替她说话："秋旻，你阿姨也不想的……"

宋秋旻听不进去，她跑出病房，找了个僻静的角落，大声哭起来，她替爸爸不值，爸爸对她多好，照顾她，照顾她儿子，结婚这三年光花在林昭身上的钱不知道有多少，可是她呢？

刚才她听说爸爸没了，也只是脸色白一下，连哭都没有，一滴眼泪都没有。

"爸爸，爸爸……"宋秋旻抽泣着，心里更坐实了，杜月霞就是为了钱才嫁给爸爸的，她是为了给她有血友病的儿子治病才嫁给爸爸的。爸爸虽然没有大富大贵，但为林昭治病还是有能力的，她就是在利用他，她根本不爱爸爸，别说爱，就是正常的怜悯心都没有，不然她怎么连一滴眼泪都没有？

宋秋旻在心里给杜月霞安了一个个罪名。

病房中，宋洋跟杜月霞讲了车祸的情况，情况很严重，甚至可以说是恶劣，宋军酒驾撞伤了好几个路人，还撞死了一名警察。

杜月霞沉默地听着，她还是没流泪，只是脸色灰白像个死人，她哽咽地说："我得去看看老宋。"

"再等等吧,还有一堆事要处理。"

宋洋说得没错,事故的处理,双方的责任比例,要如何赔偿……确实有一堆事要处理。

杜月霞点头,她看着医院的床单,眼神空荡荡,半晌才说:"是我害了老宋。"

"也对不起旻旻。"她又说,"她还那么小,被宠着长大,突然没了爸爸。"

"你别这么说,都是意外。"宋洋说了一句,但也没再开解她。

这场事故是意外不假,可是在情理上,宋洋刚失去了唯一的兄弟,难免有怨气。

第二天,杜月霞就拔了点滴,和宋洋去处理事故留下的问题。

宋秋旻则留在医院,照顾林昭,她名义上的弟弟。这场车祸虽然像一场突如其来的地震,把这个家震得支离破碎,可他们现在毕竟还是家人。

林昭输了凝血因子,已经没有什么大碍。他小宋秋旻一岁,是个模样秀气、面色白皙的男孩,有些清瘦,只要不发病,看起来就和正常男生没什么两样。

姐弟俩坐着,都双眼通红,谁也没有理谁。

病房里静悄悄的,掉根针都能听得清清楚楚,时间仿佛在这一刻停滞了,只有林昭手上吊着的点滴,一滴又一滴落下,提醒着他们都还要面对接下来的一切。

宋秋旻呆呆地望着窗外,她没有再哭,这两天,她已经把眼睛哭肿了,嗓子哭哑了,很累,却睡不着,只要一闭上眼睛,脑子里就浮现出爸爸的脸,耳边响起他宠溺、带着点儿讨好的声音,"可是爸爸想见我的宝贝女儿了"。她不断地问自己,为什么那天不去见他一面?

宋秋旻恨,怨恨自己,无比厌恶自己,为什么不去见他?或许,如果她肯去见他,如果她肯跟他回家,如果她能在他身边,拉住他,让他叫辆出租车带林昭去医院而不是酒驾，那一晚，爸爸就不会离世。

林昭一直小心翼翼地密切关注着宋秋旻，一看到她这样，就知道她又伤心了。

他是个懂事的孩子，因为从小生病，他比谁都会观察人的喜怒哀乐，父母还没离婚时，他就能从爸爸微妙的表情中，看出他是不是又在嫌弃自己。

他知道宋秋旻不喜欢自己，可他挺喜欢这个姐姐的，她真简单，开心就是开心，讨厌就是讨厌，喜怒哀乐明明白白，像一株在阳光下肆意生长的植物，坦然、赤诚。

如今，这株向上的植物枯萎了，那双明亮而充满生气的眼睛也没了神采，林昭挺不习惯这样的宋秋旻，看着还有些心疼，她没爸爸了，和自己一样没爸爸了。他想安慰下她，去抱抱她，跟她说没事，可是……

林昭放在被子上的手不自觉攥紧，他知道，她不会想听的，如果不是自己，就不会出事，但她真的很伤心。直到把被面抓得皱巴巴的，林昭终于开了口，嗫嚅道："姐姐，你……你累了吗？睡一会儿吧。"

"别跟我说话！"宋秋旻吼了他一句，看着他体贴得低眉顺眼的模样更来气，她觉得林昭和他"贪财的妈妈"一样充满心机，所有的懂事乖巧都是装出来的，来讨好爸爸的。爸爸去世了，林昭也哭，可她觉得那是鳄鱼的眼泪，虚假的、伪善的。林昭有什么资格哭？那又不是他的亲生父亲，再说，爸爸的死，和他有直接的关系！

她气得站起来，冲到林昭面前，悲愤地说："等这件事过去，等你出院了，请你们搬出我家，反正我爸也不在了，你们也不要装了，装什么相亲相爱的一家人？我没有你这样的弟弟，我也从来没有把你妈妈当过是我妈妈！"

林昭的脸色一下子变得煞白，比最雪白的纸还白上几分，他还打着点滴，细细的胳膊放在床单上，那么瘦，像随便折一下，就能折断，看着有几分可怜。

宋秋旻有些不忍,她不该迁怒于一个病人,可她想到爸爸又继续说:"反正我们本来就没什么关系,以后遇见了,也不用打招呼,谁也不认识谁!我不会让你继续拖累我,林昭,你活着就是一场拖累,拖累你妈,现在又害死我爸!"

这句话说得很重了,林昭白净的脸上没有一丝血色,连嘴唇都在微微颤抖。

她伤到他了,公道上讲,林昭一直是个懂事早熟的孩子,他最怕别人说他是累赘。可宋秋旻看到他这样,竟有一种泄恨的痛快。

林昭低着头没反驳,嘴张了张没发出声音,好几次,才终于说出声,他说:"姐姐,你不要太难过。"

"我才不是你姐姐。"宋秋旻冷冷道。

林昭没再说话,宋秋旻咬着唇望向窗外,神情痛苦,她怎么可能不难过?她太难受了,只要想到爸爸已经没了,她就快没法呼吸了。

5. 他们都没爸爸了,他们的痛苦是一样的

世间最残酷的事情,莫过于无法挽回的逝去。

宋秋旻挽回不了爸爸的生命,也阻挡不了命运的波澜向她袭来。

宋洋和杜月霞打起精神,用最快的速度去解决这场车祸遗留的问题。

宋秋旻再次见到陶晏之和他的母亲许爱玲,是在警察牵头的调解会上。那个哭得几乎要把夜撕碎的女人情绪激动,神经质地喊着:"你们这些杀人犯,全部该去坐牢!"

在场的警察很理解许爱玲的悲痛,但他们解释道,肇事司机已经当场死亡,这些人只是家属,也在车祸中受了伤。

第一章 陶晏之,如果可以,我宁愿我们从没有相遇

警察把事故的起因、经过、损伤、责任划分都说得很清楚:宋军酒驾撞上受害人,负全责,但逝者已逝,劝她节哀,现在先好好协商赔偿的事情,可陶晏之的母亲根本不听,只是恨恨地盯着他们,一个个看过去,眼神冷厉得像一把刀。

宋秋旻被看得害怕,她下意识地想逃,后退了一步,才注意到她身边的少年,他全程没有说一句话,只是微微弯着腰,尽心尽力地搀扶着母亲。

他看起来十六七岁,长得很高,穿着一件中长款的黑毛呢外套,很普通的球鞋牛仔裤,一看就是个学生,青春干净。

似乎察觉到有人在看他,他抬头看过来,宋秋旻看到一张异常帅气的脸,五官俊朗,毫不逊色于当红的流量小生,只是嘴唇紧紧地抿成一条线,把脸上的线条绷得又冷又硬,连眼神也是冷漠又愤怒的,还有生生压抑着的痛苦。

他也怨我们,宋秋旻被看得害怕,赶紧飞快地移开视线,她根本不敢直视他。

被无辜撞死的警察姓陶,叫陶敬光,是他爸爸,听说他爸爸是个很好的警察,十几年如一日地爱岗敬业,为百姓做了很多事,很受人爱戴。

爸爸撞死了一个好人,为什么偏偏是一个这么好的人?

宋秋旻想不明白,她不敢去看那双悲伤的眼睛,也抬不起头,她在他面前是抬不起头的,是低人一等的,有罪的,可是她心里又有些奇怪的同病相怜感,他们都没爸爸了,他们的痛苦是一样的。

这次调解没什么进展,陶警官的妻子许爱玲情绪激动,她什么都不要,只要丈夫活过来。

从头到尾就是这一句,看得出丈夫的离世对她打击很大,她已濒临崩溃,面容憔悴不堪,眼睛深深地凹陷进去,像个疯子一样用最恶毒的语言咒骂肇事司机。

杜月霞没说什么，只是脸色越来越苍白，她站了起来，走到许爱玲面前，直直地跪下来，一下又一下地磕头，边磕边说："对不起，对不起。"

她抬起头，含着泪无比艰难地试图为丈夫说句话："他……他真的不是个坏人。"

这句话刺激到许爱玲了，她扑过来，狠狠地打了杜月霞一巴掌，怒不可遏道："他不是个坏人，怎么会酒驾？怎么会害死我先生？"

说着，她又举起手来，又要打过来，却被那个少年紧紧攥住。

他劝住她："妈，别这样。"

嗓音沙哑，近乎失声。

与此同时，宋秋旻也叫了一声"阿姨"，站到杜月霞面前，护住她，不让她被打。

宋秋旻不知道自己为什么会这么做，大概因为杜月霞在这种情况下，还肯维护爸爸，让她暂时放下偏见。她不知道接下来要怎么办，只是愣愣地看着那个同样一脸憔悴的少年抱着他崩溃的母亲，耐心地劝阻。

陶晏之很懂事，也很体贴，就算失控的母亲抓伤了他的手臂，他也毫无怨言，依旧是温言相劝的样子，宋秋旻看着，不知为何挺难受的。

他本可以不用这么懂事，可爸爸突然离世，妈妈状态又这么差，他不能倒下，他只能坚强，强撑般坚强。

许爱玲的情况不适合继续调解，警察建议下次再来。

陶晏之搀扶着她离开，杜月霞仍跪在地上，可是没人看她一眼，他们从她面前经过。要到门口时，宋秋旻忍不住叫住了他们。

她涨红了脸，干巴巴地说："对……对不起。"

没人回头，像谁都没有听到一样。

好在宋秋旻也没指望这苍白的三个字能起什么作用，宋秋旻就是觉得对不起他们。

宋秋旻把杜月霞扶起来,她跪得久了,腿一麻,踉跄了一下,她又扶了她一把,虽然很快地放了手。

两个人也沉默地回去,走到半路,杜月霞突然开口说:"秋旻,对不起。"

宋秋旻脚步停滞了一下,继续往前走,她当没听到,这一刻,她变得和陶警官的妻儿一样,是高高在上的受害者,她不会原谅,也不肯原谅。

对不起。

此时此刻,宋秋旻也想对陶晏之说声对不起,不是祈求原谅,就是想跟他说声对不起,但她不知道怎么说,也不知道怎么办。

距开学那场特殊的"欢迎仪式"已经过去一个星期了,宋秋旻跟陶晏之毫无交集,一句话也没说过,确切地说,整个高二(6)班,没一个人同她说话。根本没人理她,就连小组长收作业,也只是不耐烦地叩了两下她的课桌,表示催促。

这样的情形,宋秋旻并不陌生,她无比清楚,她被孤立了。

同学们无声地组成一座坚固无敌的碉堡,把她隔绝在外,她进不去,只能远远看着,还要小心他们不知何时发射的炮火。

指指点点,冷嘲热讽,宋秋旻一个人做值日,走在路上,甚至在洗手间,都能听到这样有意或无意的窃窃私语。

"就是她?"

"对,史上最牛酒驾的女儿。"

"平安路杀手啊!"

"可不是,阿晏好可怜,还要面对她。"

……

宋秋旻默默忍受着,告诉自己,没关系的,可是听到"最牛酒驾""平安路杀手"这样的言辞,她的心里还是"咯噔"了一下,她不在乎别人怎么看她，但不想爸爸被别人那样说。

车祸发生之时，恰好有路人录下了视频，并在事后把车祸视频发到各大社交网站。在视频中，爸爸的车无比疯狂和嚣张。这段视频很快就被疯狂转发，发酵成一件有热度的网络事件，网民蜂拥而至，口诛笔伐，称宋军为"史上最牛酒驾""平安路杀手"。

网上骂声一片，网友们"人肉"出肇事者的身份：是个商人，女儿在国际学校读书，二婚，娶了个小自己五岁的老婆……这些东西加起来，一起普通的意外马上被发酵成一个"抛弃发妻、无视法律、有背景、有后台的富豪在众目睽睽下撞死人民警察并逃逸"的大事件。

和"劣迹斑斑"的宋军相比，陶敬光那边则是一片赞誉和惋惜。很多人以知情者的身份讲述了陶警官生前的事，大多是他执勤时发生的事，事情虽小，但确实可以看出这是个会为大家办实事，没有架子的好警察。

宋秋旻收到谢雅雅发的链接，才知道网上的舆论风暴，这都是事故发生一个星期之后的事了。

某天，谢雅雅在QQ（腾讯聊天软件）里问：

"秋旻，这是你爸爸吗？"

网友把信息都曝光了，连宋秋旻在学校的班级、照片都有，标题是"凶手的女儿"。

宋秋旻没回谢雅雅的话，一看到满屏幕的评论，她都傻了。

"奸商，看他脑满肠肥的样子，就知道不是什么好东西！"

"这种人自己去死就算了，为什么还要出来害人？"

"什么背景？这后台是有多硬，撞了警察都敢逃？"

宋秋旻颤抖着手往下翻，气得不行，大家本来素不相识，不了解事实的他们怎么能这么揣测呢？

爸爸是错了，可不是网上传的那样。家里是有点儿积蓄，开了家规模还算大的超市，可这是爸爸一辈子辛苦的心血，完全是靠自己把当时的一个小杂货铺变成现在的超市。刚开始，为了省钱，搬货、运货等重活爸爸都自己来，大夏天累得一身汗，T恤脱下来，能轻松地拧出水来。至于自己上国际学校，那是爸爸深知没文化的艰难之处，于是在对女儿的教育上倾尽全力。还有他和杜月霞再婚，根本不是出轨，妈妈早就在她很小时就因病去世了……

宋秋旻是有微博账号的，她一怒之下，做了件蠢事。她发了段长长的辩白，大意是他们家只是小富即安，那场事故是场意外，爸爸不是那样的人。

万万没想到，根本没人听她的话，反而引来更多的谩骂和嘲讽，网友排着队在下面留言，只要宋秋旻敢说一句，就有成百上千句的反驳等着她。

宋秋旻回了几句，放下手机，她怕了。

所有人都义愤填膺，所有人都要伸张正义，而她一个罪人之女，是没资格说话的。

她爸爸是有罪的，所以她也有罪。

6. 真是好好笑，才几天，她竟变成了一个孤儿

宋秋旻终于知道了家里的真实财务状况。

爸爸的超市周转资金早就出了问题，如今市场不景气，再加上附近开了家更大型的超市，抢走了很多客源，自家的超市一日不如一日，已经连续几个月亏本运营，不仅赔了不少钱，还有许多供货商的欠款没有还清。

叔叔和杜月霞把家里的经济情况告诉她，宋秋旻想起这几个月爸爸总是坐着发呆，有时候会蓦地长叹一口气，还经常累得倒在沙发睡着……她什么都明白了，宋秋旻张了张口，问："为什么他都不说？"

如果他告诉她家里的真实情况,她会乖,不会惹他生气,会好好地做她的宝贝女儿。

杜月霞垂着眼眸没说话,叔叔说:"旻旻,你爸是不想让你担心,他以为他可以解决的。"

宋洋怕宋秋旻吃亏,特意过来帮她核实家里的经济现状。

情况确实如杜月霞所说,宋家只剩下一个空壳,虽然还住着大房子,开着不错的车,但不过是在苦苦支撑。现下,如果把超市盘出去,正好可以还清供货商的欠款。至于这次车祸的赔偿和医疗费,家里确实没钱支付了。如果先支付车祸的赔偿和医疗费,供货商的欠款就付不起了。

"要不有些先欠着吧,以后慢慢还。"宋洋说。

"那把拖得久的先还了。"杜月霞叹了口气,如今也只能这样。

宋秋旻看着愁眉不展的两个大人,又看了看房子。

她深吸一口气,说:"不是还有房子吗?"

叔叔和杜月霞抬头看她,一脸诧异。

宋秋旻继续说:"把房子卖了吧,我爸一辈子活得清清白白,别让他死后,落个老赖的坏名声。"

听说现在房价挺高的,这套房子买得早,也不小,卖了赔给受害者家属,应该够了。

"不行!这是你爸留给你的!"杜月霞第一个反对。

"卖了吧。"宋秋旻眼圈红了,咬咬牙,"人都不在了,房子留着,看了也伤心。"

说完,宋秋旻起身,回了自己的卧室。

关门前,她看到对面的林昭卧室的门开着一条缝,偷偷关注客厅的动静。

林昭一向识趣,知道宋洋和宋秋旻都不喜欢他,躲了起来,这会儿,一双黑白分明的大眼睛从门缝中看着宋秋旻,眼神有些哀伤。

都是你们害的,宋秋旻心里的仇恨又涌上来,看也不看他,狠狠

第一章 陶晏之，如果可以，我宁愿我们从没有相遇

地关上门。

她靠着门，身体无力地滑落，她把脸埋在双臂里，其实，她也舍不得房子，这是她的家啊，这里有她和爸爸所有的回忆，可是，她不能让别人再骂爸爸了。

卖了也好，房子都没了，这家也只能散了，宋秋旻安慰自己，这样，就可以再也不用见到那对母子了。

房子很快就挂到了网上，陆续有人过来看房。

宋秋旻受不了别人对自己的家品头论足，再加上这些事情也不是一夕之间能马上解决的，宋洋建议她还是先回学校，别把学习进度落下了。

宋秋旻拖着一个大大的行李箱离开家，她几乎把她所有宝贵的东西都装在了行李箱里。

出门前，她在家里走了一圈一圈，看了又看，摸了又摸，她怕再回来时，这里已经变成别人的家。

宋秋旻呆呆地看着门牌号，她不懂，为什么一夜之间全变了？爸爸没了，家也没了，她以后能去哪儿？

"对不起，秋旻。"杜月霞又在跟她说对不起。

她穿着素色的衣服，神情疲倦，眼里有愧疚和哀愁，不安地看着自己。

宋秋旻看了她一眼，拖着行李离开，没有回头，她不想接受杜月霞的对不起，她只想要爸爸活过来，活过来给她打电话，用他那种略带讨好又充满宠溺的语调说："旻旻，你到校门口，爸爸给你带好吃的了。"

他不在了，一切美好的回忆都结成难以下咽的果实，又苦又涩。

宋秋旻坐着叔叔的车回到学校，看着熟悉的校门，她不自觉地望向那日芒果千层掉下的地方，她有些想笑，抹了下眼睛，真是好好笑，才过去几天啊，她返校的时候，竟变成一个孤儿。

生活啊，真是让人捉摸不透。

027

让宋秋旻没想到的是，这场车祸如同一场地震，把她的生活震得近乎崩溃，可即将到来的余震的威力，还远远不止这些。

宋秋旻再次回到学校时，发现身边的老师同学对她的态度变了，就连和她一向无话不谈的谢雅雅也开始有意无意地躲着她，以前她们好到上厕所都要一起，现在，她去找谢雅雅吃饭，她总有各种理由说不去。

起初，宋秋旻不知道自己做错了什么，但很快从同学的窃窃私语中懂了，因为她是"平安路杀手"的女儿，没人愿意和凶手的女儿为伍。

这一次，宋秋旻没有选择为爸爸和自己辩解。她识趣地没再找谢雅雅吃饭，只是难免失落，原来引以为荣的友情，不过如此，她一直以为她们会是很好很好的朋友。

她不敢奢望谢雅雅为她说句话，但没想到谢雅雅会躲着她。

宋秋旻开始独来独往，变得越来越沉默寡言。

每天，校园里投向她的异样眼神不少，她只当作没看到，疯了般只顾学习，她还记得，她要考个年级前三给爸爸。

每天早上，她第一个离开宿舍，晚自习后，她最后一个离开教室。

就算真的考到年级前三，爸爸也看不到了，可宋秋旻还是不管不顾，因为她得找点儿事做，要填满自己的生活，不然她真的会崩溃。

爸爸去世的第一个周末，宋秋旻没有回家。

从教室回来，打开门，看着没有一个人的寝室，宋秋旻鼻子一酸，感到前所未有的孤独，往常这个时候，她早就回到家，坐在沙发上和爸爸看电视，有一句没一句地说着话。

她变成一个人了，永远地一个人了……

宋秋旻的手放在门把手上，突然不想走进宿舍，走进这个黑暗孤独的空间。

她关上门，漫无目的地在学校里晃荡，走着走着，隐约听到有人叫她。

"秋旻！"

"宋秋旻！"

宋秋旻回头，看到有人向她跑来，跑得气喘吁吁，他跑到她面前，喘着气说："终于找到你了。"

来人是江何，大她一届的师兄，他们是一起主持一场校内活动时认识的。

提起江何，在这所学校几乎没人不认识，国际学校里卧虎藏龙，他依旧出类拔萃，难掩风采，是高三很有名的学霸型校草，人称"何神"。

你看，明明是统一的校服，深蓝色西装外套内搭白衬衫，却只有他能穿出优雅的英伦范儿，举手投足间还带着一种常人少有的清贵感。而且，他长得白皙俊秀，眉眼含笑，让人一见就心生好感。

宋秋旻抬头，看到少年饱满的额头有细细的汗珠，明明是寒冬，他却跑出了一身热气，看来他找了自己很久。

如果是从前，被"何神"这样找她，宋秋旻不知道要怎么高兴，现在却下意识地后退一步，师兄不知道她是"凶手"的女儿吗？

一时间，她竟不知道说什么，最后简单地打了声招呼："师兄。"

江何笑了下，那是个灿烂的笑，像初升的旭日一下子冲破云层，驱散阴霾，他眉眼弯弯地问："吃饭没？"

7. 与君分离，从此江河十万八千里

一句话，轻松化解了宋秋旻的迟疑和犹豫。

江何知道她晚饭就随便吃了个面包，带她去校外一家火锅店。

袅袅香气中，宋秋旻还来不及说什么，江何就先开口："我都知道了。"

他又说："对不起，来得有点儿晚。"

他说他这段日子带队去外省参加一个比赛,回来才听说她父亲出了事。

他把宋秋旻喜欢的鱼丸夹到她碗里,看着她,郑重地说:"秋旻,别太难过。"

话音刚落,宋秋旻鼻子一酸,眼泪就毫无预兆地落下。

这一刻,她一直伪装的坚强土崩瓦解了,她想说,师兄,你来得一点儿都不晚,她很感动,还有一个人愿意来到她身边,还有一个人在找她,在关心着她。

她也发现,原来她是在意的,谢雅雅的躲避,同学的冷漠,异样的眼神……她都是在意的,她只是不知道怎么办,只好装作无所谓的样子。

她不想失了亲人,丢了友情,还被指指点点,活得自卑又没尊严。

升腾的水汽中,宋秋旻再也控制不住自己,不顾形象地哭了,她边哭边问:

"师兄,为什么我会碰到这样的事?是不是我太坏了,不懂事,老天才这样惩罚我,让我没了爸爸,连雅雅都不理我了?我是不是一直做人都很失败?"

江何不知道怎么回答,他没说什么,只是坐到她身边,把纸递给她。

纸巾湿了,他就再递,直到把纸都快用光了,宋秋旻终于不再哭了,她这会儿对着一堆湿纸巾,突然不好意思了,自己一定哭得很丑吧?

她脸红着笑了下,江何也笑了下,说:"吃饭吧,菜都熟了。"

宋秋旻默默地吃着菜,吃了一会儿,她抬起头,感激地说:"江师兄,谢谢你。"

谢谢你来到我身边,在我最孤独的时候。

江何温柔地看她:"我们是朋友。"

朋友,多么温暖的称呼。

以前宋秋旻以为自己有很多朋友,她成绩好,长得也不错,在班级里很活跃，性格活泼，挺招人喜欢的，现在，她却不懂了，到底什么是朋友？

江何送宋秋旻回学校，路过一家蛋糕店，他看到她看了里面的芒果千层几眼，眼神有些悲伤，似乎想起什么，哀愁浓郁得快要溢出来。

这是怎么了？江何记得她挺喜欢吃这个的，问："我们买块芒果千层？"

"我再也不吃芒果千层了。"宋秋旻摇头，快步走开。

江何没再问什么，只是快步跟上她，突然一把抓住她的手，用力握了下，又很快放开。

"啊？"宋秋旻不解。

"传递能量。"江何认真地说，她不知道，她刚才的神情有多绝望。

"幼稚。"宋秋旻说着，却淡淡地笑了。

"那有用吗？"江何又问。

宋秋旻点了点头："有。"

江何满足地笑了，说："那就好。"

他知道她难过，却不知如何安慰，只能这样做。这虽然是个幼稚的动作，却很有效，其实他最想的，是给她一个拥抱，告诉她，都会过去的，不用担心，他会陪着她的。

江何陪了宋秋旻一晚上，他们一起到教室复习，有时候和她说说话，有时候教她不会的题目，有时候，则什么都不做，两个人就这样静静地坐着，她抬头看他一眼，确定他还在，他也抬头看她一眼，看她是不是还在伤心。

直到很晚，江何才把她送回宿舍。

他让她在门外等，他先进去把宿舍的灯全开了，屋内充满温暖明亮的光。

"好了。"江何说，"全亮了，别怕。"

宋秋旻点头,看着面前俊秀的大男孩,想,他心里一定住着一轮二十四小时不落的太阳,才会这么温暖和细心。她笑了笑,说:"谢谢师兄。"

"朋友之间不说谢。"江何说,他得走了,走之前,他又说,"有事给我打电话。"

"没事也可以。"他又加了一句。

宋秋旻点头,看着江何离开,看着他挺拔的身姿消失在黑幕中。

她有些难过又有些庆幸,难过他还是走了,庆幸他没像谢雅雅那样走了。

还是有一个人陪我的,宋秋旻想。

江何又找过宋秋旻几次,没做什么,就陪她吃饭、复习、说话。

但对如处孤岛的宋秋旻来说,已经够了。

有次晚自习结束,宋秋旻先后接到杜阿姨和叔叔的电话,告诉她,房子已经找到买家了,问她要不要回来看一下。

宋秋旻说不用,挂了电话,江何问她怎么了,秋旻摇头,说:"没什么。"

那晚,她和江何在学校操场跑了一圈又一圈,最后,宋秋旻对他说:"师兄,我的家彻底没了。"

"只是房子而已,家是家人,不是房子,房子是住的地方,家人才是最重要的。"江何安慰她。

昏黄的路灯下,江何给了她一个安慰的拥抱。

这是宋秋旻长这么大以来,第一次和男生这么亲近,和她过去想象的不一样,这个拥抱温暖又悲凉。

宋秋旻把脸靠在江何的胸膛,听到他的心跳,"咚咚咚",她仿佛看到一列火车开过,把她原本的生活碾得粉碎。

还好,我还有他。宋秋旻想。

但她料不到,下一次分别就发生在她和江何身上,而且来得这么快,

第一章 陶晏之，如果可以，我宁愿我们从没有相遇

又是一次猝不及防的别离。

第二天，宋秋旻还是偷偷回到家，她想回去看一眼，看一眼她曾经的家。

宋秋旻没跟任何人说她要回去，她静悄悄地上楼，门开着，她看到有陌生人在里面，大概是买下房子的人，在跟杜月霞说话，嫌弃房子旧了，还有，他们要怎么装修，要把哪里拆了。

宋秋旻听不下去，最后看了一眼房子，跑下楼，疯了似的往前跑，把家扔在身后，不，那以后是别人的家了。

期末，宋秋旻如愿地考到了年级前三名。

叔叔来接她，告诉她一件事，她必须得转校了，国际学校的学费太贵了，她家现在的情况，肯定负担不起。

"对不起，旻旻，叔叔对不起你。"

可宋秋旻听到的第一反应是，我以后见不到江何了。

"没事的，叔叔，辛苦你了，一直让你跑来跑去。"宋秋旻说，她已不是那个有爸爸宠可以作天作地的"公主病"少女，她和那个陶警官的儿子一样，只能坚强和懂事。

叔叔去办转学手续，宋秋旻说要去跟同学告别一下，其实也就是江何。

宋秋旻到江何所在的班级，还没走近，就听到一阵阵笑声，她站在窗后看到江何和他们班同学正在说什么，他被围在中间，谈笑风生，好不快活，像个暖融融的太阳，也像个英伟的领袖。

这一刻，宋秋旻却步了，她觉得不该打扰江何，不能让这么明亮灿烂的江何染上黑点。

宋秋旻没有当面和江何告别，后来她给江何发了一条长长的信息，发完后心里满满的苦涩惆怅，脑子冒出一句：与君分离，从此江河十万八千里。

叔叔办完了转学手续,带宋秋旻回家。

车往前驶,却不是回叔叔家的路,宋秋旻看着车往前开,开得越远,她的心就越慌。

果然,叔叔把她载到一个陌生的地方,是朝露城的老城区,离市中心有一段距离,老城区因为要做文物建筑群保护,所以这一带的楼房都偏低矮老旧,朝露城有经济能力的本地人都不住老城区了,只有来务工的外地人、经济一般的市民才会住在老城区。

叔叔带她来这儿做什么?宋秋旻有不好的预感,果然车停下来,她看到路边站着的杜月霞、林昭母子,有些不敢置信,又有些明白。

"你杜阿姨现在租住在这里。"叔叔解释说。

宋秋旻张了张嘴,颤着唇,眼圈微微发红,小心翼翼地问:"叔……叔叔,我不能住你家吗?"

她一直以为叔叔会接她回家,毕竟,他是她现在最亲的亲人。

宋洋有些不敢看侄女期盼又示弱的眼睛,他躲躲闪闪,结结巴巴地解释着:

"你也知道,你婶婶那个人……很怕麻烦。旻旻,你放心,你杜阿姨人还是不错的,她跟我保证过,会待你跟亲女儿一样,要是她敢对你不好,你给我打电话。不管怎么说她也和你爸结婚了,是你爸爸的妻子,也算是你妈……"

宋洋尴尬地解释着,宋秋旻明白了:她是多余的,不受欢迎的,拖累人的。

她没再说什么,默默地下了车,去搬行李。

杜月霞和林昭母子倒是热情,林昭过来帮她拿书包,亲亲热热地叫她:"姐姐。"

林昭看起来挺高兴的样子,也不计前嫌,好似忘了之前在医院她是怎么骂他的。宋秋旻看着费力搬行李的林昭,有一种物是人非的感觉。

记得爸爸刚和杜月霞结婚时,自己没少和谢雅雅吐槽林昭——一个一身是病的小拖油瓶,她一直觉得林昭在自己家是寄人篱下,他活得小心翼翼,总是察言观色,没想到,现在,她才是寄人篱下的那一个。

宋洋把宋秋旻安顿好,就逃也似的离开了,或许他也是心怀愧疚的。

宋秋旻在新住处看了看,是个很小的二室一厅,她住一间,他们母子俩住一间,母子俩的那间房里放了两张小床,中间用帘子做了隔断。她的卧室也布置好了,看得出很用心,几乎还原了她原来房间的摆设和布置。

虽然她和这对母子已经相处了三年,可是这三年里,她能不接触则不接触,只能说,和他们不算陌生,但也算不上真正的家人。

是啊,除了爸爸,她还会有别的家人吗?宋秋旻看着热情招呼她吃饭的杜月霞和林昭,她没得选择,只能住这儿。

杜月霞告诉宋秋旻,车祸的事都处理好了,该赔偿的也都赔偿了,欠款也还清了,叫宋秋旻别担心。

宋秋旻低头扒饭,只发出"嗯"的声响,表示她知道了。

杜月霞又对她说:"什么都别担心,只要好好学习就行了,将来考所好大学。"

宋秋旻点头,却在心里嗤笑,你能送我上国际学校吗?要是爸爸在,就算砸锅卖铁,也不会让我转校。

不一样了,到底不一样了。

第二天,宋秋旻去陵园看爸爸。

她把那张年级前三的成绩单烧给了他,和他说了很多很多话,也流了不少泪,最后,她说:

"爸爸,你放心,我会好好的。等我给你带重点大学的录取通知书。"

她站起来,不舍地摸了摸墓碑上的照片,看着笑得一脸和善的男人,说:

"爸爸,我想你。"

她想他，真的好想他，就算接受了现实，有时候早上醒来，枕头还是湿的，她总在梦中找爸爸，找不到就哭。

她真想回到小时候，一哭，爸爸就来了，一哭，什么都有了，她要什么，爸爸都会给她。

如今，她什么都不要，只想他回来，他却没做到。

骗子，宋秋旻想，又摸了摸照片，大骗子。

她站起来往前走，寒风吹过，背后一片萧条，前路一片迷茫。

宋秋旻不知道生活该往何处去，未来还有什么可期盼的。网上的谩骂还没有结束，各种谣言还在满天飞，她被"人肉"出来的照片被打上"凶手女儿"的字眼，她的青春混乱得像一场错发了高年级试卷的考试，面前的一道道难题，她全都不会做。

"真想生活能容易点儿，希望转校后，没一个人认识我，让我好好重新开始。"宋秋旻在新学期开学的前一晚，许下这样的愿望，可第二天，她来到新学校，走入新班级，第一眼就看到了陶晏之，那个被爸爸撞死的陶警官的儿子。

那一刻，她觉得命运又一次跟她开了一个充满恶意的玩笑。

陶晏之，如果可以，我宁愿我们从没有相遇。

陶晏之,
新的一天,我们又要见面了

1. 你离开后,我才学会告别

1. 他们都是谋划者,都是参与者

阿晏,陶晏之。

宋秋旻在脑子里琢磨着这个名字,新的一星期开始了,她又得去面对陶晏之了。

唉,真不想去上学啊,如果爸爸在就好了,他肯定会帮我解决的。宋秋旻想。

她看着对面正安静吃早餐的林昭,还是有点儿不敢相信,她已经和林昭母子共处一室有一段时间了。

这阵子,他们彼此相安无事,她没再故意仇视他们,他们也从没苛待过她。超市盘给别人后,家里没了收入来源,杜月霞在附近的地铁路口支了个早餐车,卖煎饼果子、稀饭之类的。她每天三四点钟就起来准备食材,早早出摊,所以宋秋旻早上醒来,从没见到过她,只看到她温在保温桶里的饭菜。

早餐挺丰富的,还经常变花样,确实花了不少心思,宋秋旻吃着可口的饭菜,告诉自己,杜月霞才不是对自己好,自己只是纯粹地沾林昭的光罢了。

吃罢早餐,两个人一起上学。

他们上同一所学校,一起转到了川水一中,林昭在(8)班,上高一,宋秋旻在高二(6)班。

下了公交车,宋秋旻大步走在前面,快靠近学校的时候,她停下来,回头说:

"别跟着我。"

第二章 陶晏之，新的一天，我们又要见面了

"姐，为什么？"

林昭的声音有点儿委屈，他就是不明白，他怎么了？宋秋旻从不跟他一起上学、放学，就连在学校碰到，她也当陌生人一样从他身边面无表情地走过。

"为什么？"宋秋旻笑了，她是个长得很秀丽的姑娘，这笑容却显得刻薄，也没有一丝温度，她看着他，嘲讽道，"林昭，你得了吧！"

"在家我就应付应付你妈，在学校我可不想继续跟你扮演什么好姐弟！因为我从来就没把你当作我弟弟。"

话音刚落，林昭的脸"唰"地白了，眼神有些受伤。

宋秋旻当作没看到，头也不回地走了。

她走得很快，很快就把那静止不动的人甩成小黑点，只是在进校门前，又回头看了他一眼，眼神有些愧疚。

她不想对林昭这么坏的，只是……一个人被孤立，总比两个人被仇视好。

一天的煎熬又开始了，宋秋旻在心里叹了口气，果然，她一进教室，教室又是一瞬间变安静，同学们集体望向她，今天，大家眼里全是兴致勃勃的兴奋，好像有什么东西在等她一样。

宋秋旻心里涌起一丝不安，想转身离开，但不得不走向座位。

就算做好心理准备，可看到的一刹那，眼泪差点儿夺眶而出，只见她的桌面赫然写着三个红色大字——

杀人犯！

那满眼的暗红，像极了血的颜色。

宋秋旻抬头，下意识地想找出是谁做的，可她只看到一双双想要"伸张正义"的眼睛，他们嘲笑地看着她，仿佛这是一场好戏，他们精心谋划后，就等着她上场表演。

宋秋旻明白了，他们都是谋划者，都是参与者。

她把眼泪咽回去,咬咬牙,掏出纸巾去擦那三个大字,可折腾了半天毫无变化,他们用的竟然是水洗不掉的颜料。

太过分了!

宋秋旻的眼泪在眼眶里打转,始终没有落下。

她拼命地把眼泪眨回去,把眼睛眨得通红通红,她不会哭,不会哭给他们看!他们想看她笑话,她偏不,她不会给他们任何再嘲笑她的机会!

最后,她拿那颜料实在没办法,只好撕了笔记本的纸,把整张桌面都粘起来。她动作很急,慌慌张张,同学们哄笑起来,宋秋旻在这笑声中手忙脚乱,觉得自己像个彩衣娱众的小丑。陶晏之呢?他还没来,这出恶作剧,他有没有掺和,他知不知道其中缘由呢?

好不容易粘好桌面,宋秋旻也出了一身汗,是急的,也是慌的。

同学们已经恢复常态,各做各的事,但宋秋旻清楚,这只是开始,他们不会这样放过她。

有人走到她旁边的座位,一把把书包扔在桌上,宋秋旻抬头,看到一个戴着鸭舌帽的女孩,穿着川水一中的黑白两色校服,踩着小白鞋,一身的青春朝气,第一眼看过去,有一种让周围人失去颜色的惊艳感。

她很高,目测一米七,腿长腰细,身材苗条,有一头黑亮的长发,很随便地绑在脑后,神态悠闲自在,身上有一种少女少有的英气和不羁,但五官又很精致完美,人家说,濯清涟而不妖,她是清纯中又带着明艳,不像个高中生,倒像个……

宋秋旻说不出来,总之她的气质非常独特,看着还有几分眼熟,总感觉在哪里见过。

那女孩看到她,弯起嘴角懒洋洋地笑了下,问:"你就是新来的同学吧?"

她跷起大拇指,指了指自己:"你好,我叫楚夏。"

第二章 陶晏之,新的一天,我们又要见面了

"我……我……"这是开学以来,第一次有人冲她打招呼,宋秋旻简直受宠若惊,站了起来,结结巴巴道,"我叫宋……宋秋旻,你……你好!"

"秋旻?秋天的天空的那个秋旻吗?"

宋秋旻点头,楚夏又随口道:"好名字。"

她坐下,把课桌里的书全部搬到桌面,摞得高高的,围成座小城堡一样,能完美地遮住老师的视线。

做完这些,楚夏见宋秋旻还在看自己,嘴角扬起冲她笑了下,然后,很自然地打了个哈欠,说:"好困,秋旻,我先睡一会儿。"

说着,她便趴在桌上,开始睡觉了。

这个同桌好像还挺好相处的,宋秋旻下意识地望向自己的桌面,还好,那些纸粘得很好,她应该看不出端倪。

天啊,竟然有人还不认识自己!竟然有人愿意和她说话!宋秋旻有一种柳暗花明又一村的庆幸,她一定要和楚夏好好相处,争取和她做朋友!

连个说话的人都没有,实在太难熬了!

其实宋秋旻根本不用争取。

因为接下来,楚夏就一直在睡觉,上课睡,下课也睡,中途醒来听了半节课,听着听着,眼睛就眯起来,像加菲猫一样,眯着眯着又睡着了。老师好像看不到这只大睡猫一样,没人指出,也没人向她提问题。

楚夏来学校,好像就是一心一意来睡觉的。

宋秋旻简直大开眼界,她看着楚夏睡过了早自习、第一节课、第二节课,终于在第三节课课间,逮到她清醒的机会,和她一起去厕所。

很多女生的友谊就是从相约去厕所开始的,宋秋旻可不想失去这唯一肯和她说话的同桌,一路都拼命找话题。

可她们一起回教室后,宋秋旻还是眼尖地看到她粘好的纸被人撕开了,露出暗红的字,她一个箭步冲上去,想拿书遮住桌面的红字。

"怎么了?"楚夏慢悠悠地晃过来,她做什么好像都懒洋洋的,走路也是不紧不慢。

"没……没什么。"宋秋旻勉强笑笑,神经质地用手压住书。

"哦。"楚夏没再多问,趴在桌上,继续睡觉。

宋秋旻松了口气,接下来的一节课中,她根本无心听讲,一直紧紧地压着书,生怕被楚夏和老师看到。

"杀人犯"这三个字就像个不知什么时候会引爆的炸弹一样,一不小心就会把她炸得原形毕露,面目全非。

放学后,楚夏问她要不要一起去食堂吃饭,宋秋旻说不用,她有点儿事。

"哦。"楚夏点头,又问,"你脸色看起来不好,是不是不舒服?"

"没事,只是有点儿闷。"

楚夏没再多问,摆摆手,很潇洒地走了。

宋秋旻看着她的背影,心想:"唉,这是转校以来,第一次有人关心我,真希望她永远不要发现我是谁。"

宋秋旻等到全班同学都走了,才坐下来重新粘桌面,她把那些纸撕开,心里升起一股无力感,也不知道这样被孤立和审判的日子什么时候能到头?

杀人犯?

我不是杀人犯!我爸也不是!那是一场谁都不想的意外!

宋秋旻为自己鸣不平,她粘得很仔细,连有人进来都没发现。

等她听到声音,抬头就看到楚夏正拿着手机,边打电话,边一脸诧异地盯着桌上的红字。

完了!

她……她发现了!

宋秋旻慌乱地用手遮住红字,可怎么来得及?根本遮不住,她刚回到脸上的血色一下子褪得干干净净,惊恐地看着楚夏。

"你……你……"

"钱包忘了拿。"楚夏到书桌拿了钱包，看着宋秋旻，神色复杂，欲言又止道，"你就是那个……你和阿晏……"

话没说完，似乎电话那端的人在问什么，她扔下一句"我先走了"，便匆匆往外走。

宋秋旻看着楚夏离开，心一点点地往下沉，她走了，走了……

全班第一个和唯一一个跟她说话，会对她笑，会关心她的人走了。

楚夏知道了，她已经说出陶晏之的名字，肯定什么都知道了。

宋秋旻坐在座位上，心里空荡荡的，她早上还在庆幸她有个好同桌，现在就竹篮打水一场空了。

她看着粘了一半的桌面，觉得自己好可笑，有什么可遮掩的？全世界都知道她是"平安路杀手"的女儿了，可她还是固执地一遍一遍地粘着，麻木、机械地粘着。

教室的玻璃映照出一个满身疲倦的女孩，低着头，不时地伸手抹一下眼睛。

2. 可是，我爸又做错了什么

整个下午，宋秋旻一直在等楚夏。

她想，或许可以解释一下，她对第一个对她笑的漂亮女孩还是充满好感的，觉得她们会相处得很好，甚至会成为朋友，可是楚夏没来，也不知道她是有事，还是怎么了，或是……和其他同学一样，在避嫌？

宋秋旻控制不住地失落，她看着楚夏垒得像小城堡的桌面，又往后偷偷地看了陶晏之一眼，他正专心听课，侧脸线条感极强，好看得像个雕塑，一个冷漠的雕塑。

他倒是自在，宋秋旻有些委屈，在心里做了个决定——不行，她受不了，她要和陶晏之谈谈！

谈什么？怎么谈？宋秋旻毫无头绪，她连正视陶晏之都不敢，又有什么资格跟他谈判呢？可她觉得还是想和这个老师口中很好的同学说说话，或许——

他真是个通情达理的人呢？

不可能的吧？这又不是通情达理的问题！

放学后，宋秋旻偷偷地跟上陶晏之。

隔着不近不远的距离，她好几次想叫住他，张了张口却没发出声音，她不敢。

她跟着他出了教室，穿过走廊，走过校园大道，眼看着再不叫住他，他就要离开学校了，终于，鼓足勇气叫住他：

"陶……陶晏之。"

已经过了放学高峰期，校园里的人并不多，陶晏之回头，一脸疑惑地看过来，发现是她，明显愣了，露出错愕的神情，又马上恢复冷淡。

宋秋旻战战兢兢地走过去，大着胆子问："我……我们能谈谈吗？"

陶晏之的手插在口袋里，以一副防备的姿势居高临下地看着她。像听到一个好笑的笑话，他很嘲讽地问："我们？我们能有什么好谈的？"

说完，他转身要走，宋秋旻眼疾手快地拉住他的书包背带，恳求道："就几句话。"

或许是她太卑微了，或许她脸上的神情太可怜了，陶晏之留了下来。

川水一中是一所很有历史的重点高中，学校里种满了各色绿植，长得郁郁葱葱，高高大大。不远处有一株很大的白玉兰树，此时正值花期，风一吹，就有阵阵清甜的花香飘来。

这花香真尴尬啊，宋秋旻一边在花香中绞手指，一边偷偷打量对面的陶晏之。

　　陶晏之很高，比同龄人高很多，站姿像受过专业训练一样，走到哪儿都站得直直的，异常挺拔。他穿着校服，黑色运动长裤，白色上衣，那样平凡的衣着，别人穿着，都松松垮垮的，他套在身上，却英姿飒爽。

　　平心而论，陶晏之的相貌相当出色，是那种充满少年感的长相，五官浑然天成地标致，眉眼却有同龄人少有的倔强竖毅，气质干净，有一种内敛得让人顿生好感的帅气，若不是两个人关系特殊，宋秋旻在路上偶遇，大概也会多看这大男孩一眼，喊一声"真帅"。

　　陶晏之平时应该是属于爱笑的人，因为他长着一双清澈的笑眼，可此时他的笑像被冻住一样，浑身散发着拒人于千里之外的冷气，眼里尽是冷漠和疏离，不耐烦地问："你要说什么？"

　　"我……我……"宋秋旻实在不知怎么开口，她想到他的母亲，问，"你……你妈妈还好吗？"

　　"不关你的事。"陶晏之冷冰冰道。

　　"……"宋秋旻的脸又白了一分，她想道歉，可她很清楚，他不需要这个，她索性直截了当地问，"你……你知道班上同学在孤立我吗？"

　　"知道，可关我什么事？"

　　"……"果然，他不可能好声好气地和她说话，宋秋旻鼓足勇气，厚着脸皮问，"你……你能叫他们不要再这样了吗？"

　　"凭什么？"陶晏之一下子笑了，讥诮道，"我凭什么为你说话？"

　　宋秋旻像被当面打了两巴掌，脸颊火辣辣的。

　　陶晏之还是保持着防备的姿势，手插在口袋里，黑亮的眸子里全是嘲讽，居高临下地望着她，高大的身躯给人一种压迫感，他问："宋秋旻，你找我就为了这个吗？那你听着，我没叫同学做任何事，至于他们要做什么，我也管不着。你觉得委屈，那是你的事。你还有话要说吗？没有，我要走了。"

　　说着，他抬脚就走，宋秋旻站在他背后，慌乱中，她想做最后一次的挣扎，对他喊道：

"阿晏，那是意外！我爸不是网上说的那样，他没那么坏，他就是一个普通人。真的，我没骗你。"

"是啊，你爸是普通人，你觉得你受尽委屈，"陶晏之回头，冷冷盯着她，但眼里有怒火，他一字一顿地问，"可是，我爸又做错了什么？"

一刹那，宋秋旻脸上的血色褪得干干净净，羞愧得无地自容，她竟想他能为自己说句话，这比恳求他的原谅更无耻。

"还有，"陶晏之又说，"'阿晏'只是朋友间的称呼，请你不要这样叫我，因为你不是我的朋友。"

说完，他转身就走。

宋秋旻站在原地，咬着唇，看着少年远去的背影，倔强又冷漠，悲伤又疏离，她有些想哭，还有些好笑，可能她又做了件很蠢的事吧。

她把眼泪憋回去，心想：我是你的仇人之女，当然不是你的朋友，可是陶晏之，我又做错了什么？

宋秋旻茫然地往前走，她本来想和陶晏之说完就回家吃饭的，现在想到回家又要见到那对母子，只觉得烦，如果不是他们，所有的事情都不会发生。

她到食堂草草解决了晚餐，回到教室准备上晚自习，还没走近座位，就看到同学们笑嘻嘻地坐着，一齐朝她看过来，表情和早上如出一辙，等着好戏"开演"。

果然，她中午辛辛苦苦粘好的纸又被撕了，还加了两个字，"凶手"。

到底有完没完？宋秋旻看着那些暗红的字，心里充满了说不出的烦闷，她的爸爸是有罪，可除了陶晏之，她没有直接或间接地伤害他们中的任何一个！

宋秋旻觉得自己快崩溃了，她就像一叶在海中翻滚的小舟，所有人都朝她扔石头，等着她沉没。

待不下去了，一秒也不想待在这里，宋秋旻胡乱地拿了本书遮住桌面，转身跑出了教室。

3. 暧昧？江何看起来和洛神也很暧昧啊

宋秋旻不断向前跑，向前跑，跑得快喘不过气了才停下来？她到底做错了什么？

她也是会受伤的啊，她也没了亲人啊，为什么没人替她想一想，她也是死者家属……

宋秋旻走向校门口，沿路是成荫的大树，正是万物复苏的时候，夜色中，到处都是清新鲜嫩的绿色，生机勃勃，十分可爱。穿着统一校服的同学，三五成群，打打闹闹，欢声笑语，只有她是一个人，没有朋友，这个世界，只有她是格格不入的。

宋秋旻走到公交站，坐上去国际学校的公交车，她想去见江何，她不知道除了江何，她还能找谁。

宋秋旻头靠着车窗，很累，也很沉重，她好想问一句："师兄，我该怎么办？"

宋秋旻凭着以前的学生卡混进了学校，她没给江何打电话，径自去高中部找他。

晚自习还没开始，同学们有的在专心复习，有的三三两两坐在一起聊天，宋秋旻一眼就看到了江何，他坐在靠窗的位置，背对着她，宋秋旻走过去，她刚想和他打招呼，看到他正和一个有着一头漂亮波浪卷的女孩说话，那一刻，不知道为什么，宋秋旻没出声，反而躲到窗户边，他们看不到她，她却可以听到他们说话。

那女孩宋秋旻认识，是高中部很有名的女神，中瑞混血儿，容貌完美地融合了两国的优点，皮肤如牛奶般白皙细嫩，五官是欧式的立体精致，眼瞳的颜色较常人有点儿淡，但有种烟雨朦胧的美感，远远看就有种惊艳感，近看，果然是美人坯子。

她还是非常有才华的多面手，各种乐器样样精通，主持比赛次次不落，成绩排行榜上"洛冰璇"这三个字常常和江何紧挨着。江何被称作"何神"，那洛冰璇则是和他并肩的"洛神"，那个"皎若太阳升朝霞，灼若芙蕖出渌波"的女神。

此时，洛冰璇坐在江何的旁边，江何背对着宋秋旻，两个人正在讲美国留学的事，探讨着未来要投哪所学校，现在已经拿到了哪所学校的offer（录取通知书）。

他们都是出类拔萃的人物，讨论的也尽是美国常春藤名校这样的话题。这些常人不敢想象的顶级名校，在他们口中，仿若囊中之物，脸上的神情全是自信，他们确实有这样的实力。

"江何，如果我去耶鲁，你来吗？"

"你之前一直中意的不是普林斯顿吗？"

"讨厌，我改变主意了嘛，我问你，还想不想做校友？"

洛冰璇一手托腮，烟灰色的眸子神采奕奕，笑盈盈地望着江何，口气带着不自觉的亲昵，难得的俏皮可爱，和她平时雷厉风行的风格完全不一样。此时，她不是那个严于律己的学生会主席，倒像个跟男朋友撒娇的小女孩。

而他们……看起来确实很般配，天之骄子，人中龙凤，未来，他们会一起出国深造。

去国外留学，宋秋旻也曾想的。

爸爸答应过送她出国，而如今，宋秋旻惨然地笑了下，她连这所国际学校的学费都负担不起，更别说留学那高昂的学费了。

第二章 陶晏之，新的一天，我们又要见面了

她静静地看着他们，两个衣着考究、家境不俗的风云人物组成一道绚丽夺目的青春风景，也与众人划开了一个分出高下的分水岭，他们在上，别人在下。

无论是普林斯顿，还是耶鲁，都离她太远太远了……

宋秋旻苦笑，心里又酸又涩，她又看了眼江何的背影，转身离开。

她无比庆幸，江何没看到自己，这一刻，她突然不知道怎么面对他，面对他们之前宛若深海沟壑的距离。

从遇见江何到现在，宋秋旻此时此刻才发现，原来人与人的差距如此之大。

江何的未来是世界顶级名校，还有和他比肩的女神级女伴，而自己呢？

宋秋旻低着头，看着自己的手，空空的，她的赤手空拳能拼过洛冰璇的家世和才学吗？

她什么都没做，就已经打败自己了，以前，谢雅雅总八卦"何洛CP"（人物配对关系）的逸事，宋秋旻心里多少有些不认可，今天却发现，他们真的是天生一对。

宋秋旻看着玻璃映出的影子，沮丧又失落，她只是个凡人。

她一直对江何心存好感，也觉得他对自己有点儿特殊，可是这特殊说白了，只是有点儿暧昧而已，这点儿暧昧可以有无限可能，也可以什么都不是。

况且，江何看起来和"洛神"也很暧昧啊，宋秋旻有些想笑，她是来找江何寻求安慰的，可生活又给了她一记暴击。

宋秋旻快步离开了从前的学校。

这里曾经是她引以为荣的学校，名师外教、国际课程、最好的设备，她从来没有想过有一天，她会近乡情怯，会怕遇到以前的同学，因为她怕控制不住自卑。

她在川水一中被当作犯人一样审判，她不想在这里，还低人一等。

宋秋旻走得很快，在校门口时，她不自觉地停下脚步，那天，她就是在这里接到爸爸出事的电话的，芒果千层摔碎了，她的生活也碎了。

她看了一眼，那块地方干干净净，什么痕迹都没有。

她想到一句海子的诗：天空一无所有，为何给我安慰？她呢，命运呼啸而过，挥挥衣袖，留下满地狼藉，她从此变得一无所有。

以后不要来了，宋秋旻想，迈步向前走，可她的手臂被拉住，然后被人用力向后一扯。

宋秋旻转身，差点儿跌进那个人怀里，她看到江何喘着气冲她笑，黑亮的眼睛里全是惊喜，那眸子漂亮极了，像落在水里的星星，清澈明亮。

"秋旻，真的是你？"

"你来找我？"

4. 有没有一辆车，能载她回到从前

江何？

他怎么来了？

宋秋旻满肚子的自怨自艾在看到江何的瞬间烟消云散。

怪他，都怪他，他就像个踩着七彩云彩来救她的大英雄，在她快要被失落淹没时，拉住她，带她浮出水面，又给了她星星点点的期盼，他对她，或许还是不一样的。

宋秋旻眼睛水汪汪地看着他，江何穿着简单的白衬衫，袖子卷起来，露出线条优美的小臂，高高大大地站在面前，长身玉立，笑容明澈，他低着头冲她开心地笑，手仍拉着她，他们肌肤接触的地方，是他温暖的掌心。

太久没见，江何似乎更帅了，宋秋旻浅浅一笑，矜持道：

"江师兄。"

第二章 陶晏之，新的一天，我们又要见面了

"你来找我？"

见她点头，江何恼怒道："那为什么不叫我？要不是冰璇看到，我都不知道你来了。"

"看你在和学姐谈事情，不想打扰你。"

"过分！"

江何做生气状，他确实有点儿生气，用力地揉了下她的头发，说："翅膀硬了，还叫师兄呢，连招呼都不打就要走了。"

"师兄，我错了。"宋秋旻求饶。

江何带宋秋旻去了附近的咖啡店，给她点了杯她喜欢的卡布奇诺。

他酸溜溜地说："这么久，某人翅膀硬了，不会连口味都变了吧？"

"没变！师兄，江师兄，我真错了。"宋秋旻又一次求饶，"我是看你在忙，真的不是故意的。"

"哼，"江何表示不接受，把菜单递给她，"那某人还记得她师兄的口味吗？"

宋秋旻帮他点了拿铁，用眼神询问他，他不做回应，她又问："对不对，还是有人口味变了？"

"哟，还敢反将一军！"江何终于给了回应，露出"算了，原谅你"的神情。

宋秋旻笑，看着面前笑意盈盈的少年，这样的感觉真好，见到他，什么烦恼都忘了，忘了洛冰璇，忘了他会出国留学，忘了他们之间的差距，只想和他一起笑。

他们聊了聊彼此的近况，江何说美国的学校申请比国内高考早，所以他最近一直在忙着申请学校的事，比较忙，也没怎么联系她，希望她不要介意。

他又问："怎么样？新学校还习惯吗？同学好相处吗？"

同学？宋秋旻脑子里闪过那个特殊的欢迎仪式，桌子上的红字，还有陶晏之嘲笑的话，喝了口咖啡，笑着说：

"挺好的，同学很好相处，没几天就熟了，学习气氛也挺好。"

"是吗？"江何眨眨眼，露出调皮的笑，"那有没有很帅的男同学？"

宋秋旻一下子笑了，说："有，不过比你帅的，没有。"

"哼，算你懂事！"

他们都笑了，宋秋旻想到刚才那郎才女貌的画面，问："师兄，你一定要出国吗？"

"嗯，家里都计划好了，我也想去看看外面的世界。"

"真好，真羡慕你们这些不用高考的人！"

宋秋旻开着玩笑，笑容却有些勉强，王子和公主一起漂洋过海，灰姑娘呢？

她假装很随意地换了话题："师兄，你觉得王子会爱上穷姑娘吗？"

"当然会，你想呀，王子好不容易碰到喜欢的姑娘，哪会在意她穷不穷！在他眼里，那就是他喜欢的姑娘。"江何瞪了她一眼，"秋旻，你怎么会有这么守旧的想法？现在都什么时代了，威廉王子娶的都是平民王妃。"

"我就突然想到，好奇问一下！"

"是有喜欢的人了吗？都有感情烦恼了。"江何打趣，顿了下，问，"那我问你，你会谈一场距离很远的恋爱吗？"

距离很远？

宋秋旻心里"咯噔"了一下，这个远，是哪种远？是心里的远，还是地域的远，或是身份差距的远？

她想了想，摇头："我不知道。"

她脑子里闪过洛冰璇，眼里闪过一丝失落："我怕离他太远，他飞得太快，我追不上他。"

她低着头说话，没注意江何看着她，眼神纠结。

他拿起咖啡喝了一口，有点儿苦，说："我也不知道，离得那么远，她需要我时，我不在她身边，总觉得对她不公平。"

两个人若有所思，咖啡仿佛都变苦涩了。

第二章 陶晏之,新的一天,我们又要见面了

宋秋旻看着面前苦恼的少年,她真想告诉他,如果是师兄你,就算离得再远,我也愿意和你谈一场永不回头的恋爱。

但她不敢,王子身边有完美的公主,她哪敢奢求他为灰姑娘驻足?

"可是……"宋秋旻想了想,又说,"如果是喜欢的人,再远又有什么关系?"

"也是。"江何也笑了。

咖啡喝完了,宋秋旻向江何告别。

江何要帮她叫辆出租车,宋秋旻说不用,有直达的公交车可以回家。

公交车还没到,宋秋旻看着面前温润如玉的少年,说:"师兄,把手给我。"

她握住江何伸过来的手,江何笑了,问:"这算什么?"

"你忘了呀?传递能量。"

那次,她周末没回家,只有他陪着她,还为她"传递能量"打气加油,如今,她握着他的手,只想再汲取一点点力量。

江何笑弯了眼睛,蓦地,他张开双臂,把她抱在怀里,说:"给你大大的能量。"

他能感到她的疲倦和失落,轻声说道:"秋旻,如果你不开心,一定要跟我说。"

"好。"

"下次来找我,不要再这样一声不吭就走了。"

"嗯,我不会了。那……师兄,我没事的话可以给你打电话吗?"

"当然。"

宋秋旻满足了,她想,有这句话就够了。

公交车来了,她推开江何跳上车,看着江何站在原地,却离她越来越远,越来越模糊,就像他们之间的距离一样,渐行渐远。

以后他们会更远,一个在大洋彼岸,一个在这里。

师兄，我刚才说谎了，如果是你，我愿意等，天涯海角算什么？哪怕是全宇宙最遥远的恋爱，我也愿意坚持。

　　就算我们离得再远，我的心也会飞向你，无惧风雨。

　　可这些话她一句也没有对江何说，那些朦朦胧胧的好感还是败给了自己的怯懦。

　　宋秋旻发现，她怕输，也输不起——她怕输给洛冰璇，也输不起江何对她的好。

　　她扶着公交车扶手，看着窗外一闪而过的街景，她想，有没有一辆车，能载她回到从前？

　　晚高峰还没有过，她挤在人群中，随着公交车的刹车，身体一会儿向前，一会儿站直，鼻腔充斥着各种各样的气味，有香水味也有汗味，混杂在一起。

　　"挤公交"在宋秋旻过去的生活中，不过是纸上的三个字，如今，这些生活的气息，恶意或善意的，平淡的或难闻的，全部向她扑面而来。

　　宋秋旻随着公交车摇摇晃晃，她知道，她回不去了，再也回不去了。

　　和江何的分离，同学的孤立，陶晏之的质问，她都要一个人面对。

5. 难怪我总感觉，你……很狼狈

　　宋秋旻回到川水一中，晚自习已经开始了。

　　学校里弥漫着难得的宁静，沿途的路灯散发着淡淡的微黄的光，温暖又柔和。

　　宋秋旻慢吞吞地往前走，边走边给自己打气，算了，杀人犯就杀人犯，没朋友就没朋友，反正我只是来读书的。

　　正想着，肩膀被拍了下，宋秋旻回头，看到楚夏站在身后，一脸笑意。

第二章 陶晏之,新的一天,我们又要见面了

"你也迟到了?正好一起走,被老师逮到还有个伴儿!"

宋秋旻一脸错愕,楚夏……她还愿意跟自己说话?

楚夏率先走到前面,见她呆在原地,又回头问:"不走吗?"

"来了!来了!"宋秋旻赶紧跟上,和她并肩,小心翼翼地开口,"你……你怎么这么晚?"

"家里有点儿事。"楚夏淡淡道,"本来不想来的,但开学这么久,晚自习一次也没上,再不来,班主任老刘估计要发飙了。你呢,怎么也这么晚?"

"去找我以前的同学了。"

楚夏应了一声,也没多问,手插在口袋里向前走。

可能是刚赶过来,楚夏今天没穿校服,穿着水磨牛仔裤,白色男朋友风棒球服。将近一米七的身高,要不是那长长的头发,看背影还以为是个男生,又酷又帅。可她偏偏又长着一张精致明艳的脸,用如今的流行审美来说,就是"帅气十足",举手投足间那种漫不经心的随性和慵懒,很容易让人心动。

宋秋旻还是不敢相信自己的好运气,忍不住看她一眼,又一眼。

她的动作太明显,楚夏笑了,问:"你一直看我干什么?"

"你……"宋秋旻犹豫半晌,还是问出口,"我和陶晏之的事,你……你都知道?"

"嗯。"

"你……和我走在一起,不怕同学说你?"

"他们在针对你吗?"

宋秋旻点头,楚夏若有所思,点点头:"难怪我总感觉,你……很狼狈。"

狼狈?

这句话一下子说到宋秋旻心坎里,原来在别人眼里,她是这样的。她确实活得狼狈,所以一时间不知道要怎么接话,就苦涩地笑了下。

楚夏又说:"我知道你们的事,可我觉得没什么,跟我又没关系。依我看,同学们就是闲的。"

她长长地叹了口气,一副忧国忧民的样子:"看来老师布置的作业还是太少了啊。"

宋秋旻:"……"

不知道班里的同学听到这样的话,会是什么感觉,宋秋旻觉得好笑又感动,她感激地望向楚夏,不知说什么好。

"真的,"楚夏转头看了她一眼,眼神淡淡的,但很真诚,"除了阿晏,没人有资格说你一句不是。"

宋秋旻眼里的热泪快涌出来,楚夏又拍拍她的肩膀:"你们的事我也有听过,刚开始确实会比较尴尬,不过都会好的。阿晏这个人嘛,还是很好的,等你接触他了,你就知道了。"

很好?连老师也说"阿晏是个很好的孩子",宋秋旻脑中闪过陶晏之冷漠的脸和质问的眼神,迟疑了下,又快步跟上楚夏,脚步前所未有地轻松。

她小声说:"谢谢你,楚夏。"

楚夏勾起嘴角,懒洋洋地笑了下:"不用客气,同桌嘛。"

宋秋旻用力地点头,心里暖暖的。

她跟着楚夏进教室,好在老师还没来,她们幸运地逃过一劫。

宋秋旻正庆幸自己也不是总在倒霉,就看到自己的座位,她粘的纸被撕得破破烂烂,课桌里被塞满垃圾,桌面又添了两个红字——"垃圾"。

她呆在原地,看着那一片狼藉,眼泪在眼眶里打转。

听说,犯罪是会升级的,校园霸凌更是一样,而且一些少年正处在无知还自以为是的年纪,并不觉得这是霸凌,只是觉得自己在伸张正义。

宋秋旻站着没动,身体控制不住地发抖。

楚夏也看到了,她眉一皱,脸色一变,怒道:"这是谁做的?"

第二章 陶晏之,新的一天,我们又要见面了

没人回答,教室里静悄悄的,但所有人的目光都聚焦在她俩身上。

"到底是谁做的?"楚夏又问了一次,嗓音压抑着怒气。

"我做的,怎么了?"有人站起来,懒洋洋道,正是开学那天带头喊"宋秋旻,滚出去"的男孩。宋秋旻知道他的名字,他叫王定波,是陶晏之的好哥们儿,大家都叫他"王大帅"。王定波有几分帅气,听说家境不错,人也大方,很讲义气,平时开口闭口"本帅我",所以大家就给他取了个"王大帅"的外号。

"你为什么要这么做?"楚夏问。

"垃圾嘛,就应该与垃圾为伍。"王定波理直气壮道,"你不服气,那咱们问一下班里的同学——"

说着,他清了下嗓子,问:"同学们,宋秋旻是不是垃圾?"

和开学第一天相同的一幕又出现了,全班同学异口同声道:"是垃圾!"

"是垃圾就该怎样?"王定波又问。

"滚出去!"

怒吼像海啸一样,将宋秋旻淹没。

宋秋旻的眼泪终究还是没有忍住,滚落到她腮边。

她的指甲深深嵌进手心,她告诉自己不要哭,可她就是没忍住,她低着头,鼻子发酸,眼睛生疼,真想找条缝钻进去。

突然,她的手被握住了,楚夏站到她身边,柔声说:"别哭,你又没错。"

她把宋秋旻护在身后,像个千军万马前依旧谈笑自若的谋士,站在众人前头,字正腔圆道:"你们人多势众,行,我不跟你们争,我就问一个人。"

她望向陶晏之的方向,问:"陶晏之,你看不到吗?"

陶晏之正坐在座位上低着头做作业,似乎对正在发生的事一无所知,也漠不关心,就算有人喊他,他也没听到。

楚夏等了半天，没等到回应，她平心静气道："阿晏，我知道你不好受，但这是两码事。如果你觉得宋秋旻是罪有应得，这一切是她活该，你就点个头，我可以不管。"

陶晏之还是没动静，但笔停下了，握着笔的手指因为用力有些发白。

班里的同学都等着，王定波打破沉默，怒道："这是我们自发的，关阿晏什么事？阿晏，你别管她。"

他转过头来："楚夏，你要看不惯，冲我来，是我带的头，是我倒的垃圾，跟阿晏没关系，他什么都不知道！"

楚夏不理他，只是又叫了一声："阿晏！"

楚夏的嗓门很大，但很冷静，她什么也不说，也不做，就告诉他，她在等他。

陶晏之终于动了，他站起来，不得不说，他真高，背还是挺得那么直。他没说话，就径直走到卫生角，拿了扫把，走到宋秋旻的座位，低着头，安静地把那些垃圾扫干净。

他全程没说一句话，也没看宋秋旻一眼，做完这一切，他看着一直注视他的同学，轻轻说了一句："大家不要再这样了。"

陶晏之的脸上没有什么表情，但嗓音吵哑，全是克制和忍耐，还有浓浓的疲倦。

王定波冲过去，一把抢过扫把，扔在地上："阿晏，你不用这样，又不关你的事！"

"够了！"陶晏之怒吼一声，看也不看大家，转身离开教室，夺门而出，只留下开了一半的门，被风吹得吱呀作响。

王定波被吼得蒙在原地，等陶晏之走了，才反应过来，他怒气冲冲地瞪了楚夏一眼，扔下一句"楚夏，你到底是不是阿晏朋友"就追了出去。

事情发生得太突然，宋秋旻还没反应过来。

她满脑子都是刚才陶晏之拿着扫把，把垃圾一点点扫干净的情形，

第二章 陶晏之，新的一天，我们又要见面了

不知为何，她想到之前在警局的调解会，他也是这样，强撑着清瘦的身体，抱着他崩溃的母亲，低声安慰。

他总是这样懂事，她想到他红着眼睛问"我爸又做错了什么"，突然觉得有些对不起他，他并没有做错什么，这一切是同学自发的行为。

"你坐着。"楚夏把宋秋旻拉回座位。

她站起来，走到讲台，屈起手指，轻轻地敲了下黑板，说："大家要有空的话，听我讲个故事，这个故事可能你们都听过。

"从前，有一只兔子，它受了伤。它碰到一只猫，就把伤口扒给它看，说，你看，我这里受了伤。碰到一只乌龟，它又扒给它看，你看，我这里受了伤。后来，可想而知，这只兔子死了，因为伤口一次次被扒开，根本无法愈合，它受伤死了。

"我想，能治愈创伤的最好东西永远是时间，因为随着时间的推移，会淡忘。

"我明白，你们是想帮阿晏，同学之间有义气是好事，但这样做真的合适吗？你们每一次搞出大动静，伤害宋秋旻的同时也是在提醒阿晏，提醒他家里的变故，这不是帮他，这是往他伤口上撒盐。你们这样做，跟那只不断把伤口露出来给大家看最后死了的兔子有什么差别？

"希望大家以后不要再这样，不要再让阿晏为难了。

"还有，宋秋旻有没有错，不是你们说了算，也不是我说了算，没有人能代表正义，我们当中谁也没有资格自以为代表正义审判她。除了阿晏，她没有对不起你们中的任何一个。

"好了，就这样，大家好好上晚自习吧。"

全班鸦雀无声，虽然大家年少稚嫩的脸上还有些不服气，但谁也没再开口，只是在下面交头接耳，指指点点，小声说着什么。

楚夏毫不在意，旁若无人地走下讲台。

宋秋旻以膜拜大神的眼光望向楚夏，她的同桌真是太酷了！

原来身边的这只大睡猫，她清醒起来是这样的，冷静理智，处之泰

然，有四两拨千金的从容不迫，也有打蛇打七寸的睿智聪慧，像个王，平时岿然不动，但一动则万人惊的那种。

"楚夏，谢谢你！"宋秋旻的眼眶发热，一遍一遍说着"谢谢"直到声音哽咽，除了谢谢这两个字之外她似乎找不到其他词汇来表达自己的心情，最后她双手捂住脸，张大嘴巴却没有发出声音，水滴从指缝中慢慢溢出来，顺着手腕滑进衣袖。

"不用客气，你放心，接下来他们不会为难你的，阿晏都发话了。"楚夏拍了拍宋秋旻的肩膀，坐在她身边，安静地陪着她。

良久，宋秋旻慢慢从自己的情绪中缓过来，抹掉眼泪，对楚夏点点头，看了眼没关上的门，小心翼翼地问："他……他没事吧？"

"他……总要放下的。"楚夏笑了下。

那笑容淡淡的，宋秋旻却看到几分落寞，有种千帆已过万重山的沧桑感，好像她经历过很多事情。

宋秋旻真心觉得楚夏了不起，和她认识的任何人都不一样，楚夏那么独特，她越看越觉得眼熟，那种从第一次见面就挥之不去的熟悉感又来了。

一张可爱稚嫩的脸蓦地从脑海中冒出来，宋秋旻猛地睁大眼睛，她用力地拍了下额头，兴奋道："我想起来了！楚夏，你……你是不是……'小夏天'？"

"小夏天"，十多年前是很有名的童星，演过很多电视剧、电影，因为长相可爱甜美，十分软萌，被大家亲切地称作"国民女儿"，可以说是他们这一代共有的童年回忆。

楚夏脸色一变，往桌上一趴，冷淡道："不是，你认错了。"

她又要睡觉了，宋秋旻一愣，她好像惹楚夏不高兴了，她忐忑不安地望着楚夏，不过……她真的太像"小夏天"了。

她偷偷用手机百度了下当年的"小夏天"的照片，天哪，二人的五官简直一模一样，只是现在的楚夏气质变了，而且根据网络上的介绍，"小夏天"的真名就是楚夏。

原来自己的同桌来头这么大,曾经是红遍全国的童星,是"国民女儿"呢,难怪老师对她上课睡觉总是睁一只眼闭一只眼,同学们也没人敢说什么。

宋秋旻万分震惊,又不明白,楚夏为什么不承认她是"小夏天"?

6. 她啊,在他面前,还是一个罪人

宋秋旻没敢再说话,她把写满字的桌面粘好,寻思着得用什么才能溶解这种颜料。

陶晏之和王定波在晚自习结束前回来了,两个人的神色都恢复正常,陶晏之径直走向座位,继续写作业,像什么都没发生过。

倒是王定波朝这边看过来,狠狠地瞪了宋秋旻一眼,眼里全是不爽。

宋秋旻赶紧收回视线,又忍不住好奇地望向陶晏之,说心里话,她还是感激他的,换作她,也做不到这样,她心里只会有浓浓的怨念,有人为自己出气,她还巴不得呢。

"阿晏以前不是这样的,他很开朗,很爱笑。他爸走了之后,他就不太喜欢说话了。"

旁边突然有人说话,宋秋旻回头,看到楚夏不知何时醒来,也看着陶晏之。

宋秋旻很不好意思,她偷看竟被发现了,于是转移话题:"你醒了?"

"嗯,感应到快要下课了。"楚夏道。

宋秋旻:"……"

果然,没多久,下课铃就响了。

楚夏冲她得意地笑了,宋秋旻佩服不已,看来她被称作(6)班"睡

神",不是徒有虚名的。

楚夏朝她摆摆手,走向陶晏之,加上王定波,三个人一起走了。

宋秋旻走在后面,看着前方并排走在一起,气氛似乎还很融洽的三个人,有些不懂,刚才吵成那样,楚夏当众逼他表态,陶晏之竟然……不介意?

他到底是怎样的一个人?

宋秋旻望着那个脊背总是挺得直直的身影,还是不懂陶晏之。她见过他的悲痛无奈,见过他的克制压抑,见过他的懂事谦逊,见过他的冷漠刻薄,他的泪,他的痛,他的恨……唯独没他的笑,他的阳光。

是那场事故带走了他的笑吗?

楚夏说得对,她没有对不起(6)班的任何同学,唯独愧对陶晏之。

她啊,在他面前,终究是一个罪人。

一年多,他们还要朝夕相处一年多。

要怎么熬啊……宋秋旻心情沉重地往前走,看到林昭正在校门口东张西望,一发现她,明显松了一口气,就要向她走过来,又止住,和她保持着不远不近的距离跟着她。

走到人少的地方,林昭才走过来,焦急地问:

"姐,你是不是和陶警官的儿子同班?"

"你怎么知道?"

"我……我看到的,你们从同一个教室出来。"

"哦。"宋秋旻淡淡地应了一声。

见她不肯多说,林昭沉默半晌,还是问:"姐,他是不是欺负你了?"

他没欺负我,但他的好同学在为他打抱不平。宋秋旻想起这几天的经历,神经瞬间绷紧了,她冷下脸来:

"你乱说什么?"

"我……我猜的,我想他和你,他……"

宋秋旻打断他,不客气道:"林昭,我警告你,别管我的事!"

第二章 陶晏之，新的一天，我们又要见面了

"以后见到他，就装作不认识，别去招惹他，也别再惹事。你妈起早贪黑没赚几个钱，别回头都送医院了，现在又不是从前，有那么多钱供你折腾！"

林昭被说得脸一阵红一阵白，不知道自己说错了什么，惹来这一通骂。他最忌讳的就是他的病，好像他是个累赘一样。他黑白分明的眼睛里全是委屈，小声说：

"姐，我也是关心你，你……你为什么……"

"你自己心里明白。"

林昭脸一白，回来的路上，没再说一句话。

宋秋旻看着公交车玻璃映出身后的少年，身形瘦弱，脸色苍白，心里涌起几分愧疚。

其实林昭也是好意，但她控制不住，只要她一想到就是因为他发病才害死爸爸，她所有的恶意都会冲向他。何况，她在学校不好受，也不想让他好过。

偏偏他们还要住在同一个屋檐下，宋秋旻咬着唇下了公交，姐弟俩一前一后进了门。

杜月霞还没睡，正在客厅打盹，看到她，立马站了起来，笑道："回来了？学习这么晚，阿姨炖了汤，喝点儿好吗？"

不过几个月的时间，杜月霞似乎老得飞快，穿着洗得发白的棉质睡衣，像个最普通不过的为生活劳累的妇人。她并不年轻的脸上，此时全是殷勤的笑，宋秋旻本来说不用，但看到她充满期待的眼睛，还是轻轻地应了一声"好"。

杜月霞很高兴，盛了一碗，小心翼翼地端到宋秋旻面前，又嘱咐道："旻旻，小心烫。怎样，咸淡还行吗？"

她对自己总是战战兢兢，好像怕得罪人一样，可她对自己的亲生儿子林昭就很随意，"林昭，自己去盛碗汤喝"，态度明显不同。

因为……觉得对不起自己吗?

宋秋旻看着嘘寒问暖的杜月霞,觉得很熟悉,自己在同学面前也这样的,战战兢兢,低人一等,生怕一不小心又得罪了他们。

而自从和他们住在一起,相处模式也是这样,他们百般讨好,她爱理不理,她这样……和孤立她的同学有什么差别?

宋秋旻蓦地觉得可口的汤没了滋味,她抬起头认真地说:"阿姨,很晚了,你累了一天,先去睡吧。"

"啊?"杜月霞没反应过来,等听清楚她说什么,受宠若惊道,"啊,好好好,你们也早点儿休息。"

她进屋,走之前,拍了下儿子的肩膀:"林昭,等会儿把碗洗了。"

"好的,"林昭懂事地点头,"妈妈早点儿睡。"

住这么久,她好像从没洗过碗。

宋秋旻在脑中搜索了一遍记忆,确实一次都没有。她从来都是吃完就放下碗,然后躲进房间,洗碗一直是林昭的事,她也没做过什么家务活。

他还真是任劳任怨,宋秋旻看着沉默喝汤的林昭,你要说他哪儿不好,他还真没有什么缺点,可她就是不喜欢他,一直都不喜欢,现在更是像仙人掌一样,找到机会,能扎他一下就扎他一下。

"可是,我爸又做错了什么",宋秋旻想起陶晏之的质问,是啊,林昭也不是故意发病的,他也不想的,他……又何罪之有?

如果林昭没错,自己没错,那这场事故,到底是谁的错?

喝完汤,宋秋旻主动收拾了碗筷。

她还是冷冷的,却主动问:"你吃完了吗?"

林昭抬头,神情生动,错愕又惊喜,黑眼睛一下子迸发出闪亮的光,他结结巴巴道:"吃……吃完了。"

"碗我来洗吧。"

"还是我来,姐,你不会。"

"我就不会洗个碗？"

宋秋旻冷着脸道，抢过林昭的碗，进了厨房。

家务活这种事，宋秋旻还真的很少做，洗个碗也笨手笨脚的，好几次手滑，林昭拿了个抹布，假装擦来擦去，其实在偷看她，眼睛笑眯眯的，弯成好看的弧度。

林昭笑得像个小傻子，宋秋旻想。她看了他一眼，发现林昭不知不觉已长高不少，不再是三年前那个怯生生的小学生，如今已是个眉清目秀的少年，十分好看。

长得好，但命不好，宋秋旻暗自唏嘘。她以前听爸爸说，杜月霞的前一段婚姻，就是因为林昭的爸爸嫌弃他有血友病，总是要花钱，夫妻俩才离婚的。离婚后，他爸爸就像甩掉包袱一样，火速再婚了，再也没有来看过儿子一次，更别说给抚养费。

林昭也怪可怜的，连亲生父亲都嫌弃他，难怪做什么都畏首畏尾。宋秋旻记得，林昭第一次来她家，瘦瘦小小的一个男生，端端正正地坐在沙发上，双手拘束地放在膝盖上，不怎么说话，就保持着礼貌的笑容。

那会儿宋秋旻就坐在他对面，懒洋洋地窝在沙发上玩手机，跟谢雅雅在QQ上发信息，内容就是"真无聊，我未来的后妈来了""还带着一个小拖油瓶"之类的。等回复时，她抬头看到对面的小拖油瓶正在看客厅摆放的一盘车厘子。

大人在说话，自己在玩手机，他大概以为没人注意到他，盯着晶莹美丽的红果子，眼里全是渴望，还偷偷地咽了下口水。但就算馋得仿佛下一秒就要流出口水，他也只是看着，不敢伸手去拿一颗，哪怕盘子就摆在他面前。

那一刻，也不知是什么触动了宋秋旻的心，她拿起那盘车厘子，递给林昭："给，很好吃的。"

林昭当时愣了一下，然后露出一个灿烂的笑容，甜甜地说了句"谢谢姐姐"。

第二章 陶晏之，新的一天，我们又要见面了他就拿了一颗，含在嘴里，似乎很珍惜。这羞怯的动作又不知哪里惹了宋大小姐，宋秋旻又看他不顺眼了，她心里嗤笑一声，我才不想要你这个便宜弟弟。她给谢雅雅发信息，说："我后妈的儿子是个马屁精，叫我姐姐叫得可亲热了。"

后来，林昭搬进来，果然如宋秋旻所说，是个马屁精，礼貌又乖巧，还会帮忙做家务，把宋军心疼的，直夸这孩子太懂事，反而显得女儿任性。这样，宋秋旻更不高兴，越发觉得林昭哪里都讨厌。

如今，宋秋旻再看他，心情有些复杂。他这么乖，生父还是不要他，他敢不懂事吗？

我不该对他那么坏，宋秋旻又想。毕竟被孤立、被冷眼相待的感受，她比谁都清楚，她不该像同学那样，一次次用冷漠提醒这对母子，是他们害自己变得一无所有，是他们犯了错，她不该挟罪报私仇。

晚上，宋秋旻躺在床上。

她回想今天发生的事，忍不住叹气，真是动荡的一天啊！

明天，明天去找找有没有能溶解颜料的东西，也不知道经历晚上这场风波，同学们会不会收敛点儿？

应该会好些吧，宋秋旻安慰自己，模模糊糊睡过去。

睡梦中，她一会儿梦到江何和洛冰璇谈笑风生，举止亲密，一会儿梦到她拉着陶晏之的书包背带，他冷漠地看着自己，她却不管不顾，只是一直哭，边哭边说："陶晏之，你很难过吗？我也很难过，你想爸爸吗？我好想他……"

第二天醒来，宋秋旻摸了下脸颊，湿湿的，真没用，她又哭了。

她看着窗帘，有阳光照进来，清晨的阳光是金色的，很柔和。

宋秋旻伸出手，穿过这金色的光，她想起那个在梦中始终一脸冷漠但没有离开的清俊少年，叹了一口气。

陶晏之，新的一天，我们又要见面了。

陶晏之，
你想爸爸吗

你离开后，我才学会告别

1. "对不起"，他不需要，一声"谢谢"，他愿意听吗

去学校的一路上，宋秋旻都在纠结——同学们把她的纸撕了吗？

她走进教室，教室还是会突然安静一下，但同学很快就各做各的，没有人再注意她。她走到座位，松了一口气——纸没被撕掉！纸和昨天她粘的一样，还好好的！

宋秋旻几乎要喜极而泣，看来陶晏之的话起了作用，他们真的很听他的话。

要特别谢谢楚夏，还有……他。

宋秋旻偷偷瞄了眼，陶晏之已经来了，正在啃面包，王定波坐在他身边，嚷嚷道：

"又吃面包？我发现，你这学期都吃面包，你妈不是最舍不得你吃这样的垃圾食品吗？"

"她身体不太好，我叫她别早起。"

陶晏之淡淡道，把一大口面包咽下去，打开水瓶仰着脖子喝水，喝得有点儿急，但脖子微微上扬的线条甚是优美，喉结突起，一种属于少年的独特的味道，界于成年与孩童的青涩健康。

"看什么？"楚夏把书包扔在桌上，懒洋洋道。

她戴着标志性的鸭舌帽，一如既往地酷帅，今天在宋秋旻眼里，更是无比高大，腿长一米八，她指了指桌上的纸，带着窃喜："你看！"

楚夏立马就明白了，宋秋旻又诚心致谢："谢谢你，楚夏，我请你吃饭吧？"

"不用，本来就是他们不对。"楚夏摆手，又说，"其实你最该谢的不是我，是他。"

第三章 陶晏之，你想爸爸吗

她随手指了指陶晏之，见宋秋旻沉默，知趣地转移话题："唉，好困，我先补补觉。"

说着，她往桌上一趴，又去见周公了。

宋秋旻把书拿出来，预习语文。

她瞥了眼陶晏之，他在复习，楚夏说得对，她最该感谢的是他，可是，她要怎么感激呢？她连叫他"阿晏"的资格都没有，宋秋旻叹了口气，人生真是太难了。

接下来几天，高二（6）班的同学依旧不跟她说话，但背地里的小动作全没了，没人再往她课桌里塞垃圾，也没有人偷偷在她身后贴写着"凶手"的字条，粘桌面的纸再没被动过。

宋秋旻暗自高兴，心情也像被雾霾多日缠绕的天渐渐放晴了一样，生活终于看到点儿希望。只是，她一直在想楚夏的话，"对不起"，他不需要，那一声"谢谢"，陶晏之愿意听吗？

这天，宋秋旻放学回家。

最近，林昭不知道是魔怔了还是怎么了，坚持要和她上下学。

宋秋旻被烦得不行，只得和他约在学校的北门见面，那里比较偏，鲜有人走，应该不会被看到。

真麻烦，宋秋旻边走边抱怨。日子一天天过去，快入夏了，天气也热起来，她擦了把汗，抬头就看到不远处，林昭被推倒在地，他身前站着一个人，紧紧地握住拳头，举起来，朝林昭砸下去！

陶晏之！

她认得他的背影，没人像他这样，走路站立都像军人一样，笔直挺拔，有股说不出的英气。

他在干吗？打他吗？

他发现林昭是她的弟弟，在报仇吗？

宋秋旻的心一下子吊起来，急得快哭了，她没头没脑地朝他们跑过去，张开双臂挡在林昭身前，急急喊着：

"陶晏之，求求你，不要打他！我弟弟身体不好，你不要打他！你要不高兴，就冲我来，跟他没关系！"

她的嗓音都带着哭腔，浑身不自觉地发抖，她明明很害怕，却像只瘦弱的小鸡张开双臂拦住"老鹰"，把林昭护在身后。其实林昭只是身体不好，但毕竟是男孩子，站在那儿，还比她高一个头。

林昭："……"

陶晏之："……"

没人说话，现场一片沉默，气氛有些奇怪。

预料中的拳头并没有下来，宋秋旻抬头，看到表情古怪的陶晏之，看自己像个……很蠢很笨的东西。

被护在身后的林昭也是一脸尴尬，他轻轻地拉了拉宋秋旻的衣角，小声说：

"姐姐，你误会了。"

"啊？"

宋秋旻也觉得似乎不是自己想的那样，林昭简单地说了情况，原来陶晏之并没有打他，相反，他还救了他。

林昭放学到北门来等她，结果碰到几个小混混儿，自称什么"街道治安委员会"，要收保护费，说白了就是勒索。林昭不愿意给，就和他们打了起来，正好被路过的陶晏之看到，出手救了他。

"姐！你刚才是没看到，刚才陶警官的儿子真的好厉害，以一打五啊，那些混混儿完全不是他的对手！真的，他超能打！"

提起刚才的事，林昭一脸兴奋加崇拜，眼看要比画起来，宋秋旻打断他：

"你你你——那么多小混混儿，要钱你给就是了，跟人家争不过还争，万一被打伤了怎么办？"

"我……我就是咽不下这口气，我妈赚钱多不容易。"

"知道不容易，你就更应该息事宁人，别给你妈惹麻烦！"

第三章 陶晏之，你想爸爸吗

宋秋旻没好气道，看着还坐在地上的林昭。他摔了一身灰尘，看起来颇为狼狈，稚嫩的脸上全是不服气，神情倔强又略带委屈。

他就是心疼他妈妈，才一点点钱都舍不得，宋秋旻心软了下，伸出手拉他："先起来。"

林昭高兴地站起来，拍了拍身上的灰尘。

"拍干净点儿，别让你妈发现。"

"嗯，我知道。"

"没流血吧？"

"没，多亏了他。"

陶晏之早在他们说话时就走了，此时已不见踪影。

宋秋旻想起刚才陶晏之的神情，啊啊啊，她真是蠢死了，她恼羞成怒道：

"林昭，你刚才怎么不拉着我？"

"……姐，我来不及。"

"你分明是故意的，就是想看我出丑。"

宋秋旻气哼哼地走在前面，林昭被扔在身后，他也不生气，微微一笑，快步追上去，和她肩并肩，眉眼弯弯，笑得像个小傻子。

"姐，你不和我一起上学，是怕别人发现我是你弟弟，也欺负我？"

"没有，你想多了，我纯粹是看你烦。"

林昭笑眯眯地嘀咕："反正我听见了，你刚才叫我弟弟。"

宋秋旻的脸一下子红了，回头给了林昭一个栗暴："再废话，回头告诉你妈你在学校打架。"

这下林昭不敢多话了，他跟着她，继续回味："陶警官的儿子真的好帅，那出拳速度，绝了！"

男孩子就是四肢发达，头脑简单，崇尚暴力，宋秋旻嫌弃地看了眼林昭，一个问题冒出来，陶晏之知不知道林昭是自己弟弟？

如果知道，还肯出手相救，那他这个人真是太正直了！

不管怎样,她一定要好好谢他!

回想起刚才尴尬的一幕,宋秋旻真想掐死自己,他一定觉得她是个智障!

林昭还在滔滔不绝地表示对陶晏之身手的赞赏,宋秋旻听着他"左勾拳放倒一个,直踢踢飞一个",忍不住问:

"真有这么厉害?"

"真的!一点儿都没夸张!"

可能是跟他当警察的爸爸学的,宋秋旻想起那场事故,心情失落,说:"陶警官的儿子叫陶晏之,(6)班的同学都叫他阿晏,人——"

她顿了下,说:"人还不错。"

估计是林昭也想到了那场事故,不再说话了。

宋秋旻又说:"你要再见到他,就跟他好好道谢,毕竟是咱们……对不起他。"

"嗯。"林昭用力点头,"姐,我懂的,你放心。"

"姐,他真是个好人。"他又感叹。

宋秋旻点点头,没再说话,心里很是惆怅,陶晏之啊陶晏之,为什么你和你爸一样,都是这么好的人?

如果他坏点儿,她心里还好受些,不会这么愧疚,可偏偏就是他们让一个好儿子失去了一个好爸爸。

2. 阿晏

回到家,两个人默契地没提起这件事,大家围着桌子吃饭。

宋秋旻看着不断给他们夹菜的杜月霞,突然想起早上陶晏之和王定波的对话,他妈妈似乎已经很久没给他做早饭了……

第三章 陶晏之,你想爸爸吗

她仔细想了想,他确实每天早自习不是一瓶水就面包,要么就一包牛奶解决。

这样可不行,他们马上就要高三了,每天学习任务繁重,要是营养跟不上,身体要出问题的!宋秋旻心里有了主意,吃完饭,出去买了个保温食盒,双层,大小刚好能塞进书桌里。

第二天,宋秋旻起了个大早,把杜月霞做好的早餐装到保温盒,煮得黏稠的白粥,炒得碧绿可爱的小白菜,溏心煎蛋,摆上去,还真是色香味十足。

宋秋旻虽然一直不喜欢杜月霞,但她的手艺确实不错。

林昭刚睡醒,揉着眼睛问:"姐,怎么这么早?"

"我要去背诵。"宋秋旻边说边往外跑。

她跑得很快,生怕早餐凉了,其实她根本不用担心,保温盒放书包里,昨晚,她还买了便当袋。

宋秋旻上了公交车,抱着书包,看着外面灰蒙蒙的天。

这是早班车,她还是第一次坐早班车,公交车自如地穿过朝露城的街道,一站又一站。

原来城市的早晨是这样的,静谧平和,就连阳光也极为温柔,轻轻地洒向人间,像给城市罩上一层淡淡的金色的雾,柔软的,轻盈的。

宋秋旻的心也软软的,她抱着书包,有点儿重,但心情难得地轻快,她要赶早,不能让别人看到。

希望班里没人,她笑了笑,朝玻璃窗哈了一口气,学鲁迅写了个"早"字,又哈了一口气,这次写下的是——"晏",完全是无意识的。

陶……晏……之,宋秋旻回想起他们相遇以来的点点滴滴,发现他们根本没有说过几句话,可她感觉,他们好像已经认识很久很久了。

因为在他面前,自己罪孽深重吧?宋秋旻苦笑,唉,什么时候,她才能像其他同学那样,也能坦坦荡荡地叫他一声阿晏?

到站了，宋秋旻背着书包下车，那个"晏"字，她没有擦掉，还在前面加了一个"阿"，合起来就是——阿晏。

班里还一个人都没有。

宋秋旻暗自庆幸，她做贼般，把便当袋放到陶晏之的书桌。

做完这一切，她又看了一眼，总觉得怪怪的。

啊，真是太笨了！她用力拍了下额头，她是按她的喜好买的，粉红色便当袋全是粉嫩嫩的花朵，一看就是女生送的！

大家肯定也不会想到是我，宋秋旻安慰自己。

为了避免成为怀疑对象，她离开教室，找了个僻静的角落背语文，然后等到差不多要上早自习了才回来。

陶晏之已经来了，也发现有人送了早餐，后排的一帮男生以王定波为首，正围着他起哄。

"天啊，都有人送早餐了！"

"继送巧克力、送蛋糕，阿晏粉丝团的追星手段又升级了！"

"让本帅看看是什么。"王定波抢过便当盒，啧啧两声，贱兮兮地说，"溏心蛋竟然没有煎成心形，差评！"

陶晏之："……滚！"

他抢过便当盒，微微蹙眉，苦恼的样子，似乎不知道怎么办。

"看什么看？不吃给我，本帅不介意为你排忧解难，消受一下美人恩。"

陶晏之一下子笑了："走开，又不是给你的。"

"那还不快吃？没看到这里三层外三层的，用心写满了'趁热'两个字吗？"

陶晏之："……"

最后，陶晏之还是吃了早餐。

他吃饭完全是和这个年纪的大男孩一样，吃得很快，而且吃得很香，

第三章 陶晏之，你想爸爸吗

让人看了就很有食欲，好像便当里是全世界最好吃的美味。

看来，带给他的早餐挺合他的胃口，宋秋旻暗自高兴，拿着一本书完全遮住脸，看起来在认真读书，其实一直在偷偷看陶晏之，嘴角不自觉地扬起。

"在笑什么？"楚夏走过来，拿起她的书，问，"这位小姐姐，你没发现你的课本拿反了吗？"

"我故意的，我在默背。"宋秋旻脸不红心不跳地撒谎。

楚夏露出"服你"的眼神，发现陶晏之有人送早餐的事，过去起哄了几句，回来道："阿晏的粉丝团真是越来越接地气了。"

"粉丝团？"

"你不知道啊？阿晏可是万人迷，崇拜他的女孩可多了，王大帅说都能组成一个团，所以大家就叫阿晏的追求者为'粉丝团'。"

"他……有那么多人喜欢啊？"

"长得帅嘛，成绩又好，肤浅的小女生不都喜欢这样的？"

"……"她说得好有道理，宋秋旻竟不知道如何反驳，她想起林昭那惊为天人的崇拜，忍不住问，"他……是不是很会打架？"

"啊，你怎么知道？"楚夏讶异道，"阿晏在我们学校可是有传说的，知道王大帅为什么对阿晏那么好吗？因为阿晏对他有救命之恩。"

"王大帅这人还是不错的，就是心太花了，没事就爱乱撩，撩完就跑。有次看上一个女生，追得天崩地裂，可没几天，新鲜劲过了，把女生当路人。他倒无所谓，妹子却伤心极了。这不报应来了，谁也没想到，妹子有个上体校的哥哥，听说妹妹被欺负，带了一群有八块腹肌加人鱼线的壮汉把王大帅堵在学校附近的巷子里，王大帅当时就吓傻了。"

"最后还是阿晏去救他，一个人单挑体校哥哥点名的三个人，带着王大帅安然无恙地回来了。这件事最后被班主任知道，阿晏差点儿被记过，不过少年意气，两肋插刀，不就是这样吗？"

宋秋旻默默点头，难怪林昭像个小迷弟一样，原来陶晏之真的很厉害。

"他啊，要放在古代，肯定是个侠骨柔肠的翩翩少年郎。"楚夏感叹，"身手是真的好，从小跟他爸练出来的，以前我们剧组的武替都比不上他。"

"啊？武替？"

"没什么。"楚夏反应过来淡淡道，刚才的兴奋一扫而过，把帽子一压，说要睡觉去了。

剧组？武替？她分明就是童星"小夏天"，宋秋旻更肯定自己的推测，但还是不明白，为什么楚夏好像很不愿被人提起一样，恨不得大家都不认识她？

她刚转学时，也祈祷新学校没一个人认识自己，可能每个人都有自己的故事，楚夏也一样吧，宋秋旻想，既然她不愿意说，她不问就是了。

3. 宋秋旻，我们之间不是送几顿早餐，就能化解的

陶晏之吃完，把保温盒洗了，放在窗台上。

午休时，宋秋旻趁没人在，又像做贼一样，把保温盒"偷"回来，藏在书包里。

晚上，她打开保温盒，看到夹着一张纸，写着：

谢谢。

——阿晏

字写得很好看，刚劲有力，自带一种洒脱，从字能看出这是个英气勃勃、努力奋进的人。

"阿晏……"宋秋旻拿着字条，倒在床上，笑了。

她早上也给他留了张字条，写了"谢谢"，为了怕被认出笔迹，她用左手写的，不知道他有没有看到。

第三章 陶晏之，你想爸爸吗

人帅，名字好听，连字都写得这么好看，还会格斗，难怪都有粉丝团了，宋秋旻酸溜溜地想，不知为何，她没把字条扔掉，而是夹在了日记本里。

星期二，宋秋旻依旧起了个大早，去送早餐。

林昭看着她哼着歌把粥装进保温盒，不解地问："姐，你怎么不吃了再走？多麻烦。"

"我赶时间。"宋秋旻说完，像只欢快的小鸟，蹦蹦跳跳地走了，路过一个早餐摊，她随手买了两个包子。杜月霞做的早餐是两人份，给了陶晏之，她就没了。

不过她愿意，看他吃得那么香，她就高兴，楚夏说陶晏之很爱笑，她就想看他笑一笑。

他笑起来一定很好看，宋秋旻啃着包子，看着黎明的微光，她想，要是阳光能收集就好了，她就收集很多很多的阳光，把灿烂还给陶晏之。

这天，陶晏之依旧吃得很香。宋秋旻看着少年脸上淡淡的笑，这一天的脚步都轻盈了不少，连楚夏都问：

"你最近心情不错嘛。"

"是啊，多亏你，同学们对我友好多了。"

宋秋旻回答，她也没说谎，同学们确实没再针对她，她还认识了前后桌的同学，虽然都是点头之交，但总比被当透明人好。

当然，最重要的是——她终于能为陶晏之做点儿事。

这样送了两天，这天午休，宋秋旻依旧偷偷摸摸地去拿便当袋。

就要回到座位时，听到后面传来一声惊呼：

"是你！"

宋秋旻回头，吓得手里的便当袋差点儿没拿住。陶晏之站在后门，不敢置信地问：

"这几天送早餐的都是你？"

糟糕！被发现了！宋秋旻又窘迫又尴尬，做错事般点点头。

"怎么是你？"陶晏之又问，神情极为沮丧。

"我……我，"宋秋旻结结巴巴道，灵机一动，"谢谢你啊！你救了我弟弟，我当然要好好感谢你！"

"不用，我只是刚好路过，无论是谁都会出手帮忙的。"陶晏之走过来，还是一脸冷漠，他公事公办道，"我不知道送早餐的是你，不然我也不会吃的，你以后不要再送了，这几天的早餐多少钱？我还给你。"

"为什么？"宋秋旻脑袋有点儿短路，傻傻地问，"不合胃口吗？"

"不是这个问题。"陶晏之又用看智障的眼神看她，"我把早餐钱还给你。"

说着，陶晏之掏出钱包，他翻了翻，没有零钱，最后拿出一张一百元，递给她。

宋秋旻看着这鲜艳的纸币，小声辩解："我……我就是想谢谢你，没有其他意思。"

"我不需要。"

"几顿早餐而已，又没什么……"

"我不需要。"

真讨厌，再也没见过比他更顽固的人了！

宋秋旻有点儿不高兴，她饿了一上午，脾气也不大好。既然他这么客气，她就不客气，她索性大大方方地接过纸币，露出苦恼的表情，说：

"多了，我找给你吧。"

她去拿钱包，在座位掏了半天，然后，很沮丧地说："没零钱。"

"这样吧，"宋秋旻眼珠转了一下，开始胡搅蛮缠，"我拿早餐抵给你，一顿五块，一百块，你可以吃一个月。"

陶晏之傻眼，摆手道："算了，不用了，钱我不要了。"

第三章 陶晏之，你想爸爸吗

"可我也不想白拿你的钱，我也不是贪小便宜的人。"宋秋旻上前一步，一脸"你别拿钱来污辱我"的神圣表情，特别正义凛然。

陶晏之：“……”

"那我们就这样说定了！"宋秋旻自说自话，她又兴致勃勃地提议，"你放心，我的早餐是自家做的，绿色安全健康。你要是吃烦了，还可以订餐，我们可以加个微信或QQ，想吃什么随时可以跟我说。"

陶晏之：“……”

他从没见过这样不按常理出牌，脸皮还这么厚的女孩，又不好发火，忍不住怒道："你是不是有病啊？我们又没交情，干吗给我送早餐？反正我不会吃的，你不要再送了！"

"我才不是送你，我是在还钱。"宋秋旻一本正经地回答。

"你……"陶晏之说不过她，气哼哼地瞪了她一眼，甩手走了。

宋秋旻看着他的背影，笑了，真笨！以后要娶老婆，肯定是个"妻管严"。

跟女生怎么能讲理呢？论无理取闹谁比得上她？以前她要耍起无赖，爸爸可是拿她一点儿办法都没有。

隔天，宋秋旻依旧一心一意地给陶晏之送早餐。

陶晏之这次看到保温盒，露出的表情不是惊讶，而是苦恼，还朝她看了一眼。宋秋旻假装专心致志地看书，心里紧张极了，他会不会接受？

陶晏之没吃，放学后，两个人极有默契地留下来，教室里就剩下他们两个人。

宋秋旻冲了过去，问："你自己花钱买的早餐，你为什么不吃？"

"我说了我不会吃的，你再送过来，我就倒掉。"

"倒掉？"宋秋旻有点儿受伤，她每天饿着肚子就想让他也能吃上热气腾腾的早餐，他要倒掉，她的眼圈慢慢红了，哽咽道，"林昭的妈妈每天三四点钟起来给我们做的早餐，你要倒掉？"

她的泪花在眼眶里闪动，神情委屈，像他做了一件大逆不道、不可饶恕的事。陶晏之跟女孩打交道的经验实在少，一下慌了，他梗着脖子：

"我……我叫你不要送的！"

"我也是不想欠你。"

"……"

"你起码把这顿吃了。"

陶晏之不知道怎么反驳，尤其她大眼睛一眨一眨眼泪好像随时要掉下来，最后，他没办法，还是把早餐吃了。

保温效果很好，此时打开还有热气冒出来。

陶晏之吃得很安静，却不见前几日的津津有味，像完成一项任务，只想飞快地吃完。

宋秋旻坐回座位，不时看他一眼，她在心里叹了一口气，怎么连送顿早餐都这么难？不过他心真软，说几句就听话了。

陶晏之吃完，把保温盒洗了，还给她，说："明天你不要再送了，真的。"

他看着她，正色道："宋秋旻，我们之间不是送几顿早餐，就能化解的。"

宋秋旻的脸一下子涨得通红，她当然知道，他们之间不是送几顿早餐就能化解的，她只是……只是想弥补一下，哪怕无济于事，哪怕如此微不足道。

她接过便当袋，看着他的背影，默默地说："你放心，等把你的钱还清了，我……我就不会再送。"

陶晏之没说话，背对着她，走了。

宋秋旻看着他，失望透了，原来负罪前行是这样的，步步艰难，处处碰壁，连想对他好一点儿，做点儿小事，都这么难。

一下午，宋秋旻都闷闷不乐，连放学后，楚夏叫她一起吃饭，她都没去，因为没胃口。

她闷闷地坐着，想做作业，打开试卷做了几道题，又把笔丢下，反反复复几次，最后望向陶晏之的座位，她该怎么办？

陶晏之坐在靠窗的位置，宋秋旻每次偷偷看他，看到他的同时，也总能看到一大片湛蓝的天，仿佛他就坐在蓝天白云下。他静静地坐着，只露出美好的侧脸，脖子到脸颊的线条感极强，鼻子高挺，眉毛浓密，眉宇间聚着淡淡的愁绪。

那时，宋秋旻总会想，他这么不开心，她好想有一双温柔的手，去抚平他的眉，然后，她不由自主地伸出手，宋秋旻失笑，她真是魔怔了，这时，她正巧看到一个人从窗边经过。

"江师兄！"宋秋旻一下子站起来。

江何回头，露出一个大大的笑容，隔着窗户，道：

"宋秋旻，终于找到你了。"

4. 可是我想你了，怎么办

宋秋旻跑了出去，她想，江何一定是她的大英雄。

不然，为什么每次她伤心难过，要被失落淹死的时候，他都会出现？

上次是，这次也是。宋秋旻跑出去，看着面前的男孩，满脸笑意："江师兄！"

她注意到他光洁的额头有细细的汗，一下子就猜到，他不知道她在哪个班级，一个个教室找过来的，生气道："你怎么不给我打电话？"

"惊喜！"江何笑了，神情难得调皮，"看来很有效果，某人好像挺开心的。"

宋秋旻羞赧地瞪了他一眼："幸亏我在班里，不然，你把一中走一遍,也找不到人。"

"才不会,"江何摇头,看着她的眼睛,笑意盈盈道,"我相信,我一定能找到你,这是咱们的缘分。"

说者无意,听者有心,宋秋旻心一热,被陶晏之拒绝的打击一扫而空,眼睛亮晶晶地望着江何,好一会儿才想起问:"师兄,你怎么来了?"

"有事想跟你说,我们先找个说话的地方!"

虽然已经转到川水一中大半个学期,但宋秋旻对学校并不熟悉。

之前她在班里被孤立,走到哪儿,都觉得有人对她指指点点,所以她就没有好好逛过学校,最后,她带江何到了上次和陶晏之谈判的地方。

他们走到那株高大茂密的白玉兰树下,还是一样的花香,宋秋旻却觉得这一次真是沁人心脾,她迫不及待地问:

"师兄,什么事?"

"你先闭上眼睛。"

"这么神秘?"

话虽如此,宋秋旻还是闭上眼睛,她感到手被握住,掌心上轻轻放了一个东西,似乎是一张纸。

宋秋旻睁开眼,看到一张写满英文的纸,她一眼认出那个标志,常青藤名校之一,那天,她听到江何和洛冰璇的对话之后,就去百度了,把这所学校的标志记得特别清楚。

"耶鲁大学?"宋秋旻瞪大眼睛。

江何点了点头,一脸的笑意,眼里全是跟她分享的喜悦。

耶鲁,好远,他和洛冰璇成了校友,宋秋旻眼里有一闪而过的失落,心里有些羞愧,对她这么好的江何被世界名校录取了,她第一反应竟不是替他高兴,而是失落,失落他最后和她选了一样的学校,是他本来就想去耶鲁,还是为她改变了主意?

宋秋旻看着那密密麻麻的英文字母,她的英语很好,可上面的单词忽然就一个都不认识了,她眨眨眼,抬起头,笑着说:"师兄,你真厉害!不愧是我们的'何神'。"

"今天刚收到的邮件,除了我爸妈,你是第一个知道的。"

"真的?"宋秋旻眼睛的光芒又亮了起来,她比洛冰璇知道得还早?

江何点头,又说:"耶鲁一直是我的目标,虽然感觉应该没什么问题,但收到邮件还是很兴奋,第一时间就想当面告诉你,所以我来找你了!"

原来是这样,他第一个想告诉她,又一个个班级找她,就是想给她一个惊喜,她竟然没有真心实意地祝贺他,反而嫉妒洛冰璇,担心以后见不到他,自己真是太自私。宋秋旻心底的阴霾一扫而空,由衷地恭喜:

"师兄,我真替你开心,就是……"

"嗯?"江何用眼神询问她。

"有点儿舍不得你。"宋秋旻笑了笑,带着不自觉的撒娇和亲昵,"美国,好远啊,想见你一面都难!"

"傻瓜,我又不是不回来,以后还会回来的。"江何笑了,眼神更柔和,"而且现在科技这么发达,联系很方便。"

可是我想你了,怎么办?宋秋旻看着面前意气风发的少年,心里又甜蜜又苦涩。

她开心他第一时间和她分享喜悦,可是她不过是他的一个小学妹,以后他去美国了,有什么理由天天缠着他,动不动就给他打电话?以后她每一次想他,第一件事,就是找给他打电话的借口。

江何和她聊到快上晚自习的时候,临走前,他邀请她去参加他的升学宴。

他把宴会的地址写在那封邮件的背面,认真嘱咐:"秋旻,你一定要来,我等你。"

他的神情郑重,好像她是他很重要的人。

宋秋旻点头,看着江何离去的背影,直到看不到,她才收回视线。

她想，她以后看到江何的背影会越来越多，因为他们之间，会有很多离别，她会不断地送他离开。其实刚才，她很想问一下，上次他说的那个很远的恋爱主人公是谁，如果是她，多远她都不介意，可她不敢，她怕失去他。

这是那场事故留下的后遗症，她变成一个胆小鬼，患得患失，拥有的每一点儿美好都会想拼命留住，又怕开口之后，一切又回到最初一无所有的时候。

江何来了，宋秋旻的心情并没有变好，反而更惆怅，她不想回教室，索性找个长椅坐下，免得回去又要看到那个冷冰冰的陶晏之。

她盯着录取通知书，明明只是轻飘飘的一张纸，她却觉得沉甸甸的，分量很重，这就是江何，永远光芒万丈。

宋秋旻还没认识江何之前，就听过"何神"的传奇，没办法，他太有名了。

以前国际学校的教室楼中央有一个巨大的显示屏，上面除了发布些学校的通知之外，就是学生的获奖信息，因此也被同学戏称为"国际风云榜"，而最常出现在风云榜上的就是江何，一会儿奥数得奖，一会儿去参加国际围棋比赛……

可以说，在学校里，没有人不认识江何，老师喜欢他，男同学嫉妒他，女孩子暗恋他。

宋秋旻一入学就被显示屏那个垂着眼眸看书的俊秀少年震住了，没错，国际学校为显示开放，用的不是证件照，而是生活照，整个屏幕都是江何在图书馆看书的照片，就在右侧显示"NOIP"（全国青少年信息学奥林匹克联赛）一等奖。

"这是谁啊？"宋秋旻问刚认识的谢雅雅。

谢雅雅回答："何神啊，高二的江何，神一样的学霸。"

宋秋旻就这样记住了江何，不过当时她并没有在意，只是觉得这个

第三章 陶晏之,你想爸爸吗

人也太得天独厚,聪明又长得好看。她对江何心生好感,是在高一下学期,有次她去食堂吃饭,排了好久的队,终于轮到她打菜,发现自己没带卡又没带现金。

场面有些尴尬,餐厅阿姨在等待,后面同学又在催,宋秋旻窘迫得不行,就听到后面传来清朗的嗓音。

"刷我的卡。"

有人伸过手臂,把卡放在刷卡机上,很自然地帮她刷了。

宋秋旻回头,第一眼看到一双和善含笑的眼睛,是江何,他本人比照片更俊秀。不知为何,宋秋旻脸一下子红了:"我……我会还你的。"

"不用,小事。"江何笑了笑,他打好饭,冲她点点头,便拿着饭菜走了。

直到他汇入人流,宋秋旻才回过神来,这才发现,她的心脏跳得好快,脸也在发烫。她终于明白为什么有这么多女生喜欢他,真的太……帅了!

之后谢雅雅再提起江何,宋秋旻就像一只小兔子,瞬间竖起耳朵,舍不得错过他一点点的信息,她每天经过显示屏,都要抬头看他一眼,有时候会在心里同他打招呼:"你好啊,江师兄!"

那一顿饭钱,宋秋旻一直没有机会还。她想,他们若有缘认识,她定会还这一"饭"之恩。后来,他们认识了,一起主持学校的活动,江何轻车熟路,宋秋旻有些紧张,江何一直安抚她的情绪,在她说错词的时候帮她圆场。

活动结束后,宋秋旻磨磨蹭蹭不舍得走,想找机会和江何说话,又战战兢兢不敢上前,终于在看到江何背起单肩包时鼓起勇气冲上去叫住他:

"师兄!"

江何看过来,他的眼睛真好看,清澈明亮,宋秋旻心跳得飞快,一鼓作气:"我……我欠你一顿饭!"

她飞快地把之前的事说了,然后问:"我能请你吃饭吗?"

江何愣了，好久才笑说："正好，我饿了。"

他们一起去吃夜宵，就在校外的一家刀削面馆。

满满两大碗面，热气腾腾的，驱散了忙碌之后的疲倦，也拉近了两个人之间的距离。那晚，江何说，他父母平时很忙，他总是一个人吃饭，久而久之就觉得吃饭是一件十分孤单的事情，让他很不喜欢。正好，宋秋旻也是。

他们就这样越来越熟稔，江何在宋秋旻面前，不再是那个让人追不上的"何神"，而是一个也会孤单，也会难过的少年，而江何身边也多了个活泼开朗，会陪他吃饭，清楚他口味的小学妹。

他们几乎无话不谈，除了一件事——宋秋旻每次经过显示屏，看着上面的男孩都会想，他要是只属于我就好了。

如果没有那场事故，宋秋旻可能早就对江何表明心迹了。

那场事故，就像是地震震出来的一条巨大的鸿沟，横在他们之间，不可逾越。宋秋旻盯着录取通知书，眨了眨眼睛，眼睛好疼，又酸又涩。

她就这样一直坐着，看着通知书发呆，任时间一分一秒地流逝，直到手机传来信息，是楚夏发来的，说老刘来了，问她怎么没来上晚自习，楚夏帮她撒谎说她不舒服，去了校医室，叫她赶紧回来，顺便记得说辞，可别穿了帮。

宋秋旻赶紧回到教室，教室很安静，门"吱呀"一声开了，不少人回头看，包括陶晏之。两个人的视线在空中碰撞了下，迅速移开，宋秋旻情绪低落，陶晏之也没想象中那么神气。

可能是看她脸色太差，刘老师没多想，还关切地说如果坚持不住就先回家休息。宋秋旻实在没心情做作业，索性收拾了书包，跟楚夏和老师说先回家了。她走出教室，不知道是不是她看错了，陶晏之好像回头看了她一眼，神色复杂。

宋秋旻没多想，直接回家。

第三章 陶晏之，你想爸爸吗

她先是消沉地在床上躺了好久，又猛地坐起来，作业没做！

这世上最难过的事莫过于，暗恋的人要走了，她还要做作业！宋秋旻一边感叹命真苦，一边奋笔疾书，写着写着就掏出江何给她的录取邮件看。以后他们就隔着千山万水了，要见他一面就得漂洋过海了，如果她会瞬间移动该有多好，她想江何了，就一个瞬移去看他！

杜月霞敲门进来，手里端了碗银耳红枣汤，问："看什么呢？"

"哦，这个啊，我有个学长，考上耶鲁大学，邀请我去参加他的升学宴。"

"耶鲁大学？很难考吧？"

"对啊，我学长超厉害超优秀的，我们都叫他'何神'，长得帅人又好。"

说起江何，宋秋旻简直滔滔不绝，眼里的崇拜都快溢出来了，少女心思一览无余。

她难得多说几句话，杜月霞故意打趣："那应该有很多小姑娘喜欢他吧？"

"这个是肯定的！"宋秋旻兴奋道，蓦地想起洛冰璇，嗓音带着不自觉的失落，重复道，"对啊，好多人喜欢他。"

她把纸放在桌上，杜月霞探过来，好奇地看了一眼，眉头微微一皱。

"在桂园？"

"嗯，这是他家，他在家里办。"

杜月霞点点头，没再说什么，叫她做完作业早点儿休息。

宋秋旻"嗯嗯"两声，继续做作业，想，要是爸爸还在就好了。

杜月霞也知道之前爸爸想送她出国，只是她们识趣地谁也没有提起。

耶鲁啊耶鲁！

第二天醒来，宋秋旻脑子里依旧回荡着这两个字，出门时，林昭追了过来,把几张人民币递给她。

"这是什么?"

"我妈叫我拿给你的,她说,你过几天要去参加同学的升学宴,买件新衣服去。"

"不用,一个升学宴而已,太夸张了。"

"姐,你拿着,"林昭硬塞给她,"你不买,我妈就帮你买了,你不知道,她品位可差了!我小时候,整整穿了七年的背带裤!"

宋秋旻:"……"

最后,宋秋旻还是拗不过林昭,她坐到公交车上,数了数,五百块,对以前的她来说根本不值一提,但对现在的他们来说,已经很多了。

这五百块,不知道她要卖多少煎饼果子才能赚回来,宋秋旻的心酸酸的,杜月霞这是愧疚吧。

她知道自己想出国留学,但以他们如今的家境,根本做不到,所以昨晚,她什么也没说,但她记得,会想让自己穿漂亮一点儿,去见学长。

大梦想,她给不了,小女儿心思,她却注意到了。

宋秋旻捏着这五百块,叹了口气,她从小就没妈妈,不知道妈妈是什么样的。

可能……就是这样的吧!

5. 她只是……来错地方了

这五百块,宋秋旻最后还是没舍得花掉。

她已经不是那个被捧在手心的小公主了,她知道生活不易,赚钱辛苦,而且她不想欠杜月霞什么。她把钱塞到杜月霞的包包里,当作什么事也没发生。

第三章 陶晏之,你想爸爸吗

不过,江何的升学宴,宋秋旻也没马虎,精心打扮了一番。

她翻箱倒柜,把衣服试了又换,换了又试,来来回回换了好几套,最后选了一条粉紫色的连衣裙,高腰修身设计,腰间一朵纯白的珠花,简洁大方又不失少女的俏皮可爱,粉紫色很衬她的皮肤,整个人看起来清清爽爽,像朵开在水中央的荷花,粉嫩洁白。

这是爸爸给她买的,是她的最后一件名牌衣服,她很喜欢。

宋秋旻对着镜子扎了个青春可爱的丸子头,露出白皙细嫩的脸蛋。她有一张十七岁青葱水嫩的脸,额头光洁饱满,眉毛弯弯,鼻子挺翘小巧,眼睛清澈有神,水汪汪的,仿佛会说话,唇色是淡淡的水红色,谈不上多惊艳,但一看就是个让人心生喜欢的小姑娘。

宋秋旻对着镜子笑了笑,镜子中的女孩也对她笑,明眸皓齿,俏皮动人。

我也没比洛冰璇差很多嘛,打扮一下也挺好看的!宋秋旻有点儿小得意,她走出房间,林昭正在客厅做作业。

她走到他面前,转了一圈,问:"怎么样?"

林昭抬起头,愣了一下,好久才傻傻地点头:"好看。"

"真的吗?"宋秋旻不放心地又问了一遍。

"真的!"

宋秋旻这下满意了,她拿了包包,身轻如燕地要"飞"出门,林昭在后面喊:

"姐,你早点儿回来。"

才不!我要和师兄多待一会儿!

宋秋旻想,况且,她心里有个小计划,她想告诉江何,她说谎了,她愿意的,愿意和他谈一场距离很远的恋爱!

天气很热,宋秋旻怕出汗影响自己精心装扮的形象,难得大方地打了车。

报了地址，看着司机按下计程器，宋秋旻的心蓦地紧张，那是江师兄家啊，会不会有很多人？他爸妈是不是也在？唉，她要怎么打招呼……

没事，反正有江师兄在，有他呢！宋秋旻又安慰自己，脸莫名一热，有他呢，这想法真奇特啊！

车停在桂园门口，师傅说不能再过去了。这是朝露城有名的别墅区，里面的人非富即贵，安保做得很好，外面的车辆不能进去。

宋秋旻付了钱，心里嘀咕了一句，好贵啊！

她又笑了，自己真的和从前不一样了，以前哪会在意这些？

一下车，宋秋旻就看到大门口放着个显眼的指示牌，写着"江府升学宴"。

宋秋旻顺着指示牌往前走，桂园的环境很好，古朴安静，沿途都是高大的法国梧桐，枝丫横斜，把道路遮得甚是阴凉，一幢幢欧式别墅隔着不远不近的距离分布在两旁，每栋别墅都带有一个独立花园。

宋秋旻走了一段路，不禁感叹，不愧是朝露城"南桂园，北竹院"的富人区，花园里停的都是豪车，在这儿走十分钟，就像参加一个世界名车展。江何的家在梧桐树的尽头，路两边停满了来参宴的车，无一例外都是豪车。

宋秋旻走着走着，脚步却越来越慢。路过一辆路虎，后视镜照出一个笑容有些不自在的女孩，就在半个小时前，她还对自己的相貌打扮充满自信，现在却胆怯了。

她走到江何家门口，没敢进去，先偷偷望了一眼。

这排场一看就是请专门的策划公司布置的，隆重正式，铺了红毯，沿路都是鲜花和气球，还很用心地在门口做了照片墙，上面是江何从小到大的照片，有些是生活照，有些是参加比赛获奖的照片，照片墙右侧留白，让人写祝词。

第三章 陶晏之，你想爸爸吗

宋秋旻在门口张望，没看到江何，她正犹豫着要不要进去，有人从她身边经过，又停了下来。

"秋旻？"

是洛冰璇，她穿着胭脂红色的一字肩小礼服，露出修长的脖颈，戴着条水滴形的红宝石项链，和小礼服相映生辉。红色很衬她，把她本来就白嫩的皮肤衬得胜雪一筹，她化了淡淡的妆，五官显得精致立体，唇如点朱，再加上她那双烟灰色的眼眸，更有一种如梦似幻的美。

"学……学姐。"不知为何，宋秋旻兀地就慌了。

"你来了怎么不进去？在找江何吗？"洛冰璇问，又说，"他估计在忙，今天来了很多人。这样吧，我带你进去，他家我很熟的。"

说着，洛冰璇过来挽宋秋旻，她真对这里很熟悉，也跟来参加宴会的人很熟，中途不断停下来同人打招呼，微笑说话，还小声地告诉宋秋旻，这是哪国大使馆的外交官，那是哪个集团的负责人。

"江何的父母都是外交官，所以来的人，你懂的。"洛冰璇调皮地眨眨眼，见宋秋旻一脸迷茫，讶异道，"你不知道啊，他没告诉你啊？我以为他有跟你说过，你们看起来关系还挺好的。不过这也不怪他，他一向不爱张扬。"

宋秋旻尴尬地笑了下，除了笑，她真的不知道要说什么。

她被洛冰璇挽着，走到一个富丽堂皇的客厅。

放眼过去，璀璨华丽的灯光下，是三五成群拿着高脚杯悠闲谈话的人，有外国人，也有中国人，有男有女有老有少，无一例外，衣着考究。男人穿着笔挺的西装，女士穿着优雅得体的礼服，化着精致的妆容，他们都显得极有修养，说话轻声细语，就连笑，也只是掩唇一笑。

宋秋旻觉得自己好像穿越了，穿越到一部叫《了不起的盖茨比》的电影场景中，她来到一个衣香鬓影珠围翠绕的世界，一个上流的世界，一个成功人士的世界。

有几个女孩走过来,看起来十七八岁,也穿着小礼服,为首的是位身材高挑穿着黑色亮片鱼尾长裙的女孩,笑着问:

"冰璇,你旁边这位是……"

"这是江何的学妹,秋旻。"

"啊?"女孩露出惊异的表情,"你们学校还有这样的同学啊?"

这样的同学?宋秋旻的心"咯噔"一下,蓦地紧张起来,她是不是哪里做得不对?

洛冰璇刚要说什么,有人叫她,她抱歉地说了声"秋旻,我先走开一下",就走了。

宋秋旻尴尬地站在原地,那女孩继续说:"你真的是江何的学妹吗?看起来不像啊。"

"我这学期已经转学了。"

"难怪啊,都跟不上时代了,"女孩点点头,"你看你这裙子,一年前的款,现在没人穿了。"

宋秋旻的脸一下子涨得通红,尴尬地说:"我……我不知道。"

"所以我才觉得奇怪,来这里的人,是不会穿过季款出门的。"女孩这样说,又很矜持地笑了,"太不体面了。"

"还有,你这鞋子搭得也不好……"

几个女孩借着这个话题,把宋秋旻围起来,每个人都很好心地提了意见。

宋秋旻机械地笑着,把手指绞得发白,她明白她没错,她身上的裙子也不会不体面,她只是来错地方了,来到一个不属于她的地方。学姐怎么还不来?还有,江师兄到底在哪里?随便来一个救她也好!

有一个女孩从她身边经过,宋秋旻眼睛一亮,兴奋地叫住她:

"雅雅!"

谢雅雅回头,看到是她,眉头皱起,她身边有人问:

第三章 陶晏之，你想爸爸吗

"雅雅，你的朋友？"

"我不认识她，认错人了吧。"

说着，谢雅雅和那个人从宋秋旻身边走过，像真的从不认识她一样。

宋秋旻愣在原地，脑子里空荡荡的，手心发冷，雅雅不认识自己？自己变化这么大，让她几个月就认不出来了？

宋秋旻很快就明白了，因为她看到谢雅雅像交际花一样，走走停停，她身边的人，都是像正在对自己评头论足的女孩这样的"体面人"。而自己，一个穿着她最后一件名牌来的穷姑娘，上不了台面。

宋秋旻觉得很好笑，曾经她也是这里的一员，熟知哪家餐厅的甜品最好吃，哪个地方能买到一线的牌子，和谢雅雅一起讨论搭配，一起找代购，可如今她没钱了，穿着一件过时的裙子，就没资格做她的朋友了？

那场事故之后，宋秋旻家没了，亲人没了，她以为这已经是对她最大的处罚，可今天她才发现，钱没了，她生活的世界会崩塌。

金钱，才是这个地方的入场券。

她真是太天真了，江何的升学宴怎么可能是寻寻常常的同学间吃顿饭？这是社交场合啊。

她终于明白为什么杜月霞给她五百块买衣服，因为杜月霞清楚，这是个名利场，输人不输阵。

南桂园，北竹院，朝露城两个赫赫有名的别墅群、富豪区，这就是上层阶级的世界。

今天她不过穿着一件过时的裙子来参加他的升学宴，就像一个走错片场的龙套接受各色若有若无的眼光洗礼，以后她要是爱上江何，不顾一切地和他在一起，等待她的又是怎样的羞辱？

从小到大，宋秋旻一直是骄傲的、自信的，可今天，站在洛冰璇身边，站在这珠光宝气的宴会中，宋秋旻发现，原来，她也不过是一只丑小鸭，她没有鲜艳夺目的羽衣，也没有能让她轻盈起舞的舞鞋。

洛冰璇再过来时，宋秋旻已经被几位"时尚大师"教了一晚上的"如何显得体面"。

"不好意思，一直有人叫我。"洛冰璇抱歉道。

"没事。"宋秋旻笑笑，她看着面前美得像从画中走出来的女孩，心里升起一丝无力感，这才是该站在江何身边的人，符合世俗的定义，她问："学姐，怎么没见到江师兄？"

"对啊，身为主人公跑哪里去了？估计被他爸妈拉去见这个长那个局吧。"洛冰璇吐槽，又说，"我们是一起收到耶鲁的录取邮件，本来我还想和他一起办升学宴，可他爸爸舍不得，说就他一个儿子，必须隆重点儿。"

"学姐，你……你也收到耶鲁的 offer 了？"

"嗯，我们同一天收到的。"

"恭喜你们啊。"

宋秋旻努力保持笑容，心彻底地沉下去，他去耶鲁，她也去耶鲁，他们会一起。

她实在没精力和洛冰璇应付那些她一个都不认识的宾客，她勉强笑了笑，说："学姐，我有点儿累了，想坐坐。"

"好，我要看到江何，就跟他说一声，你来了。"

"嗯，谢谢学姐。"

宋秋旻走到自助区，她有气无力地倒了杯水，喝了一口，被呛得眼泪差点儿出来，该死，竟是伏特加！

她把杯子放下，随便找了个角落坐下来，看着眼前繁华的场面。她看到谢雅雅，和一群穿着当季大牌的女孩说说闹闹，好不开心；她看到洛冰璇，像个女主人一样招呼着客人，周到有礼。江何呢，江何在哪里？

江何，她终于看到江何了。

他和平时不一样，头发打上蜡，多了分成熟，穿着一身很正式的黑色西装，西装量身定做般服帖，把他衬得特别英挺。如洛冰璇所说，他确实被父母拉着四处见人，可能是某个政府官员，也可能是某集团董事，不过站在这些权贵面前，他仍然不失矜贵，嘴角噙着抹淡淡的笑，礼貌又优雅，手里拿着个高脚杯，游刃有余。

宋秋旻几乎是着了迷地看着江何，看他风度翩翩地穿梭在人群中，看他进退有度地交际，还看到他父母冲洛冰璇招了招手，叫她过来，两个人站在一起，像极了一对璧人，很……般配。

宋秋旻又不自觉地咽了一口苦酒，这就是她倾慕的少年啊，他如此优秀，也如此遥不可及。

6. 愿你一生所爱，千山万水江河可渡

宋秋旻静静地看着江何和洛冰璇，就像看一部讲精英爱情的电影，郎才女貌，旗鼓相当。

好不容易等到他们终于交际结束了，洛冰璇凑到江何耳边，很亲密地说了什么，他环视一圈，看到自己，快步朝自己走来，边走边说：

"秋旻，你来了？对不起，今天太忙，我爸妈一直介绍朋友给我认识，我都不知道你来了。"

宋秋旻看着面前面如冠玉、目若朗星的少年，在心里叹了口气，他真好看啊，她站起来："师兄，我还是第一次看你穿西装。"

"会不会很奇怪？"江何问，白净的脸闪过一丝羞涩。

"不会，很好看，特别帅气。"

"真的吗？"江何的眼睛亮了起来，"我不想穿的，我妈非拉着我去做一套。"

他很开心地笑了，笑起来更帅气，黑亮的眼睛神采奕奕。

宋秋旻跟着他笑，心里却发苦，别人买成衣，他是定制，这就是差别啊。她想，见到他了，自己也该走了。

于是她向江何告辞："江师兄，我得回去了。"

"怎么这么急？"江何急了，"别走啊，你不是也喜欢《火影忍者》吗？我收了好多《火影忍者》的手办，还想带你去看看。"

"改天吧，"宋秋旻笑，她舍不得走，她想看，只是……她努力笑了笑，"今天家里有点儿事。"

说罢，宋秋旻站起来往外走，江何跟在她身后劝她：

"秋旻，真的不能再多留一会儿吗？我很快就有时间陪你了。"

"下次吧，师兄，下次我单独给你庆祝。"

"可是……"

"师兄，我真的有事。"

"那好吧，"江何失落道，又说，"那我让我家司机送你。"

"不用了，你去忙，不用管我。"

见她这么坚决，江何也没办法，他把她送到别墅门口，露出难得的孩子气，有点儿委屈地说：

"这么快就走，话都没说几句。"

宋秋旻看着江何，他是真心挽留自己的，可是，她是真的不想待在这里，在这个华丽的世界待得越久，她越看清冰冷的现实。

她的尊严从没像今天这样几乎要低到尘埃里去，别人什么都没做，她就一败涂地，痛苦万分，原来，那些扎在血肉里让人感到疼痛的东西，叫现实。

这一晚，宋秋旻看清了现实，看清了她和江何之间的差距。

"江师兄，"宋秋旻叫他，这个问题她已经知道答案，可她还是想确认一下，她问，"你会和学姐一起去耶鲁吗？"

"冰璇告诉你的？"江何见她点头，说，"我们凑巧都拿到录取通知书,一起去也互相有个照应。"

果然……宋秋旻的心彻底沉了,她抬头,露出一个得体的笑容,说:"真好,真羡慕学姐。"

她开玩笑般道:"要是我能去美国就好了,我还想当你学妹。"

"你要想见我,我给你订机票。"江何眼睛亮了。

宋秋旻笑,没有说话,深深地凝视他。

她想告诉他,美国离中国一点儿都不远,远的是他们。那个很远的恋爱,主人公是谁,宋秋旻也不想问了,没有意义。

她笑了下,问:"师兄,以后你去了美国,我还能给你打电话吗?"

"当然!"江何不高兴地揪了下她的丸子头,"你什么时候都可以给我电话,有事没事都可以。"

"谢谢你。"宋秋旻想,有这么一句话就够了,她知足了。

"你……今天怎么这么客气?"江何疑惑地问。

宋秋旻没回答,她只是看着他,眼里渐渐有泪光闪烁:"江师兄,有句话我一直没跟你说,你很好,真的很好很好。"

"秋旻,你……怎么怪怪的?"

"真的,谢谢你,江师兄,我先走了。"

宋秋旻说罢,飞快地转身离开。

"秋旻!"江何在后面喊了一声,他隐隐觉得不对劲,心口堵堵的。

他想追过来,但洛冰璇带了一堆宾客过来,把他围住,等他终于脱身,宋秋旻早已不见踪影。

宋秋旻穿过花园,路过那面照片墙,她停了下来。

她看到很多江何,拿着奖杯比剪刀手的江何,在瑞士滑雪笑容明朗的江何,一身潜水服回头看的江何……这么多江何,在不同的国家,不同的地方,游玩,嬉戏,或上进,或拼搏,他真的很优秀,像明星般耀眼。

宋秋旻看到旁边的留白如今已经写满了祝福,有的祝他前程似锦,

有的祝他继续封神,最中间的是一个大大的心,上面写着:

江何,我们耶鲁见。

——洛冰璇

宋秋旻看着那颗大大的心,还画了根丘比特之箭,把两个人的名字射在一起。

"耶鲁见",多么自信强大的三个字,像无声的宣言,宋秋旻多想她也能自信地写上这三个字,写上她的名字。

她笑了笑,满心苦涩,拿起笔,在空白处写下一句。

愿你得偿所愿,无忧无恼平安喜乐
愿你一生所爱,千山万水江河可渡

写完,宋秋旻没有署名。

她最后看了一眼被人群包围的江何,转身离开。

没走两步,她又回来,趁没人在意,偷偷撕了张照片,藏在手心,然后,这一次,她是真的走了,头也不回。

宋秋旻走得很坚决,但每走一步都宛若走在刀尖上,很疼,很艰难。

小美人鱼离开王子时,是不是也这样疼?她化身为泡沫时,是不是也这么绝望?宋秋旻觉得,她不是离开一场不属于她的宴会,而是告别自己第一次喜欢上的人,告别她那起起伏伏、时而明朗时而无望的暗恋,她是在跟江何无声地说见。

他们还会再见面,可每一次见面,她想跟他说喜欢时,都会想起这次歌舞升平的宴会,想起他们之间离得这么远。

宋秋旻向前走,走过宛若长龙的豪车队,走过仍不时赶来的华丽宾客,走过这些普通人奋斗一生都买不起的别墅,终于走出桂园时,她忍了一晚上的眼泪终于没忍住,夺眶而出,哭得不能自已。

她哭,哭她的暗恋,还没开始就结束了。

她哭,舍不得江何,又不知道拿什么去和他并肩。

她真的很喜欢江何,毫无理由地喜欢他。她曾无数次想过,如果将来她谈恋爱了,那个人一定要是江何。

宋秋旻边走边哭,眼泪控制不住地往外流,视线模模糊糊,被石头绊了一下摔倒了,她爬起来,继续哭着向前走。已经很晚了,等她走到附近的公交亭,睁着肿起来的眼睛看公交路线,发现末车班早已开走了。

老天真的跟她有仇!

全世界都在跟她作对!

宋秋旻气得狠狠打了公交栏杆一下,结果敲到手指关节,痛得她眼泪又出来了。

没看到出租车,宋秋旻只得头昏脑涨地往前走。

路上有人骑着辆单车从她身边经过,已经路过她,又突然停下来,回头看,不确定地问:

"宋秋旻?"

7. 我是孤儿,你懂吗

宋秋旻抬头,觉得自己今天真是倒霉透了,偏偏在最狼狈的时候遇见他。

陶晏之穿了一件宽松的白色连帽卫衣,骑在黑蓝两色的复古自行车上,单脚支地,神情疑惑地看过来。

真土,现在的男生谁还骑这种带后架和车筐的"老爷车"?

宋秋旻装作没听到,从他身边走过,那里正好有路灯,把她满脸的泪水照得清清楚楚。

"宋秋旻,你在哭什么?"陶晏之叫住她。

宋秋旻本不想理他,听到这句话忽然火冒三丈,她停下脚步,怒吼道:"谁在哭?你哪只眼睛看到我在哭?"

陶晏之:"……"

她实在没有什么说服力,一张哭得皱巴巴的小脸,眼睛肿了,鼻子红着,泪珠还像断了线的珍珠不断掉落。

"你……你怎么了?"

"关你什么事!"宋秋旻很凶地回过去。

"你……"

陶晏之真是好心还遭雷劈,他也不管了,骑着单车走了几步,又停下来回头看她,见她还在哭,实在可怜,又骑回来问:

"你家在哪里?我送你回去。"

"凭什么要你送?你都说了,我们又没关系!"

"……"陶晏之耐心地解释,"很晚了,打不到车的。"

"那也跟你没关系。"

宋秋旻继续没头没脑地向前走,边走边哭。

陶晏之骑着单车,慢慢跟在身后,也不说话,就跟着。

宋秋旻看了更生气,吼道:"你跟着我干吗?"

"这么晚了,你一个女孩,又神志不清,很容易出事的。"

神志不清?宋秋旻简直没哭也要被气哭了,她停下来,用力瞪他:"你才神志不清!"

陶晏之也不跟她争辩,还是那句话:"上来吧,我送你回家!"

家?

他不提这个字还好,一提,宋秋旻满心的苦楚和委屈找到发泄口,倾泄而出,她指着自己,哭着问:"家?我哪里还有家?我的家早没了!我是孤儿,你懂吗?孤儿就是没有爸爸,也没有妈妈!我就是!陶晏之,我连家人都没有,哪会有家?"

第三章 陶晏之，你想爸爸吗

陶晏之脸色蓦地一变，昏黄的灯光下，看不清他的神色。

他迟疑了下，从单车上下来，宋秋旻已经崩溃了，蹲在地上抱头大哭，毫无形象。陶晏之等她哭累了，才开口道：

"别哭了，你家在哪儿？我送你回去。"

"不回，我没家。"

"你再不说，我就打电话问班主任了！"

宋秋旻抬头，见他真的掏出手机，不像在开玩笑，吓得她飞快地报了个地址，又抽泣道："你……你这人怎么这么讨厌？你不应该叫陶晏之，你应该叫讨厌之！讨厌鬼！"

陶晏之不跟她计较，把车支好："上来吧。"

折腾了半天，宋秋旻终于坐上了他的单车。

陶晏之稳稳地载着她，宋秋旻抓着他的衣角，在后面抽泣，她哭得眼睛生疼，可就是控制不住地流泪，心里也充满了浓浓的怨气。

"别哭了，明天眼睛会疼的。"陶晏之在前面说。

"要你管！"宋秋旻毫不领情，用力瞪他的后背，反正也撕破脸，她破罐子破摔，索性把委屈和不满都说出来，"陶晏之，我知道，你们都讨厌我。

"你恨我，恨我爸撞死了你爸，可是……

"我爸也死了，陶晏之，我和你一样，没爸爸了！

"我也很难过啊！"

说到这儿，宋秋旻又大哭起来，她觉得命运真的太不公平，她不过是一时任性，不去见爸爸一面，结果这惩罚太重了，重到她从此没有家，在同学面前直不起腰，在陶晏之面前抬不起头。

"凶手！垃圾！同学们这样骂我，还把垃圾倒在我的课桌里，在我身后贴字条，在我桌面写大字报，可是陶晏之，我做错了什么？"

陶晏之没回答，在前面沉默地听着她一句接一句的抱怨。

101

你离开后，我才学会告别

"连我给你送早餐，你也不领情！你还要倒掉！你都不给我机会，我怎么赎罪？陶晏之，你告诉我，我要怎么做，你才会开心一点儿？"

陶晏之还是不开口，宋秋旻起初只是抓着他的衣角，后来越来越激动，不自觉地抱住他的腰，不客气地把眼泪鼻涕都抹到他的卫衣上。

夜深了，有点儿冷，他的连帽卫衣很厚，看起来特别温暖。折腾了大半夜，又被风吹了一路，宋秋旻又冷又累，本能地向热源靠近。她把脸靠在陶晏之的后背上，果然很舒服，还有点儿熟悉。小时候，她就是这样抱着爸爸，把脸贴在他背上，宽阔又温暖。

可爸爸不在了，宋秋旻的眼泪又涌出来，哑着嗓子喃喃地问："陶晏之，你想爸爸吗？我好想他，好想他……"

陶晏之沉默地骑着车，眼圈也慢慢红了。

宋秋旻继续说："我真羡慕你，还有妈妈。我一个家人都没有了，连我叔叔都不让我住他家，他说，怕麻烦。陶晏之，我是个麻烦，你懂吗？刚刚我在一个宴会上碰到我最好的朋友，她装不认识我，因为我没钱了。我变穷了，就不是她的朋友了，就连我在继母家，也是多余的……"

陶晏之骑了一路，宋秋旻也哭了一路，说了一路，她想到什么就说什么，说着说着，声音慢慢小了，到家门口时已经快睡过去。

陶晏之停好车，叫她："宋秋旻！宋秋旻！"

叫了好几声，宋秋旻才惊醒过来，慌乱地下车，她吃力地睁开眼睛，看着面前没什么表情的少年，尴尬地开口：

"那……那个，谢谢你了。"说完，她就想逃之夭夭。

"宋秋旻！"陶晏之叫住她。

宋秋旻回头，陶晏之走近一步，神色依旧冷淡："我有几句话跟你说。刚才你说你是孤儿，一个家人都没有，在继母家是多余的。我想告诉你，不是这样的，至少林昭是把你当家人的。打走小混混儿那次，不是我第一次见到林昭。在那之前，他找过我，他说他是你的弟弟，那晚你的父亲就是为了送他去看病才会出车祸。他向我下跪，求我不要责怪你，是他的错，不关你的事。宋秋旻，说实话，当时我挺震惊的，不知道怎么办就走了。但我想，一个肯为你下跪，为你放弃尊严的人，他是真的把你当亲人。我不知道你的继母对你如何，但至少你还有一个家人。"

宋秋旻震惊了，没等她反应过来，陶晏之已经迅速转身，跨上单车走了，很快就消失在夜幕中。

他为什么要说这些？而且谁要林昭替自己求情啊，这个傻子就不怕被打吗？宋秋旻又气又恼，心里还有些说不清道不明的情绪，全堵在胸口，她愣愣地站了半天，才转身回家。

而陶晏之骑着单车回家，晚风吹过，后背凉凉的，全是湿的，她哭湿的。

她可真能哭啊，他想。

宋秋旻回到家，林昭和杜月霞都还没睡。

一听到开门的动静，林昭就冲过来给她开门，他看她一脸泪痕，紧张地问："姐，你……你怎么了？"

"没事。"宋秋旻淡淡道，就要回房间。她发现母子俩仍看着自己，眼里全是担忧和不安，她想起陶晏之的话，复杂地看了林昭一眼，停下来，难得耐心地解释，"真的，我没事，你们放心。阿姨，很晚了，早点儿睡吧。林昭，你也一样。"

说完，她又在这对母子俩眼里看到同样的诧异和受宠若惊。

看来，自己对他们的态度真的很差，宋秋旻心里苦笑，转身回屋，关上门。

她洗了把脸，把江何的照片拿出来，看着拿着一只大龙虾笑得甚是灿烂的江何，心里说不出地苦涩。

多好的江何，可他属于那个衣香鬓影的世界。

她躺在床上，把照片放在胸口，在心里长长地叹了一口气。

师兄，不要去美国，好不好？

陶晏之,
　我要和你藕断丝连

你离开后,我才学会告别

1. 你真能哭

第二天,宋秋旻醒来,眼睛肿得几乎睁不开,连眨眼都疼。

她刚开门,林昭立马递给她两颗鸡蛋,宋秋旻一时没反应过来:"做什么?"

林昭指了指她的眼睛。

"……谢谢。"宋秋旻接过,心里有点儿暖,他一直挺体贴的。

她有气无力地往保温盒装白粥,装着装着,她突然一个激灵,昏昏沉沉的脑子瞬间清醒了,她昨晚似乎……应该……没记错的话……她把陶晏之骂了一顿?

完了!好不容易在班里的处境缓和了一些,又把正主给得罪了!

宋秋旻算是明白,什么叫不作不会死。她心如死灰地往学校赶,把保温盒放到陶晏之的课桌里,又虔诚地鞠了个躬,祈祷着:

希望陶大神大人有大量,忘了昨晚的事!

宋秋旻无精打采地回到座位,眼睛亮了。

她桌面粘的纸不知被谁撕了,同学们写的红字也被洗得干干净净,什么痕迹也没留下。

这几天,宋秋旻一直在找能溶解油性颜料的东西,但跑了几家店都没有找到,没想到,有人帮她洗了!

可到底是谁这么好心?

肯定是楚夏!除了她,还能有谁?

宋秋旻被暴击得奄奄一息的心终于被激活了,她坐下来,能闻到淡淡的茉莉香,是清洁剂的气味。她摩挲着恢复"清白"的桌面,桌面冰凉凉的，可她心里暖暖的，真好，还有人这么为她着想。

她笑了，想，人间果然还有真情在！

接下来，宋秋旻一早上都盯着门口看，等楚夏。

等到楚夏终于慢悠悠地晃进教室，宋秋旻冲过去，一把抱住她，激动道："楚夏，谢谢你，你真是我的贴心小天使！"

"啊？"楚夏一脸搞不清状况。

宋秋旻眨眨眼，指了指又能"坦荡见人"的桌面。

"洗干净了呀？"楚夏很快就反应过来，摇头道，"可不是我洗的。"

"不是你？"宋秋旻震惊了，不是楚夏，那是谁？

"可能是某个做好事不留名的雷锋，"楚夏把书包甩在桌上，懒懒道，"不管怎样，这是好事。"

宋秋旻点头，心里疑惑极了，到底是谁？除了楚夏，班里会和她说话的都是些点头之交，不可能是他们，那是谁？会不会是……他？

宋秋旻偷偷地望向陶晏之，他今天倒是很配合，正在乖乖吃早餐，神情淡淡的，看也没看这边一眼。

不可能是他，宋秋旻被自己的想法吓了一跳，他们可是"仇人"啊！

不管是谁，宋秋旻心里挺高兴的，看来大家还是有一点点同学爱的！

也许是老天看她太惨了，接下来的英语课，老师宣布期中考试成绩，她的英语又是全班第一名。

"149分，年级第一。特别好，要继续保持！同学们要向宋秋旻学习啊，看看人家的好成绩。"

宋秋旻接过试卷，感觉老师眼里的慈爱和满意快要溢出来了。她的成绩不错，英语是所有科目里学得最好的。

"很厉害嘛。"连楚夏都醒了过来。

"这次发挥得比较好。"宋秋旻谦虚地笑笑。

接下来,老师一个个名字念过去发试卷,叫到一个名字的时候,语气忽然变了,带着明显的怒气。

"陶晏之!"

"好戏来了!"楚夏碰了下宋秋旻,示意她看讲台,眼睛炯炯有神,难得有打了鸡血般的精神。

怎么了?宋秋旻有些迷茫,就看到英语老师眼里的慈爱消失了,变成痛心疾首,她一手叉腰一手用力地戳着试卷,问:

"阿晏,我问你,你到底是对我有意见,还是无法适应我的教学风格?"

"……没有。"

"那为什么你语数其他两科,都能考到140分以上,为什么我的英语你连100分都没考到?"

"……"

"阿晏啊阿晏,你还说不是对我有意见?你偏科这么厉害,将来高考怎么办?我告诉你,别以为英语不重要,150分啊,差一分就是落后成百上千的排名……"

"日常一骂!校园乐趣全靠阿晏提供!"楚夏看得津津有味,眼里全是吃瓜群众的幸灾乐祸,就差把瓜子拿出来了,见宋秋旻疑惑的样子,她还好心地解释,"每次大考完,英语老师都要把阿晏骂一顿。要我,我也骂,其他科目接近满分,就一科英语徘徊在及格线上,放谁身上谁都急。

"哈哈哈,好好看,阿晏难得这么吃瘪,这是上天给吾等学渣的福利啊!"

宋秋旻:"……"

她环视一圈,发现同学们的神情跟楚夏差不多,全在看热闹。

第四章 陶晏之，我要和你藕断丝连

不过，看着人高马大的陶晏之像个做错事的幼儿园小朋友，耷拉着脑袋任老师唾沫横飞，一句话也不敢反驳，稍有动作，就被老师像机关枪一阵扫射过去，看起来还真是……大、快、人、心！

宋秋旻立马愉快地加入吃瓜群众的队伍，哼，叫你之前拒绝我的早餐，这是报应啊报应！

"好了，回去好好反省，想想怎么学好英语。" 英语老师终于意犹未尽地放过了陶晏之。

"知道了，谢谢老师。"陶晏之拿着试卷，垂头丧气地走回座位。

楚夏也往桌上一趴，继续睡觉。

宋秋旻："……"

这位姐姐，敢情你就是专程醒来看戏的？

中午放学，宋秋旻和陶晏之很默契地都没走。

等教室没人了，宋秋旻拿回保温袋，她还惦记着昨晚的事，把保温袋的带子绞来绞去，支支吾吾道："昨……昨天谢谢你了。"

陶晏之刚被当众大骂一顿，看起来没啥精神，有气无力地说："不用。"

"哦。"宋秋旻应了一声，琢磨着是不是要说点儿什么，毕竟她还把他指责了一通。

陶晏之见她还不走，一脸纠结地看着自己，估计觉得气氛太尴尬，又说了句："你真能哭。"

宋秋旻："……"

他不说还好，一说她就想起，昨晚她不但把他骂一顿，最后好像还抱着他哭了一路，实在是丢脸丢到家，她一下子恼羞成怒："关你什么事？"

她瞥到他展开铺在桌面上的英语试卷，鲜红的 99 分，立马找到攻击点："你英语真差！"

这也戳到他的痛处，陶晏之涨红脸，用她的话回她："关你什么事？"

也不知道怎么了，宋秋旻又冒出一句："我考 149 分。"

"是嘛，真高啊！"陶晏之嘲讽道。

"不高，也就比你多 50 分！"

"……"

宋秋旻甩下这句，趾高气扬地走了。

走着走着，她像一个不断漏气的气球，瘪了。

啊啊啊，她这是怎么回事？要去道谢的，怎么最后和他斗起气来了？

不过原来陶晏之这么幼稚！也会跟人斗嘴，说不过别人，两腮就气鼓鼓的，眼睛又大又亮，配上他好看的脸，就像一只郁闷的英俊的金鱼！

宋秋旻心情莫名地好起来，想，他也没那么可怕。

整个下午，宋秋旻都在偷偷关注陶晏之，看他认真听课，眼神专注，俊朗的侧颜美好得就像一张青春明信片，还是要收录到岁月长河的那种。

下了课，他则苦大仇深地拿出英语试卷，把试卷展开，铺满整张桌面，然后双手郑重地放在桌上，目光深沉地盯着卷面，浓眉紧锁，一副忧国忧民的样子，仿佛那不是一张试卷，而是一道世界级的难解之谜。

真傻！宋秋旻偷笑，她越看越觉得陶晏之就是纸老虎，没自己想的那么可怕，只是一个很可爱的十七岁少年罢了。

"干吗呢？"王定波来找。

"我在思过。"陶晏之认真道。

"哈哈哈，"王定波一下子乐了，"别人是面壁思过，你是面卷思过啊。"

第四章 陶晏之，我要和你藕断丝连

"怎么了？不行吗？"陶晏之嫌弃地摆手，"去去去，别打扰我反省。"

"你还真听老师的话，反省着呢。"王定波坐到他身边，"刚刚数学老师来通知，说这节课有事不来了，叫咱们自己做试卷，难得有时间，我们去打球吧。"

"不要，我要反省。"

"别这样，反省什么啊？下个月再一起反省，反正下个月，英语老师还会骂你一顿。"

陶晏之："不去，我沉迷英语，无心打球。"

"走啦，再沉迷也没见你上过 100 分。大家都准备好了，就差你一个，别扫兴。"

最后，陶晏之还是被（6）班的男生拖出去打球了。

宋秋旻收回视线，没一会儿，就见王定波又吭哧吭哧地跑回来，在陶晏之书桌里找什么东西，他找得急，有个瓶子从书包掉了下来，他捡起来，小声嚷嚷：

"什么鬼？还茉莉清香！"

说着，他胡乱把瓶子一塞，就拿了陶晏之的钱包跑了出去。

他走得急，没在意瓶子，宋秋旻却呆住了。

茉莉清香！

桌面清洁剂的香气还没散去，就是茉莉味！

那个帮自己洗掉"大字报"，做好事不留名的雷锋竟然是陶晏之？

宋秋旻蒙了，怎么也想不到会是他，怎么可能是他？

她不相信，鬼使神差地走到陶晏之的座位，偷偷看了眼，果然是瓶能洗掉油性颜料的清洁剂，是陶晏之没错！

可是为什么啊？因为昨晚自己的那通指责，让他觉得……愧疚吗？

宋秋旻脑子乱成一团，一个小人跳出来，举着叉子喊："不可能是他，你们可是仇人。"另一个长着白色翅膀的小人则说："别以小人之心度君子之腹，老师还有楚夏都说，陶晏之是个很好的人，他会这样做一点儿也不奇怪。"

两个小家伙吵得天翻地覆，宋秋旻神色复杂地盯着陶晏之的座位，直觉告诉自己，是他！

从他救下林昭，昨晚固执地要送她回家，她就看出来，陶晏之就是这么一个人，正直、磊落、明事理。

真傻啊，他不是还为自己父亲的去世鸣不平吗？他为什么要这么做？

可能他也像自己一样，早早起来，趁着教室没人，把桌面洗干净，然后跑出去，装作什么也没发生，也不想让任何人知道。

宋秋旻的心揪了起来，她有点儿难过，为陶晏之。

心这么软的人，总是为别人着想，会委屈到自己吧？

他被骂了还这样做，自己还笑他英语差，宋秋旻简直无地自容，脸一阵发烫。

"看什么呢，看了半天？"楚夏打断她的思绪。

"没……没什么。"宋秋旻收回视线，沉默半晌，问，"楚夏，陶晏之的英语一直不好吗？"

"是啊，从来没上过100分，跟中邪一样，年级都流传这样一句——你永远也打败不了陶晏之，但你可以在英语上打败他。"

"这么夸张？"

"可不是！"楚夏叹了口气，"英语可能是阿晏的魔咒吧，你要说他没花心思，他也认真地学了，就是从没考好过。"

宋秋旻点点头，她迟疑了下，还是开口问：

"楚夏，你跟陶晏之是不是关系很好？"

"嗯，还不错。"

"那你能不能帮我一个忙？"

第四章 陶晏之,我要和你藕断丝连

2. 你看,我现在不是宋秋旻了

宋秋旻正坐在楚夏家的客厅。

她表面上看起来云淡风轻,实则眼睛不时地偷偷瞄一下门外,留意外面的动静,在她面前,摆放着一本英语课本。

那天,发现是陶晏之把桌面洗干净的,宋秋旻就大为震动,脑子里冒出一个想法——给他补习英语。但她很清楚,陶晏之肯定不会答应的,她就问楚夏能不能帮忙,没想到,楚夏很赞成,还给她提供场所,就是她家。

"他要是不来呢?"宋秋旻还是担忧。

"这个没事,我保证把他骗过来,至于他愿不愿意接受补习,就看你了。"

"我尽力。"

所以宋秋旻现在就在楚夏家。

南桂园,北竹院,朝露城齐名的富人区,楚夏家坐落在竹院。

竹院主打都市里的山间情趣,所有的别墅都是盘山而建,错落有致地点缀在山间,别墅都是仿古建筑,颇为考究,辉煌大气又不失典雅,山上种满了青翠的竹子,连绵成海,把建筑包围在其中,走着走着,看到一幢私宅,也是颇有意境。

宋秋旻第一次跟楚夏回家,穿过茂密的竹林,看到她家像一座皇宫矗立在眼前。建筑外墙是红色的,在满山的竹林衬托下,显得特别张扬,像一朵火红色的晚霞停在山腰,也像一簇熊熊的火焰,燃烧不止,极大胆的设计充满气势。

"欢迎来到本王的府邸,夏王宫。"楚夏笑眯眯道。

宋秋旻抬头看，发现她家的门牌还真的很调皮地写了"夏王宫"三个字，一看就是楚夏的手笔，写得很霸气，就像在向世人宣告她就是这里的王一般，和楚夏平日懒洋洋的作风一点儿都不像。

"霸气！"宋秋旻赞赏道。

她跟着楚夏进门，屋内的设计中西结合，充满现代化的气息，又不失古朴典雅。

宋秋旻逛了一圈，羡慕不已。她并不意外楚夏家的豪华，毕竟她已经可以肯定楚夏就是曾经红遍全国无人不知的童星"小夏天"。但奇怪的是，楚夏家并没有多少生活的痕迹，厨房也没有开伙的样子，餐厅的垃圾桶都是些一次性盒子，很明显楚夏吃饭都是叫外卖。

"你家就你一个人啊？"

"是啊，我自己住，可逍遥了。"楚夏打开冰箱，随手扔给宋秋旻一瓶饮料，"所以你来这儿，最方便了。"

宋秋旻点头，忍不住想，都要高考了，还让女儿单独生活，她的父母心可真大！

不过，楚夏家真舒服啊！

宋秋旻靠在沙发上舒展四肢，杜月霞租的房子不大，又放满东西，在小房子住久了，感觉四肢都舒展不开，不像在楚夏家，一个客厅都比她们整套房还大。

她在二楼，往外一看，可以看到一个超级大的露台，还有满眼的山间景色。天气很好，蓝天白云下，放眼望去，尽是连绵的竹海，高大挺拔的竹子直冲云天，风吹过来，竹叶沙沙作响，有一种"临海听涛"的感觉，也是别有情调。

真美啊，宋秋旻看得着了迷，听到楼下传来说话的声音。

"深藏不露啊，楚夏你家真大，这是'夏王宫'？哟，你还给自己封王了。"

第四章 陶晏之，我要和你藕断丝连

"怎么了，不行啊？我的地盘我做主，来，先给本王跪个安。"

"不跪！共青团员拒绝一切封建余孽！"

"哈哈哈。"

来了！

宋秋旻跑到露台，果然是他！

他背着个简约的灰白色帆布双肩包，一手扶着单车，正站着和楚夏说笑，神态悠闲自在，俊朗的脸上全是笑。

陶晏之看起来心情不错，今天一定要拿下他！宋秋旻给自己鼓劲，跑回客厅，端正坐姿，没多久就听到有人上楼的脚步声。

宋秋旻望过去，视线同陶晏之碰个正着，他明显愣住了，眼里全是诧异和疑惑。

"你——楚夏说的那个很厉害的老师就是你？"

宋秋旻不好意思地点了点头。

闻言，陶晏之马上转身就要走，宋秋旻追了过去，眼疾手快地拉住他。

"陶晏之，别走，你先听我说。"

"不要！你干吗？放开我！"

"不放！"

宋秋旻现在才不怕他，她知道，陶晏之一点儿都不可怕，他就是一只虚张声势的金鱼，就算生气，也只是气鼓鼓。

陶晏之用力地瞪她抓着自己的手，不悦道：

"宋秋旻，你有完没完，你到底想怎样？"

"给你补课啊！"

"你是我什么人，凭什么要给我补课？"

"那你又是我什么人，凭什么送我回家？"

"喂！你讲点儿道理好不好？那么晚，我是怕你出事，不然谁管你？"

"那我也是怕你拖后腿,影响班级英语成绩。"

陶晏之:"……"

陶晏之要被气糊涂了。

今天放学,楚夏来找他,说她最近找了个很厉害的英语家教,教一个人是教,教两个人也是教,问他要不要一起来补课。他想了想,也想看一下自己的英语还有没有救,就来了,没想到一上楼就看到宋秋旻,这分明是两个人设计好的,所谓的很厉害的英语家教根本就是宋秋旻。

他想清楚怎么回事,平静下来,还是一张冷漠的脸,但尽量心平气和地说:"宋秋旻,你放开我。这样没意思,你很清楚,我是不会让你给我补课的。"

"为什么?"

"因为你是宋秋旻。"

这句话陶晏之说得淡淡的,很直白,直白得近乎残忍。他很清楚地告诉她,谁都可以,她就是不行,因为她是宋秋旻,他们……有仇。

他的眼神也是淡淡的,带着拒人于千里之外的寒意,还有些对她纠缠不清的厌恶,宋秋旻鲜少被人这样看,吓得她本能地松开手。

一得了自由,陶晏之马上转身下楼,没走几步,手又被紧紧攥住,攥住他的手也在颤抖,似乎很紧张,身后传来她带着哭腔的嗓音,痛苦的、无奈的。

"陶晏之,你就这么讨厌我吗?在你面前,我永远只能是个罪人吗?"

陶晏之一惊,要离开的脚步滞住了。

他想起那晚,她也是这样,不断地哭着问,她做错了什么。回到家,他也在问自己,宋秋旻到底做错了什么。后来他想明白了,她没错,他只是把悲伤和痛苦迁到她的身上。

宋秋旻还在说:"陶晏之,我没恶意的,真的。我也没指望你能原谅我，我只是看你英语不好，正好我英语还不错，想能不能帮到你。"

陶晏之还是沉默，垂着眼眸绷着脸，不知道在想什么。

宋秋旻走到他面前，很固执地问："那我不是宋秋旻，就可以了吗？"说着，她走到一边，拿起一个纸箱套在脑袋上。

她知道他讨厌她，不想看自己，这个纸箱是她准备好的。她戴着纸箱，走到他面前，很傻地对他说："陶晏之，你看，我现在不是宋秋旻了。"

"你……"陶晏之被气得说不出话来，他恼怒地问，"你……你为什么一定要这样做？"

"我就是想你英语能考好点儿。"宋秋旻回答，隔着纸箱，她的声音嗡嗡的，带着掩饰不住的失落，但很诚挚。纸箱把她的脸都罩住了，只露出一双闪着泪光的眼睛，祈求的、卑微的、示弱的。

"你……真奇怪。"陶晏之无奈道，终于松口了。

"你也很奇怪，明明讨厌我，看到我一个人深夜在路上哭，还是会送我回家，帮我把桌面洗干净；明明知道林昭是我弟弟，还出手相救。要说奇怪，你才是最奇怪的人，可是我觉得你很好，也想成为你这样奇怪的人。"

宋秋旻在心里说，她看着他，真诚地恳求他："留下吧，我保证让你考 100 分以上。"

3. 陶晏之，我要和你藕断丝连

陶晏之最后还是留了下来。

两个人面对面坐着，宋秋旻戴着箱子，拿出准备好的试卷，说："我们先摸下底。"

她要先测验一下陶晏之的英语水平，看问题到底出在哪里，有什么可以加强突击的。

别的科目宋秋旻不敢保证，但她的英语真的不错，以前国际学校的外教没少夸她很有语言天赋。

陶晏之没说什么，拿笔做题，不过他做了两道题，放下笔，伸出手，微微俯身，把罩着她的箱子拿开。

才一小会儿，宋秋旻的脸就红红的，额头也布满了细细的汗，都是被纸箱闷的。

做完这些，陶晏之一言不发，继续低头做题，好像什么事也没发生。宋秋旻脸红红的，心跳得有些快，她小声说："陶晏之，谢谢你。"

也不知道陶晏之有没有听到，他没理会，宋秋旻也不介怀，她看着面前做题的大男孩，面容干净，鼻梁高挺，眼眸很专注，长长的睫毛像排小羽扇，有点儿可爱。她的嘴角不自觉地扬起，心像被装上一双翅膀，难得地轻快，陶晏之真的是个很好很好的人，心软又善良。

试题做完，宋秋旻看了下，心里有底了，问题不大。

她有了主意，就开始给陶晏之做专项训练，他倒也认真。

这样不知不觉讲了一个小时，开始有股若隐若现的香味飘过来。

宋秋旻抬头，看到楚夏正站在她家的无敌山景大露台上……烧烤。

她穿着件轻盈飘逸的白色练功服，长发依旧懒懒地扎在脑后，戴着一个头戴式的森海塞尔无线耳麦，显然在听音乐，她一边翻着烧烤架上的食物，一边随着音乐有节奏地晃动着，神情轻松愉悦，说不出地逍遥。

而烤架上，早已摆满香肠、玉米、鸡翅等烧烤必备品，正被烤得吱吱作响，风一吹，就有一阵令人无法抗拒的香味传来。

这简直是放毒！

尤其是两个还没吃饭却要学习的人，杀伤力不亚于清朝十大酷刑！

第四章 陶晏之,我要和你藕断丝连

宋秋旻和陶晏之对视一眼,都在彼此眼里看到"要把楚夏叉起来摆在烧烤架上"的冲动,她忍不住叫:

"楚夏!楚夏!"

她叫了两三声,楚夏才听到,摘下耳麦,看过来:

"怎么了?"

"你在干吗?"

"烧烤啊。"楚夏理所当然道。

"我们在这儿惨兮兮地补习,你在那边烧烤,你的良心不会痛吗?"

"哦,对哟,确实有点儿残忍,"楚夏露出若有所思的神情,走了过来,一把把门关上,然后很体贴地问,"这样就不会影响你们学习了吧?"

见他们一脸呆滞,她笑了笑,不忘给他们鼓劲:"宝贝们,好好学习哦!"

宋秋旻:"……"

陶晏之:"……"

最后,第一次的英语补习还是变成"烧烤大作战"。

陶晏之做主厨,他手艺不佳,好在烧烤并不需要多少厨艺。三个人风卷残云地把食材消灭得干干净净,然后躺在摇椅上,晃晃悠悠,边喝可乐边聊天,晚风吹过来,说不出地舒服惬意。

晚风,繁星,可乐,小龙虾,不得不说,楚夏真是太会生活了。

宋秋旻忍不住想,如果楚夏真的是个王,一定是个骄奢淫逸不理朝政的王,忒懒,就在享乐上专心致志。

不过真好啊,宋秋旻看着满天星辰,感叹道:"我还是第一次在朝露城看到这么亮的星星,原来城市的星星也可以这么大。"

"用钱买的啊,小傻瓜。"楚夏手枕着脑袋,嘴角扯了个慵懒的笑。

这是实话，竹院的别墅建在山上，地势较高，才能看到这么美好的星空。

钱？宋秋旻想到江何那场奢华的升学宴，装作不认识她的谢雅雅，如果她还是过去那个有钱人，也不用纠结了，直接和江何一起去留学，她叹了口气："有钱真好。"

"是啊，有钱是好，有钱可以买到地位，也可以买到尊重，甚至连外太空都可以买到，可是……"楚夏转过头，笑得意味深长，"买不到我们此刻的快意恩仇、书生意气。"

快意恩仇？什么时候她和陶晏之之间能一笑而过？

宋秋旻沉默，陶晏之也没说话，低头烤香肠。

手被握住，宋秋旻看到楚夏冲自己做口型——

"都会好的。"

宋秋旻笑了，是的，都会好的！

你看，她都能和陶晏之一起吃烧烤了，说不定以后能一起畅谈人生呢！

回去时，楚夏特别郑重地嘱咐陶晏之：

"阿晏，记得把你的宋老师送回家！记住，一定要送到家门口！现在坏人这么多，你宋老师又这么美，我害怕。"

于是没隔几天，宋秋旻又坐上了陶晏之的单车。

这次，她可不敢再抱着他，连衣角也不敢拉，手老老实实地攥着后座。

陶晏之骑得很稳，不得不说，富人区的基础设施就是做得好，沿途都是古色古香的竹灯，把主干道照得清清楚楚，也把两个人的影子拉得长长的。

车一晃而过，两个人的影子叠在一起，就像宋秋旻靠着陶晏之，很亲密的姿势。

两个人都没说话，可能是在心里百转千回，不知道怎么表达，也可能是根本就无话可说。

第四章 陶晏之，我要和你藕断丝连

中途，陶晏之停下来，摘了片竹叶，放在嘴里轻轻地吹起来。

声音在静谧的夜间响起来，清脆悦耳，很动听。

一曲毕，宋秋旻问："《海阔天空》？"

陶晏之没回答，宋秋旻又问了一遍："是不是？"

这次陶晏之终于应了，虽然就一个单调的音节"嗯"。

宋秋旻很高兴，带点儿小得意地说："我以前可是我们班的中华小曲库。"

接下来就变成猜歌名大赛，陶晏之在前面吹口哨，宋秋旻在后面猜，偶尔碰到熟悉的歌，她还轻声地唱起来。她长得甜美，嗓音也很甜美，轻轻柔柔地哼着歌，和这夜色一样温柔迷人。

伴随着《匆匆那年》的曲调和少女的歌声，单车穿过竹林，穿过晚风，也像穿过他们灾难过后的青春。

宋秋旻的手最后不知不觉地拉住他的衣角，她唱着：

"如果再见不能红着眼，是否还能红着脸，我们要互相亏欠，我们要藕断丝连……"

唱着唱着，她决定了，如果命运注定要她对陶晏之有所亏欠，她要赎罪。

陶晏之，我要和你藕断丝连。

到家了，宋秋旻轻盈地跳下车。

她伸出手，眼神明亮，理直气壮地说："把手机给我。"

"啊？做什么？"陶晏之很是莫名。

"给我。"

陶晏之还是给了，宋秋旻解屏，这家伙也不知道该说他懒还是坦荡，连个开机密码都没有，她拨打了自己的号码，铃声响了就按掉，把手机递给他："这是我的号码，下次补习，我发短信给你。"

"哦。"陶晏之闷闷道，跨上单车就要走。

宋秋旻又叫住他："喂！"

陶晏之回头，看到她有点儿窘迫地说：

"那个……很晚了，你路上小心。"

灯光把少女的不好意思照得明明白白又朦朦胧胧，像风像雨又像雾，她亭亭玉立，面容姣好，很腼腆地笑着，但眼眸的关心很真诚。

不知为何，陶晏之鬼使神差地说了句：

"放心，长得不美的很安全。"

"……"

这是在取笑她，刚才楚夏说"宋老师这么美"，宋秋旻一下就涨红了脸，她要反驳，陶晏之只剩下一个背影。

真是睚眦必报啊，宋秋旻瞪了他一眼，不过嘴角弯了起来，她蹦蹦跳跳地回家了，谁说他不美？他也……挺美的。

4. 阿晏，你去看看，是不是你爸

而陶晏之，话说出口，就已经后悔了。

那是宋秋旻啊，他怎么还和她开起玩笑了？他懊丧极了，到家仍没给自己找到合理的解释。

陶晏之的母亲许爱玲还没睡，她穿着一身米黄色的家居服，坐在客厅等他回来。

电视开着，不过她似乎根本没在看，只是呆呆地盯着屏幕，眼神呆愣。

灯光下，她看起来精神依旧不好，两鬓已有白发，她今年不过四十一岁，却苍老憔悴成这样，让人看着很是心酸。

陶晏之的家是个很普通的三室一厅，房子的摆设并不高档奢华，但从屋子挂着的照片、被养得生机勃勃的绿植，可以看得出这曾经是

一个非常幸福温馨的三口之家，现在男主人的照片却挂在客厅的中央，黑白的。

陶妈妈站起来，嗓音沙哑："阿晏，怎么这么晚？"

"我去补习英语了。"陶晏之撒了个谎，把楚夏骗他的那套说辞拿出来，说的时候，他不敢抬头看母亲，他怕看到关心的眼神，他竟和凶手的女儿待了一晚上。

凶手，对，陶妈妈现在提起那场事故，还是会说"凶手、杀人犯"！

宋家卖了房子，倾家荡产送来的赔偿金，陶妈妈看也没看一眼，她把来赔礼道歉的杜月霞赶出去，说她不要钱，她要她的丈夫、孩子的父亲活过来。

那笔钱金额确实惊人，应该是创了朝露城的纪录。

网上说宋军果然是个有钱人，不然宋家哪能拿得出这么一大笔钱，他们并不知道这是宋秋旻卖了房，又把爸爸一辈子的心血赔进去换来的。

这笔钱，后来许爱玲拿到银行存了起来，说将来留着给陶晏之上大学、结婚买房子用。

陶晏之搀扶着母亲，没说什么，心里却一万个拒绝。他不想动那笔钱的一分一角，因为只要想到那是拿爸爸的命换的，他就痛恨自己。

这几个月，陶晏之也算是见识了不少人间冷暖。爸爸去世后，有很多不认识的市民过来给爸爸送花，悼念他，说之前得到陶警官的帮忙，都好心安慰他，要挺住，照顾好母亲，还有，他有一个好父亲。

但宋家的巨额赔偿金送过来之后，陶家的电话也就没停过。有好几个之前有来往或没来往的亲戚朋友开始给他们打电话，来借钱，还说得很好听，说他们暂时也不需要用钱，先借他们，就当放他们那里，算利息给他们。

陶晏之看着妈妈还躺在床上哭，又要应付一堆所谓的亲戚朋友，说不出地愤怒。

后来，他把电话线拔了，终于消停了点儿，但还是陆续有人借探望之名，拐着弯地上门借钱。

那天，陶晏之陪着母亲，把来借钱的亲戚送走之后，陶妈妈说了一句话，让他刻骨铭心。

她说："阿晏，你看清楚，这就是生活。"

人性是温暖的，也是贪婪的；生活是甜的，也是苦的。

陶晏之看着母亲死气沉沉的眼睛，她总是这样，像再也没法从这场灾难中走出来，看到爸爸的照片哭，吃饭吃到一半突然掉眼泪，哽咽着："你爸最喜欢吃这个……"

爸爸走了，也把妈妈的生气和活力带走了。她本来就是个一出事就六神无主的小女人，以前爷爷奶奶总嫌她，说她不像个成年人，三四十岁，还像个少女一样天真烂漫，用他们的话来讲，就是不会过日子。

但爸爸说，他的老婆，他就乐意宠着。

她炒个菜把锅烧穿了，他也不生气，还会说"老婆真棒，没把厨房烧了"，逗得她好气又好笑。

父亲就是这样的乐天派，什么都能一笑而过，对工作又极为认真。大事小事他都要管，碰到个失足少年，他能对着他说教三个小时，说得少年差点儿跪下来，直喊"叔叔我错了，我再也不敢了"。

对儿子，他更是没有半点儿父亲的样子。陶晏之小时候，爸爸五点钟就把他从被窝里拉起来练基本功，见儿子蹲马步蹲得眼泪汪汪，夫妻俩就在一旁当吃瓜群众，还拿相机拍下来，说："老婆，你看，你儿子哭起来好像小女生啊。"

第四章 陶晏之，我要和你藕断丝连

陶晏之生气了，不练了，他就指着电视上飞来飞去的武侠片，问："儿子，你想不想长大也这样飞来飞去？"陶晏之当然想，勤勤恳恳地继续跟他练格斗、散打，后来才发现，就算他再努力，也飞不起来。

"你骗我。"

"明明是你自己蠢。"

骗人还不承认，还要抓紧机会，他对儿子进行再教育："孩儿你看，要擦亮眼睛，这世上充满欺骗，不要轻易跟怪叔叔走了。"

明明他才是最奇怪的怪叔叔，陶晏之腹诽，但上了贼船，也没办法，就这么一点点长大。

陶晏之长大了，爸爸通宵值班，回家把早餐一放，到房间，一下压在儿子身上。

陶晏之一睁眼，就看到一张疲倦但永远神采奕奕的脸。

"回来了？"

"是啊，有惊无险的一夜，你爸爸昨晚又拯救一个失足少年。"

"哦，"陶晏之还睡得迷迷糊糊，说，"那还不快回去睡觉？"

"不想睡，一晚上没见到我儿子的帅脸，怪想的。"

"……现在见到了，快去睡，求你了，爸！"

"不嘛不嘛，已经沉迷在儿子的帅气中无法自拔。"

这句话千万不要当真，因为他们父子长得太像，跟照镜子差不多，夸儿子就是间接夸自己帅。陶晏之忍了忍，还是不堪重负，一把把他推开。

陶警官早有准备，两个人在床上打起来，你来我往。

陶晏之痛苦地问："爸，星期天啊！你为什么不让我好好睡一觉？"

"浑蛋！不肖子孙！七点了，还不起来练功？你这么懒散下去，什么时候才能打败我？"

"……我不想打败你了！"

"不行，那我多寂寞！"

他总吹嘘，他在警队打遍天下无敌手，所以他要培养一个对手来打败自己，因为无敌真的是太寂寞了。

姜还是老的辣，陶晏之虽然年轻气盛，精力充沛，可实战经验完全不敌爸爸，像猫逗老鼠般被逗得团团转。

陶警官要打到他时，就化拳为掌，拍了他一下："儿子，看招！"

"啊！"陶晏之叫痛，"下手这么重，我到底是不是你亲儿子？"

"叫小声点儿，别吵到我老婆睡美容觉。"他笑嘻嘻道，游刃有余地化解陶晏之的攻势，"你当然是我儿子，我老婆负责美，你负责被我……虐。"

"不过阿晏啊，你打得这么烂，我都不想认你了。"

"……"

从小到大，他就是这样，没个正形。

可他是个好丈夫，也是个好父亲，他们家也就这样磕磕碰碰、打打闹闹一起走了十几年。

他妈妈从一个炒个菜就能把锅烧了的妻子变成每天早起为他准备早餐，把家里收拾得井井有条的母亲，他从一个刚从警校毕业血气方刚的片儿警，变成一个走到哪儿都有人打招呼，在单位冲在前头回家就欺负儿子的父亲，陶晏之呢，快乐无忧地长到十七岁。

直到那一夜，什么都变了。

那一夜，陶晏之掀开白布，看到一张熟悉但没有一丝血色的脸，他不会再闹，不会再笑，不会再对他说"儿子，爸爸好寂寞啊，你什么时候能打败我"，他就这样毫无预兆地走了。

那天早上，他们还约好了，等他的奖金发下来，就一家人一起出去吃火锅，怎么一天没见，他就直挺挺地躺在地上？

"爸，爸。"

陶晏之叫他，陶警官没回应他。

第四章 陶晏之,我要和你藕断丝连

陶晏之的眼泪落在他的脸上,打在腮边,看起来就像他哭了一样。

陶晏之从没见父亲哭过,他永远都是笑的,妈妈说过,爸爸就哭过一次。

他刚出生那年,陶晏之半夜高烧 39℃,他值夜班去出警,妈妈打电话,陶警官没接。

那一年,许爱玲初为人妻,刚当上母亲,什么都不懂,慌慌张张,抱儿子下楼,摔了一跤。第二天,陶警官赶到医院,看到妻子坐在走廊的长椅上,抱着小小的陶晏之,旁边挂着吊瓶。许爱玲披头散发,脚上还穿着拖鞋,摔伤的地方血迹早已干了,看到他,眼神里没有责备,没有怒气,只是柔声说:

"你来了?烧已经退了,没事。"

他看了儿子一眼,摸了摸他的小脸,去找护士借了酒精和棉花。

借到后,他俯身帮她清洗伤口,抬头,眼圈红了,说:"对不起,我不在你身边。"

后来,陶警官总是陪在他们母子身边,再忙再累也会回家吃饭。

一开始,许爱玲做的饭真的很难吃,他不嫌弃,陶晏之不懂事,总闹不吃。陶警官就拿着碗,追着儿子满屋子跑。

陶晏之上小学,陶妈妈的厨艺终于进步了,能吃了。

陶晏之吐槽:"爸,以前真佩服你,每次都能吃得津津有味。"

"臭小子,粒粒皆辛苦,你懂吗?"陶警官轻轻地打了儿子一下。粒粒皆辛苦,陶警官懂妻子的辛苦,许爱玲体谅丈夫的忙碌。

他们就是这样的一家,缺谁都不行,一个都不能少。

陶晏之的眼泪一滴滴落在父亲毫无生息的脸上。

他不敢回头,他的妈妈就在身后。刚刚,他们一起赶过来,看到遗体时，她却步了，她攥着他的手，手颤抖得厉害。

她说："阿晏，你去看看，看看是不是你爸。"

她不敢看，他也不愿意，但总要有人过来。他来了，确定是他的父亲，他死了。

陶晏之跪在地上，一动不动，他要怎么开口，要怎么告诉妈妈，爸爸……没了？

他的爸爸，一个普普通通的警察，总吹嘘自己是个大英雄，是他妈妈的大英雄，他儿子的无敌对手。这一晚，他终于把自己变成一个大英雄，他变成了因公殉职的烈士。

葬礼上有很多人来送他，认识的或不认识的，白菊铺满会场，这夜过后，陶晏之走到哪儿，都有人叫他英雄的儿子。

可陶晏之不要，他只想父亲能活过来，只想他睁开眼，看到他疲倦却微笑的脸，听他吹嘘："儿子，你爸爸又守护了朝露城一夜……"

父亲总笑他是个中二期的学生，他反驳父亲，攻击父亲是没头没脑的热血大叔。陶警官不服气，嚷嚷着："热血怎么了？我的血永远是热的。"

可这一次，他的血是冷的，陶晏之摸了摸他的脸，冷的，脸也是冷的。

他回头看着妈妈，含泪点了点头。那一夜，妈妈凄厉的哭声把夜撕碎，也把陶晏之的心撕碎，他没有爸爸了。

5. 人生就是向死而生，陶晏之想试一下，他们到底能不能放下

陶晏之怎么可能不恨宋秋旻？

就算清楚她和这一切没有关系，她也失去了亲人，但他怎么可能不恨她？

第四章 陶晏之，我要和你藕断丝连

他恨，他满心怨念，如果不是她爸爸，他不会失去自己的英雄父亲！

陶晏之从来没说过，但他的爸爸，一个平凡的人民警察，一直是他的大英雄。如果不是宋军，妈妈不会精神崩溃，天天在家以泪洗脸，短短几天，头发白了，人以肉眼可见的速度瘦下来，精神恍惚。

他的至亲至爱没了，他的家被这场意外搅得支离破碎，陶晏之怎么能不恨，不怨，不仇视？

所以，当他看到宋秋旻被班里的同学欺负，他没出声，甚至有种报了仇的想法，活该，这一切都是她罪有应得！

可他不痛快，看到宋秋旻无助凄惨，他不痛快，林昭当着他的面跪下，求他原谅，他也不痛快，人家说报仇雪恨，可陶晏之并没有得到报复的快感。

相反，他觉得很累。从小到大，爸爸都教他，要做一个坦荡磊落的人，可他现在在欺凌一个无辜的人。虽然他什么都没做，但他比谁都清楚，同学们是在为他出气，他不过仗着同学间的义气在泄私恨。

当你在凝视深渊的时候，深渊也正在凝视着你。

陶晏之没在这场漫长的孤立中得到任何快意，相反备受折磨，虽然宋秋旻来求他帮忙时，他极尽刻薄，可他还是不快活。

那一晚，楚夏为宋秋旻出头，当众逼他，陶晏之看似骑虎难下，但其实他是庆幸的，结束吧，一切都结束吧，他不想再和宋秋旻扯上任何关系。

晚自习后，楚夏来找他，他们讲了很多话，她叫他放下。

陶晏之苦笑，说他做不到放下，但他们可以相安无事，他可以和她没有关系。

可宋秋旻来了。

她开始莫名其妙地给他送早餐，胡搅蛮缠，现在又要给他补习英语，固执得可怕。

早餐很可口,每次打开盖子,都是热气腾腾的饭菜,但陶晏之不能接受。至于补习英语,陶晏之看着面前憔悴不堪的母亲,心里的愧疚又重了一分,他怎能这样伤害她?

宋秋旻转到川水一中,和自己成为同班同学,陶晏之不敢,也觉得没必要告诉她。自从爸爸走了之后,妈妈的精神状态一直不好,总是忙忙碌碌,又不知道在忙什么,他不能再刺激她了。

可是——

陶晏之脑子里闪过宋秋旻的脸,他觉得自己不对劲,一定是宋秋旻那晚哭太久了,也把他哭傻了,不然,他怎么会让她真给自己补了一晚上的英语,最后还一起吃烧烤?

都说,眼泪是世上最好的武器。那晚宋秋旻把他的衣服都哭湿了,也把他的戒备哭软了。

太轻敌了,陶晏之又深深地懊丧起来,自己真是又蠢又笨!

简直蠢笨如牛!她说把手机给她,他就给了!啊啊啊,自己是不是傻啊?

陶晏之打死自己的心都有了,妈妈看着儿子的脸色忽晴忽阴,疑惑地问:

"阿晏,你怎么了?"

"没……没有。"

"既然是你同学主动邀请你去补课的,你去也没关系。就是咱们不能白蹭人家的课,补习费多少,你回头问一下,找我要。还有,这么晚回来,要注意安全,知道吗?"

陶晏之点头,心里的愧疚更加一分,妈妈这么关心他,他却……

妈妈继续关心地碎碎念:"你这英语也确实该补补,偏科太厉害了。以前我就叫你抓紧,你爸不让,还说什么坦坦荡荡的中国人,会中国话就行了,你啊,就是被他……"

第四章 陶晏之，我要和你藕断丝连

说到这儿，许爱玲戛然而止。

陶晏之看到妈妈眼圈又红了，他明白，她又想起爸爸了。她总是这样，想到他就哭，走不出来，陶晏之不知道怎么办，又不懂安慰。

他转移话题，看着阳台上趴着的狗，问："妈，你今天遛烈火了吗？"

"还没，"妈妈摇头，也看了狗一眼，"烈火老了，现在越来越懒得动了。"

"我带它去逛一圈吧。"陶晏之说，又语重心长道，"妈，你有空也带它下楼走走，别总待在家里，知道吗？"

"好的，好的。"妈妈敷衍道。

陶晏之清楚，妈妈就是应付他，爸爸走后，她也不爱出门了。

烈火是他家养的一条狗，退役前是一条警犬，也算是戎马一生，落下一身伤。陶爸爸怕没人照顾它，就办了收养手续，带它回家。烈火今年已经十岁了，相当于到了狗的老年期，确实懒得动了。但以前妈妈很喜欢带它下去，说多多走动，对它有好处，现在却……唉！

陶晏之拿了牵引绳，叫它："烈火，走，咱们下去走走。"

烈火听到声音，跑了过来，尾巴欢快地摇了摇。

"好孩子。"陶晏之蹲下来摸了摸它的脑袋，戴上牵引绳，抬头看到母亲神色凄苦，泪花闪动。

"阿晏，你这样子，真像你爸爸。"

陶晏之心一沉，爸爸是很爱烈火的，也叫它"好孩子""帅小伙"，到遛狗时间，就踢踢陶晏之。

"儿子，我狗儿子下楼游玩的时间到了。"

"你狗儿子要你这个'亲爹'带才肯下楼！"

"不，你看，它一直在等着你这个'大兄弟'。"

"……"

自己就从没说赢过他，想到这些，陶晏之心里也酸涩起来。他看着妈妈边叹气边回房，心往下沉，妈妈一直这样也不行啊。上次爸爸的同事来看他们，就建议带她去看心理医生，说她不对劲。

妈妈肯定不会去的。

陶晏之心事重重地带烈火下楼，想着该怎么办。

不管怎样，一定不能再刺激到妈妈了，自己还是不要再跟宋秋旻接触比较好，不然万一哪天妈妈发现了，肯定会很失望的。

陶晏之刚这样想，手机微信响了，楚夏建了个微信群，取名"英语角"，把他和宋秋旻都拉进去了，两个人已经在群里聊起来。

秋天的童话（宋秋旻）：英语角，会不会太土了点儿？

叫我大王（楚夏）：是哟，一点儿都不符合本王的高端气质。

说完，楚夏把群名改成——"宋老师美美哒"！

秋天的童话：……

没一会儿，系统提示，群名又被改成"腐朽堕落夏王宫"。

叫我大王：讨厌，感觉像被看透了。

两个人在群里扯了半天，楚夏又问：某个英语永远上不了100分的人呢，在本王面前也敢装死？

就不能换个梗玩？英语上不了100，他也很绝望好不好？陶晏之默默地给烈火拍了照片，发到群里去。

叫我大王：哇！我的烈火宝宝，几天不见，更英俊了！

叫我大王：阿晏，你真是个二十四孝好兄弟，这么晚，还不忘带你大兄弟出来浪，记得顺便背几个单词。

阿晏：楚夏，你再这样子，我放烈火咬你了！

叫我大王：来啊，来啊，来咬我啊！

楚夏发了个贱兮兮的"王之蔑视"的表情包，陶晏之正在找表情包斗图，收到一个好友验证，宋秋旻要加他好友？

第四章 陶晏之，我要和你藕断丝连

当然不能加！这是仇人之女，要是被妈妈看到，她肯定很难过。

可……可加个好友也不能说明什么，微信只是个社交工具，楚夏说过要放下。

陶晏之，你疯了吗？还社交？想想妈妈，你们最好一点儿关系都没有！别说加好友，以后见到这个人，也要当透明人，你不能让你爸妈白养你这么多年。

这边陶晏之在纠结，那边，宋秋旻也盯着手机屏幕，忐忑不安。

他会不会通过好友验证？

会吧！毕竟他们都一起吃烧烤，他人又这么好。

肯定不会的，你们俩什么关系？你和谢雅雅以前关系多好，她还是能装作不认识你……

宋秋旻简直要分裂了，等了一晚上，盯得眼睛生疼，也没看到通过的信息。

她把手机扔到床上，仰躺在床上，想，也对，朋友圈啊朋友圈，得是朋友才能进圈。陶晏之以前怎么说的？"阿晏是朋友间的称呼，请你不要叫我，因为你不是"，而她……当然不是他的朋友！

宋秋旻有些沮丧，她站起来，想去洗手间，刚走几步，听到手机轻轻响了一声，是微信！

她奔了过来，扑到床上，拿起手机。

看到"我通过了你的朋友验证请求，现在我们可以开始聊天了"，宋秋旻几乎要哭了，陶晏之！她加陶晏之好友了！他们是朋友了！

那一刻，花开了，鸟叫了，太阳升起了，宋秋旻仿佛看到陶晏之背后光芒万丈，头上顶着一个普度众生的光环，上面写着巨大的两字——"伟大"！

陶晏之真的是太伟大、太感人了！

接着，宋秋旻马上做了一件很"猥琐"的事：偷窥人家的朋友圈。

陶晏之朋友圈的内容不多，大多是一些他们这个年纪的小吐槽，比如永远上不了 100 分的英语,又打不过爸爸之类的,有一条写得特别长,是球赛打输了,他认真地写了 N 条总结,表示下次一定要"虐"回来,但下一条朋友圈就是"唉,又被虐了"。

他真可爱,宋秋旻边看边笑,她就知道,陶晏之是个很温暖的人,他的冷漠刻薄都是装出来的。

宋秋旻浏览得津津有味,直到看到一条:

"早餐,妈妈做的八宝粥,很喜欢,后天老陶要带我们去吃火锅",配图是一张看起来很香的八宝粥。

发布时间是 12 月 22 日,发生车祸的那天。

这一天之后,陶晏之没再发过任何朋友圈,连个标点符号都没有。

宋秋旻嘴角的笑凝住了,她想起楚夏的话,"阿晏以前不是这样的,他很开朗,很爱笑。他爸走了之后,他话都少了"。

什么是悲伤?这就是悲伤,他的父亲走了,他连朋友圈都不发了。

宋秋旻看着陶晏之的头像,眼睛有些酸涩,心渐渐地往下沉,她到底还是欠他的。

愣愣地看着这条朋友圈半天,宋秋旻起身,她走到客厅,看到杜月霞正在厨房忙碌,她在剁葱,这是明天要出摊的食材。葱的气味很浓郁,她不时停下来,用衣服擦眼睛,站在灶台边,瘦小的身躯显出几分疲态。

这就是生活啊,从来不是容易的,甚至是艰辛的。

不该再给她添麻烦了,宋秋旻想着,就要回屋,杜月霞却听到她的脚步声,转过身,堆着一脸笑容:

"秋旻,找阿姨有事吗?"

"我……我……"宋秋旻犹豫了下,问,"阿姨,明天能不能煮八宝粥?"

"想吃八宝粥?"

"嗯。"

第四章 陶晏之,我要和你藕断丝连

"好,明天就煮。"杜月霞笑呵呵地应着,很开心的样子,甚至有点儿喜出望外,高兴地说,"旻旻,这还是你第一次跟我说要吃什么。以后想吃什么就跟我说,只要阿姨会的,我都给你做。不会的,阿姨也可以学。"

宋秋旻看着满脸堆笑的杜月霞,心里五味杂陈,爸爸走后,没人叫她"旻旻"了,杜月霞也不用再讨好自己,但自己不过主动跟她说句话,她就开心成这样,杜月霞对自己是真的……好。

其实,杜月霞一直对自己挺好的,是自己总把她推开。宋秋旻笑了笑,说:"谢谢阿姨。"

"一家人,说什么谢啊?"杜月霞继续剁葱。

宋秋旻点头,回屋前,她真心实意地说:"阿姨,你弄好就早点儿休息吧,别累着。"

"好好好,你快去睡,别影响学习。"

宋秋旻回到房间,叹了口气。

她要早一点儿发现杜月霞的好就好了,可能也不会发生后来那么多事。

可是世上没有后悔药,宋秋旻摇了摇头。她拿出手机,又去翻了一遍陶晏之的朋友圈,最后手指停留在他的头像上,该给他备注个什么样的名字好呢?

不能让别人发现他们有交集,不然多奇怪啊!他们大概会说陶晏之没心没肺,连爸爸的死都能忘!

叫啥好呢?宋秋旻灵光一闪,写下三个字——"讨厌鬼"。

"陶晏之,你不该叫陶晏之,你应该叫讨厌之,讨厌鬼",那一晚自己就是这么骂他的,她点了点他的头像,嘴角弯起来,轻声说:

"陶晏之,讨厌之!"

你啊,真是个讨厌鬼!

而陶晏之此时也抱着手机，正在唉声叹气。

他怎么就点了通过？他瞪了一眼蹲在脚边的烈火，骂它："都怪你！"

烈火："……汪！"

它睁着黑眼睛，眼神纯善呆萌，甚是无辜。

就在刚刚，陶晏之下定决心不理会，当作没看到宋秋旻的好友申请。他就要把手机收起来，烈火不知道怎么的就撒疯跑起来，他赶紧去追，手机也来不及锁屏，等终于搞定烈火，就看到通过好友验证的提醒。

那一刻，日月无光，风云变色，陶晏之又一次想打死自己了。

删了吧，都加好友了，再删掉也太矫情了吧……

要不，朋友圈屏蔽她，都加好友了，再屏蔽也太矫情了吧……

陶晏之纠结了一晚上，最后，他既没删她，也没屏蔽她，他把宋秋旻的微信号存起来，名字备注——"宋老师"。

做完这些，陶晏之把手机扔到一边，生无可恋地往后一倒，倒在床上。

他拿出放在枕边的照片，是他们一家三口的合照，陶警官笑得阳光灿烂。

陶晏之盯着那个总是一张笑脸的男人，问：

"爸，你说我该怎么办？你说，做人要坦坦荡荡，要惦记着别人对咱们的好，可是……她是宋秋旻啊！"

陶晏之想起，晚上她戴着那个可笑的箱子，带着哭腔说："你看，我现在不是宋秋旻。"

戴上箱子，她还是宋秋旻，只是那时候，陶晏之看着她，突然有些难受，她不用这样的，不用活得这么卑微，不用这么傻，但她这么固执是为了什么？

楚夏说，放下，给别人一条生路，也是给自己一条活路，放过她就是放过自己。

人生就是向死而生，陶晏之想试一下，他们到底能不能放下。

第四章 陶晏之，我要和你藕断丝连

6. 其实，她也觉得，他真是个大英雄

太阳照常升起，新的一天又开始了。

不过这一天，对宋秋旻和陶晏之，都有些微妙。

第二天，杜月霞果然做了八宝粥，宋秋旻尝了一口，糯软香甜，味道很好。

宋秋旻小心地把八宝粥装进保温盒，脸有些发烫，这……会不会太刻意了？陶晏之那么聪明，肯定知道，她偷看他的朋友圈了！

可……全天下又不是只有他家才会煮八宝粥，早餐吃八宝粥很正常，她才不是特意为他叫阿姨煮的！

宋秋旻理直气壮地把保温盒塞进陶晏之的书桌，就要离开，又眼尖地看到一封信，信封上印着一株兰花，信封泛着淡淡的兰花香气。

"又来了！"宋秋旻小声嘟囔，脑子冒出一句话：兰花主人的情书已上线，请注意查收。

这阵子，她给陶晏之送早餐，没少发现，有人往他课桌里塞情书，其中最眼熟最频繁的就是这个有着兰花标志的信封，隔几天就能看到。

啧啧，真是锲而不舍，爱得深沉啊！宋秋旻酸溜溜地想，忍不住背起一首诗，"为什么我的眼里常含泪水？因为我对这土地爱得深沉"，陶晏之真是艳福不浅，乱招桃花！不，兰花！

而"艳福不浅"的陶晏之，今天打开保温盒，心情复杂。

平日早餐都是白粥，突然变成八宝粥，他不傻，猜得出是为什么。他不自觉地看了宋秋旻一眼，她正在背书，只露出一个无辜的后脑勺儿。

陶晏之叹了口气，还是吃了，八宝粥很香甜，他却吃得不是滋味。

王定波走过来，坐到他身边，日常起哄："哇，又送早餐了！还变花样！啧啧，阿晏，你这个追求者对你爱得很深沉嘛！"

"咳咳！"说者无意，听者有心，这句话吓得陶晏之直接卡住了，咳得眼泪都快出来，瞪了他一眼，"你乱说什么？"

"我乱说，那你脸红什么？"王定波捂着胸口，愤愤不平，"本帅也是英俊潇洒，风度翩翩，怎么没人送早餐？连个馒头都没有！"

"因为你渣！"楚夏懒洋洋地走过来，斜了他一眼，"本校女生已经擦亮眼睛看清你了！"

"楚夏，你给我打住，"王定波不服气，"我怎么渣了？你给我解释清楚！"

楚夏笑了，笑眯眯地问："要我帮某人回忆一下他被一帮体校大汉堵在北门的光辉事迹吗？"

王定波："……"

中午，陶晏之和宋秋旻又极有默契地留在教室。

宋秋旻拿回保温盒，看着正在奋笔疾书的陶晏之，忍不住问：

"今天的早餐还行吗？"

口气是伪装的随意，眼神却带着掩饰不住的期待。

陶晏之头也不抬，淡淡道："一般。"

一般？这么敷衍！宋秋旻心里不大高兴，愤愤地把保温盒塞到书包里，拿了饭卡走了出去，她要去吃饭。

走出教室前，她恶狠狠地瞪了陶晏之的后脑勺儿一眼。

讨厌鬼！大坏蛋！她饿着肚子给他带的八宝粥，他还觉得一般！

宋秋旻下楼，到楼下傻眼了，好一场倾盆大雨，不早不晚，正好在她下楼时从天而降，雨下得还特别大，特别欢畅，一冲出去准淋一身。

宋秋旻看了半晌，认命地上楼，她今天没带伞，楚夏又不在，她也找不到人借伞。

看来，只能饿肚子了，宋秋旻垂头丧气地回教室，爬楼梯时，和正

第四章 陶晏之，我要和你藕断丝连

下楼的陶晏之擦肩而过，他手里拿着一把伞。

有伞真了不起啊，宋秋旻酸溜溜地想。她回教室做作业，没一会儿，就软绵绵地趴在桌上，饿，她好饿，饿得胃疼……

这时，一个快餐盒从天而降，落在她的课桌上。

宋秋旻抬头，看到陶晏之走回自己的座位，手里也掂着一个快餐盒。

宋秋旻眼睛亮了，看到那闪着万丈光芒的"伟大"再一次出现在陶晏之身上，他真是个雪中送炭的好人。

宋秋旻的郁闷一扫而光，问："这是什么？"

陶晏之没回答，他坐回座位，打开快餐盒，大口大口地吃起来，看也没看她一眼，仿佛刚才把快餐给她的根本不是他。

"喂！陶晏之，问你话呢！"宋秋旻可不准他装聋作哑，教室里就他们两个人，她敢和他说话。

陶晏之还是不回答，宋秋旻又问："多少钱？我还你。"

这次他终于开口了，沉默半天，说："不用了，就当补习费。"

"那怎么行？一码归一码，这次先欠着，以后我请你。"

宋秋旻又说，这次陶晏之没理她，专心吃饭。

她也不恼，打开快餐盒，西红柿炒蛋、红烧排骨，还有一个香菇肉片，她笑了，都是她喜欢吃的。

宋秋旻开心地吃起来，狼吞虎咽，但仍不时地抬头看陶晏之一眼，这人真的又傲娇又可爱。

你看，他应该是跑得很急，袖子被雨淋湿了，不过饭菜还烫得很，没有沾上一滴水珠，肯定是他搂在怀里，怕被雨打湿，也怕凉了。

陶晏之啊陶晏之，你真是个细心的傻瓜，宋秋旻咬着排骨，觉得这是她吃过的最好吃的排骨。

教室里静悄悄的，外面的雨仍哗啦啦地下，他们谁也没有再说话，坐在各自座位安静吃饭的两个孩子，似乎被时光定格，定格成一张亮丽的岁月照片。

许多年后，宋秋旻想起这顿午餐，仍清楚地记得这天的菜谱，这算是……她和陶晏之第一次一起吃饭。

她想起年少的陶晏之，心里充满缠绵的甜蜜还有酸涩，那时，她已经能跟大家一样，叫他"阿晏"，可陶晏之也变成了她心底的一声叹息。

但不管怎样，这一刻，岁月是如此温柔地对待他们。

吃完，宋秋旻把快餐盒拿到教室后面的卫生角时，路过陶晏之的座位，她装作很随意地往桌上放了包面巾纸，给他擦雨水用的。

这场雨一直下到放学。

正好轮到宋秋旻值日，等她做完卫生，回到座位，看到桌上放了一把伞，不陌生，中午她和陶晏之擦肩而过时，他手里就握着这样一把伞。

宋秋旻在楼下撑开伞，走进雨帘，伞面是一个大大明黄色的笑脸，笑对风雨。

宋秋旻也在笑，雨没完没了地下，可她这里是晴朗的，她的心也是晴朗的，阳光灿烂，万里无云，天空湛蓝湛蓝的。她举着这把笑脸伞，穿过校园大道，路过很多青春亮丽的学子，走过那株郁郁葱葱的白玉兰，在校门口找到林昭。

他正在门里躲雨，自从班里的同学不再孤立她，两个人就在校门口见面了。

林昭跑了过来，问："姐，谁借你的伞？"

"秘密！"宋秋旻笑眯眯道。

"你交到新朋友了？"

"是啊。"宋秋旻开心地回答，"一个很好很好的人。"

宋秋旻和林昭一起上公交，正是高峰期，人很多，两个人站在靠窗的位置，林昭护着宋秋旻，宋秋旻护着伞，车启动时，宋秋旻看到陶晏之骑着他那辆"老爷车"，从公交车边驶过。

第四章 陶晏之,我要和你藕断丝连

单车明明是老旧的样式,他却骑出山地车的气势,像一把飞快射出去的箭刺破雨帘。雨很大,他早已被淋湿,薄薄的上衣贴在身上,露出少年已显气概的体魄,精瘦健康,阳刚朝气。

"姐,陶大侠!"林昭也看到了他,惊道。

自从陶晏之救过他一次之后,林昭提起他,都叫他"陶大侠"。他羡慕地看着他,感叹:"真帅啊!"

宋秋旻点头:"看到了,你的大英雄。"

林昭不好意思地笑,宋秋旻也笑,其实,她也觉得,他真是个大英雄。

第五章

陶晏之,
谢谢你,谢谢你从没说出口的宽容

你离开后,我才学会告别

1. 你……怎么知道我会巴扬

雨停了,放晴了,接下来的每一天都是晴天。

就这样,每逢周三、周末,陶晏之就到楚夏家补习英语。

补课还是有效果的,陶晏之上英语课轻松多了。起码是有进步的,他安慰自己,可每次回家,看到在等他的妈妈,还是控制不住地愧疚,觉得对不起她。

很多事情,就像不受控制的列车,一旦启动了,就不知道车会开往哪里。

陶晏之不明白是对是错,但他坐在列车上,看着沿途的风景,明白他是愿意的。

在校园里,他们依旧是不会说话的"仇人",但到了楚夏的"夏王宫",他们是"师生",她认真备课,毫无保留地分享学习方法,推荐复习资料,连楚夏都打趣"宋老师人美还称职"。

陶晏之没说什么,但很清楚,她是真的一心一意在帮他。

楚夏很大方,给了他们一人一把钥匙,说要是她不在,他们也可以来。

她有时候两三天都不见人影,没回家,也没到学校,不知道在忙什么,大家好像也习以为常。

宋秋旻拿着钥匙,心里很感动,这样被信任的感觉真好。她问:"你就不怕我们把你家搬空?"

"红颜枯骨随风散,名利富贵作浮云。"楚夏很洒脱地摆摆手,"我家最有价值的是本王,你倒是来搬啊!"

"我不搬，我住进来。"

"好啊，本王正缺个暖床的，你来，就封你做王妃，至于阿晏嘛，"楚夏看了陶晏之一眼，嫌弃道，"英语这么烂的人，没资格伺候本王，去净身房领命吧。"

陶晏之："……"

他们总是这样，打打闹闹，好像躲到这里，就躲进了世外桃源，没有仇恨，没有烦恼。

而"夏王宫"也真的很像桃源，虽然没有嫣红如霞的桃花，却有诗意盎然、碧绿成海的竹林。

补课结束，他们并不急着回家，有时会一起坐着聊聊天，闹一闹。

楚夏把家里的乐器搬到大露台，陶晏之打架子鼓，楚夏边弹吉他边唱歌。

宋秋旻举着手里的烤香肠，眼睛亮晶晶的，充当小粉丝，卖力地喊：

"大王，我爱你！

"我要给你做王妃！"

宋秋旻真的爱死了楚夏，她没见过比她更酷的女孩了。

虽然楚夏总是在睡觉，可做什么都游刃有余，成绩不拔尖但也不会太差，吃喝玩乐，样样在行，玩乐器也是信手拈来。有时候，宋秋旻都觉得，楚夏不是懒，她只是把这世界看太清，接近真相，反而没劲了。

总之，楚夏太酷了，当然……陶晏之也很帅。

宋秋旻才发现，陶晏之会打架子鼓，而且打得很好！

你看，他不过随便往鼓凳上一坐，鼓槌一落，就已经帅气得让人移不开眼睛。陶晏之神情专注，姿态潇洒自在，明明再简单不过的 T 恤，蓝色牛仔外套，穿在他身上，就是比别人好看，十七岁的少年，满满的青春气，清爽干净。

一曲毕，宋秋旻举着一根玉米，半蹲着，做心悦诚服状：

"大王,请收下妾身的爱慕。"

"哈哈哈,一起来玩嘛。"

"我不会。"

"她会巴扬。"一直没怎么说话的陶晏之插了一句。

宋秋旻愣了,他怎么知道,她确实学过几年的巴扬手风琴,不过从没在新学校表演过,也没跟同学提过。

"真的啊?"楚夏扬了扬眉,"我这里没巴扬,下次带过来一起玩?"

宋秋旻点头,心里还是纳闷,陶晏之怎么知道?

回去的路上,她忍不住问了:"你……怎么知道我会巴扬?"

陶晏之没回答,在前面悠闲地吹着口哨,听旋律是李健的《八月照相馆》。

讨厌鬼!宋秋旻在他身后瞪了一眼,老是这样,不想回答就装酷。不过她也挺喜欢这首歌,李健的歌她几乎都练过。

回到家,宋秋旻把巴扬拿出来。

自从爸爸去世之后,她就没碰过它,没心情,也怕触景伤情,是爸爸带她去学巴扬的。

小时候,周围的小朋友都在学钢琴、画画之类的特长,她调皮好动,什么都不想学,爸爸宠她,也由她去。直到有一天,她在电视上看到一个女人在拉巴扬,身材高挑,一袭黑色长裙,虽然她只是给歌手伴奏,但宋秋旻眼里只看得到手风琴手,她没见过这么美丽的人,说不出地优雅动人。

当晚,她就跟爸爸说,她要学巴扬。

巴扬是冷门乐器,宋军跑遍了朝露城,也没找到一个教巴扬的培训班,最后在邻城找到一个老师,每星期开两个小时的车送她去学。很累,那时她家还没富起来,爸爸整天忙忙碌碌,但再忙再累,也不会忘了女儿学乐器的时间。

小孩儿嘛，总是三分钟热度，宋秋旻上了几节课，就提不起劲，想跟爸爸说不学了。后来有次老师送她下楼，她看到爸爸在车里打盹，胖胖的脸被闷得红红的，当时，她就下定决心，一定要拉首曲子给他听。

宋秋旻还记得，她第一次拉巴扬给爸爸听，爸爸很开心，直夸好听。

可如今……宋秋旻手抚过巴扬，眼睛温润了，如果命运可以交换，她宁愿用余生去交换再见爸爸一面。

那一晚，没有去见爸爸，是宋秋旻一生的遗憾。

下一次补习课，宋秋旻背着巴扬去楚夏家。

要进门时，看到一个男人在门口徘徊，不时探头往里面看一眼。

他鬼鬼祟祟，看起来颇为可疑，宋秋旻警觉起来，仔细打量他。

他是个和她爸爸差不多年纪的中年男人，很高，驼着背，穿得倒是很体面，也收拾得很干净，就是瘦得厉害，两颊都陷进去，整个人看起来没什么精神气，眼神躲闪，畏畏缩缩，显得有些底气不足和心虚。

真奇怪，怎么感觉有点儿眼熟？可又想不起来在哪里见过，宋秋旻纳闷，掏出钥匙要开门。

那男人看到，精神一振，走了过来，脸上堆满笑，殷勤又讨好："小姑娘，你是小夏的同学吗？"

小夏？宋秋旻疑惑地问："你是说楚夏吗？"

"对，就是楚夏。"男人用力地点头，"小姑娘，你能不能帮叔叔一个忙，帮我把这个拿给楚夏？"

他举起一直攥在手上的袋子，包得严严实实，看不出是什么，好像是个保温盒。

宋秋旻没接，警惕地看着他："什么东西？你又是谁？你不说清，我可不敢帮你。"

宋秋旻还是有点儿防范意识的，毕竟楚夏是曾经红遍全国的童星"小夏天"，万一这个看起来就奇怪的男人是个变态粉丝，送了什么奇奇怪怪

第五章 陶晏之，谢谢你，谢谢你从没说出口的宽容

147

怪的东西，那可就麻烦了。她上次还看到一条微博，有个读者给作者送手工饼干，里面还夹了针，太可怕了！

"就是一锅汤，我自己炖的，你放心。"男人也不生气，耐心地解释，又尴尬道，"至于我……"

他吞吞吐吐道："我……我是楚夏的爸爸。"

宋秋旻终于知道为啥觉得他眼熟了，仔细看，他和楚夏的五官还是有几分相似的，就是他太瘦了。

她不好意思地笑了，热情道："是楚叔叔啊，对不起，刚才我不知道。我是楚夏的同学，这会儿她可能不在家，你进来等她吧。"

"不了，不了，"楚父接连摆手，他把袋子往宋秋旻手心一塞，只说，"那这个就麻烦你了，你……你叫她趁热喝！还有……别太辛苦了，注意休息。谢谢你了，小姑娘！"

说完，他匆忙地走了，没一会儿，就看不到身影了。

2. 就凭这个家是我赚的，每一砖每一瓦都是我赚的

他怎么奇奇怪怪的？宋秋旻摸不着头脑，拿着袋子进去。

一进门，就看到楚夏戴着耳麦，穿着短裤背心在打拳，一拳接一拳打在立式沙袋上，发出响亮的"砰砰"声，动作又快又猛，不像在运动，倒像在泄恨。

她应该已经打了很久，出了一身汗，黑色背心后背全湿了，听到动静，转过头来，脸上全是汗，淡淡地问：

"来了啊？"

宋秋旻点头，把袋子放在桌上说："大王，你在家啊！对了，我刚才在门口碰到你爸，他叫我把这个给你。奇怪，你爸爸怎么不按门铃呢？

还是他按了,你没听到?"

楚夏没回答,宋秋旻没在意,羡慕地看着她修长挺拔的身材,楚夏真是什么都好!

她本来就天生丽质,又注意锻炼,难怪过去能红遍全国,宋秋旻想。她俯身闻了一下,笑道:"大王,你爸给你带的好像是鸡汤,还挺香的,别打了,快来喝吧,趁热!他还嘱咐我,让你平时别太辛苦。你爸也挺关心你的嘛!"宋秋旻又说了一句。

"是吗?"楚夏脱下拳套,慢慢地走过来,她出了一身汗,浑身冒热气,气势也带着平时少有的侵略性,眼里有不加掩饰的厌恶,有些嘲讽地勾起嘴角,"楚国民来了?呵呵,他还有脸来!"

她嫌弃地看了一眼桌上的袋子:"还送什么鸡汤!真搞笑!"

说着,她拿起袋子,看也没看一眼,直接扔进垃圾桶,整个过程,干净利落,没有一丝犹豫。

宋秋旻蒙了,心疼地看着全部洒了的鸡汤,不解地问:"楚夏你怎么倒了?刚才你爸说了,这是他亲手做的,不会有问题的。"

"他是不会下毒,"楚夏顿了下,神情冷漠,"可我嫌恶心!"

"你……"

宋秋旻愣愣地看着楚夏。

她没见过这样的楚夏,像变了一个人,眼眸没有一丝温度,神情冷漠,连笑容都是刻薄的,一点儿都没有她平时的从容淡定,此时的她像一个正在蓄谋报复的人,她……在仇视她的父亲!

为什么呢?宋秋旻想起那瘦得脸颊都陷下去的男人,他躲躲闪闪,满身卑微,可提起女儿,眼里的关心是真诚的。

宋秋旻明白了,他不是没按门铃,楚夏也不是没听到,是他根本不敢进门,也不知道他在门外等了多久,才等到自己。

"楚夏,你怎么能这样做?他是你爸爸啊!"宋秋旻生气道。

第五章 陶晏之,谢谢你,谢谢你从没说出口的宽容

楚夏还是那恶毒的眼神，脸色铁青道："不是所有人都有资格做爸爸的，楚国民就不配！秋旻，我告诉你，以后碰到他，不要再收他的任何东西，他送一次，我就扔一次，也别给他开门，我怕他进来，脏了我的地！"

这说的都是什么话？好像那不是她的父亲，是她的世仇！

宋秋旻不懂，她们认识没几个月，她都能把钥匙给自己，为什么她的父亲，她的至亲，她却连门都不让他进？

她忍不住指责道："这是你们的家，楚夏，你凭什么不让你爸回家？"

"就凭这个家是我赚的，每一砖每一瓦都是我赚的！是我用自己的童年、学习、生活去换的，没有他楚国民任何事！这是我的家，我爱让谁进来就进来，不让谁进来他就不准进来！我就是放着，让这里发霉长草，也不会让他进来，他不配！"

"他是你爸爸啊！"

"那又怎样？有这样的爸爸，还不如死了！"

宋秋旻说不过楚夏，气得整张脸都红了，眼泪在眼眶里打转。

死？楚夏之所以能轻而易举地说出"死"这个字眼，是因为她的父亲还在，还能给送她鸡汤，如果她像自己一样，多少次在梦里醒来，枕巾都哭湿了，怎么后悔都来不及，她就不会这样说，她不懂生死两隔的绝望。

宋秋旻看着楚夏，说："你别这样说，你会后悔的。"

"不会。"楚夏笃定地说，别人吵架，是越吵，声音越大情绪越失控；楚夏吵架，是越吵越不动声色，越冷静清醒，但眼眸的温度也越来越冷。

宋秋旻对楚夏失望极了，她悲愤地说："你根本不懂死亡是怎么回事。"

"你也不懂我经历过什么，楚国民是个怎样的人！"楚夏冷冷道，又说，"宋秋旻，你又知道什么？凭什么来管我的事，你不觉得你管得太宽了？"

"你……"宋秋旻气得胸口一起一伏，涨红了脸，"我是不想你像我，后悔都来不及。就算你爸有再大的过错，如果他真心悔过，为什么不试着给他赎罪的机会？"

"赎罪？如果一个人犯了错，跪下来就能得到原谅，那还要警察干吗？"楚夏冷冷道，"宋秋旻，我告诉你，有些事情错了就是错了，就算再怎么弥补，也弥补不了。所谓的赎罪，不过是一种自私自利的说法，他根本不是在补救，只是想求心安。"

是这样吗？宋秋旻满心的愤怒被浇了个清醒。

她是戴罪之身，也是在赎罪的人，那在楚夏眼里，自己对陶晏之是不是也是自私自利地求一个心安？

宋秋旻难过地问："那犯错的人永远只能待在深渊？"

"对。"楚夏冷酷地说，"不值得原谅。"

"行，我明白了，我们这种人，在你眼里，永远是有罪的。"

宋秋旻说完这句，背起巴扬，转身离开。

楚夏站在原地，手已经伸出来要拉住她，嘴也张开，却没有发出声音。

她看着宋秋旻离开，沮丧、失落、瘦弱，身后那巨大的琴壳几乎要把她压垮。

怎么和秋旻吵起来了？楚夏想，她气得踢了垃圾桶一下，都怪楚国民，每次他出现，就没好事！

宋秋旻也在想，怎么就和楚夏吵起来了？

那是楚夏啊，在她被所有人孤立的时候，唯一肯和她说话，为她出头的楚夏啊！

宋秋旻用力地砸脑袋，喉咙堵得难受，昨天她还练了一晚的巴扬，想拉曲子给他们听，今天她兴致勃勃地背着巴扬来了，怎么就和她吵起来了?

　　自己是不是太多管闲事了?宋秋旻又失落又难过,后悔悲愤夹杂在一起,身后的琴盒好像越来越重,压得她快喘不过气,压得她寸步难行,最后,她停下来,抱着琴盒,坐在路边哭了起来。

　　她不想失去楚夏,楚夏和谢雅雅不一样,对她是真的好。

　　她喜欢楚夏,佩服她,相信她,楚夏是她心中最好的朋友。

　　其实转身的那一刻,宋秋旻就后悔了,或许楚夏说得对,能对朋友这么宽容的人,为什么对自己的父亲这么苛刻?一定是他做了不可原谅的事,她不该站在道德的制高点指责她,太草率了,伤了她……

　　宋秋旻一直哭,哭得昏天黑地,直到面前出现一双白色球鞋。

　　她抬头,看到陶晏之站在自己面前,一脸无奈:"宋秋旻,你怎么又哭了?"

　　陶晏之!那一刻,宋秋旻完全忘了他们之间尴尬的身份,她扑过去,一把抱住他,抽抽泣泣,无尽委屈:

　　"陶……陶晏之,我和楚夏吵架了。"

3. 楚夏长大了,也过气了

　　宋秋旻又把陶晏之的衣服差不多哭湿了,这次是前襟。

　　衣服湿漉漉地粘在身上,陶晏之也终于明白了怎么回事。

　　宋秋旻眼泪汪汪地问:"陶晏之,我是不是太多事了?我不想和楚夏吵架的,只是听到她那样说,就控制不住。"

　　陶晏之沉默,半响才说:"她那样说不对,不过,你这样骂她也不对,楚夏她……"

　　他停顿了一下:"她家有点儿复杂,她爸也确实,挺不负责任的。"

第五章 陶晏之,谢谢你,谢谢你从没说出口的宽容

宋秋旻瞪大眼睛,眼泪又要掉下来,果然是自己错了。

陶晏之赶紧制止她:"你先别哭,听我说。"

他和她一起坐到路边,斟酌了半天,问:"你知道'小夏天'吗?"

陶晏之讲了一个很悲伤的故事。

大概十四年前,大家开始在一部讲家庭伦理的电视剧里看到一个扎着朝天辫的小女孩。

她的戏份并不多,演的是主角的女儿,但小演员长得很机灵,小脸蛋粉嫩粉嫩的,眉毛弯弯,黑葡萄般的大眼睛一眨一眨,说话奶声奶气,笑起来特别甜,实在招人喜欢。她演的角色叫"小夏天",从此,大家都亲昵地叫她"小夏天"。

那就是楚夏,那一年,她只有三岁。

三岁的楚夏还什么都不懂,因为有一次跟妈妈逛商场,被人看中了,就这样稀里糊涂地踏上了演艺道路。那时候,楚家还只是普通家庭,别说拥有竹院这样的豪宅,在朝露城都是租房住的。

楚妈妈起初只是让女儿试一试,并没什么损失,还能拿一笔钱。但没想到,楚夏演得很好,她像天生要吃这行饭,一下子就让大家记住了。很快就有新剧组来找她拍戏,一部接一部,那几年,楚夏几乎包揽了电视剧所有小女孩的角色,打开电视就能看到她,换个台,还是她,用如今的话来说,就是她"红"了!

但对年幼的楚夏来说,她完全没有红的概念,她只是很想去上学。

四年过去了,楚夏已经七岁了,她厌烦了在剧组日复一日地对着镜头,背台词,到哭戏哭不出来的时候,就会被用力地捏一下。每次剧组的车经过学校,楚夏都会问:"妈妈,我什么时候能去上学?"

她想像别的小朋友那样,背着小书包,蹦蹦跳跳走进学校,胸口飘

扬着红领巾。

楚妈妈低头帮她扎头发,不敢看楚夏的眼睛。一开始让女儿演戏,真的只是偶然,当多一种人生体验,如今想离开,却没那么容易了,因为……钱。

楚妈妈需要很多很多钱,去还丈夫的赌债,去填楚夏父亲楚国民捅的娄子,而楚夏妈妈,这几年围着女儿转,跟楚夏一起进组照顾她,根本没工作,可以说,他们现在一家子就是靠七岁的女儿养着。

楚夏三岁赚钱,七岁开始养家。

这一养又是三年,楚夏十岁那年,有个栏目对她做了一个深层访问,主持人问:"你觉得这样的童年会不会太忙碌?"

那时,楚夏已经能很老练地回答她:"不会啊,我觉得这样的生活很有意思,跟别人都不一样,我是独一无二的"。

其实楚夏哪有童年?从三岁开始,她就没有童年了。

她像个不停旋转的小陀螺,从这个剧组转到那个剧组,因为她有个赌徒爸爸。

楚国民,全国当红童星"小夏天"的父亲,在电视台、报纸上露面时,总是衣冠楚楚,一副好父亲、好丈夫的模样,私底下其实是一个赌徒。

楚夏赚的钱大部分替他还了赌债,每次还完一笔赌债,他就痛哭流涕,说这是最后一次了,他一定改,然后当了几天好爸爸、好丈夫之后,又死灰复燃,下一次欠下的赌债金额更可怕,更触目惊心。

十年,整整十年,楚夏帮爸爸还了十年的债,没完没了。

起初她不懂,后来她终于明白,为什么她努力赚的钱总会消失不见。起初她以为爸爸真的会改,但楚国民给她的永远是失望,一次又一次。

在剧组连续通宵赶进度时,楚夏终于忍不住:"妈,你和他离婚,我真的受不了了。"

"小夏,你爸会改的,他答应这次一定改。"妈妈总这样说。

第五章 陶晏之,谢谢你,谢谢你从没说出口的宽容

楚夏笑笑,冷冷地看着她:"妈,他是你老公,我就不是你女儿吗?你们到底把我当什么,咱们家的取款机,赚钱机器?"

楚妈妈的脸"唰"地一下子白了,眼里全是愧疚。

楚夏当没看到,她受够了,受够了母亲的懦弱,也受够了爸爸的滥赌和不负责任!妈妈起码还是爱她的,在剧组里无微不至地照顾她,可楚国民呢,他来,永远只有一件事——要钱!

楚妈妈要不给,他就耍无赖:"你们想让我死在外面吗?要是我出事了,别人会怎么说你女儿?他们会说她见死不救!我完了,她也完了!"

明星的名声比什么都重要,他们就是靠着这身光鲜的羽毛活着。

楚妈妈再不情愿,最后还是给了。

楚夏面无表情地看着,一句话都懒得说。

她对父母失望透了,妈妈总说,这一切都是为了他们家,可这就是她的家人吗?

起初楚夏会跟妈妈哭闹,哭着要上学,闹再也不演戏了,后来她的话越来越少。

十三岁,楚夏已长成一个亭亭玉立的少女,在镜头面前,她还是那个光鲜亮丽的童星,可楚夏清楚,她这颗漂亮的苹果,内心已经坏了,阴暗快腐蚀了她的心。

也是那一年,楚夏的事业开始走下坡路,因为她到青春期了。长期的生活作息不规律让楚夏疯狂地长青春痘,就算打再厚的粉底也遮不住,还有她到变声期了,从前被媒体称为如百灵鸟般清脆悦耳的嗓音沙哑了。

人们发现,"小夏天"不可爱了,不萌了,开始嫌弃她,厌烦她。

楚夏长大了,也过气了。她像一颗亮了多年的星,瞬间失去了所有的光彩。公司发现她身上没有可以再挖掘的商业价值,以前给她的资源回收了,没人带她了,突然间她成了公司最清闲的人。

楚夏想不到有一天她会没戏拍。她的生活终于不再充斥着没完没了的工作，那一刻，她竟有些庆幸，她可以去上学，可以去当一名学生，而不是演学生。

但去学校没三天，楚夏逃了。她发现，她适应不了学校生活，太枯燥太乏味，而且所有人都认识她，知道她是"小夏天"。起初他们对她充满兴趣，后来发现，明星嘛，也不过是普通人，而且，成绩也不怎样。

"有什么了不起的？都过气了。"

"就是！一脸痘，丑死了，靠化妆的！"

"没戏拍才回学校的。"

……

不只学校的学生这样讨论她，网上的言论也没放过她，各种媒体娱乐圈博主，把她小时候的照片和现在的照片进行对比，痛心疾首地喊，"把小夏天还给我们"，下面一堆附和，"就是就是，这么丑就不要出来吓人"。

那一年，是楚夏最难熬的一年，可爸爸依旧不放过她，他还在赌。

楚夏天天把自己关在屋子里，看网上充满恶意的评论，看她以前演的电视剧，最后，她崩溃了，失控地把电脑砸了，手机也砸了。她恨，恨自己是小夏天，她恨这三个字，她无比厌恶自己。

楚妈妈冲进来，抱着女儿哭："我们不拍戏了，我们离开。"

"那你老公怎么办？"楚夏讥讽地问。

"不管他，我……我跟他离婚。"

"可是……"楚夏惨淡地笑了，说，"我喜欢拍戏啊。"

十年了，楚夏过气了才发现，原来她是喜欢当一个演员的。

她在剧组奔波了十年，什么都不会，只会演戏，也只有演戏，她才觉得她是有价值的，有用的。可她长大了，过气了，还长了一脸青春痘，娱乐圈有新的"小夏天"，不需要她了，她被抛弃了。

"我恨你们！"楚夏咬牙切齿道。

如果她知道有一天她会如此窘迫可怜，她宁愿没拥有过这么璀璨的岁月，她宁愿一开始只是个平凡的小女孩。

"我要读书的时候，你为什么不让我读书？我说不想拍戏的时候，你为什么还要让我接戏？我喊累的时候，你为什么从不心疼我？"

楚夏一声声地质问母亲，句句泣血带泪，她恨她，恨他们，为什么她出生在这样一个家？都说儿女是父母的掌中宝，心头肉，为什么她活得这么累这么苦，他们从来都看不到？一个只会让她赚钱，一个只会找她要钱！

楚妈妈一个问题都回答不出来，她只说："对不起，小夏，对不起……"

楚夏不想听到这三个字，她只想解脱，尽快地摆脱这个噩梦，摆脱"小夏天"。

可能是楚夏的失控，让楚妈妈下定了决心。

她开始同经纪公司谈解约，事情挺顺利的，公司并没有多做刁难。

因为自己过气了，赚不到钱了，楚夏勾起嘴角，刻薄地想。但在离开的前一晚，楚夏接到一个电话，有个剧组邀请楚夏出演一个角色，说很适合她。

楚夏犹豫了下，还是让他们把剧本发过来，看完剧本，楚夏知道，她想演这个角色。

剧本叫《浮华梦》，讲一个叫郑彩云的农村女孩，十岁那年被一个大导演看中，本色出演大导演作品中的一个小角色，大导演拍完电影就走了，但在这个农村女孩心里播下一颗种子，种下一个电影梦。跟剧组演员朝夕相处的一个月，剧组像为小姑娘打开一个新世界的门，郑彩云着了迷，她也想当演员！

多么可笑的梦想，一个没背景没钱财的农村丫头还妄想当众人追捧的大明星，多可笑啊！所有人都笑她，可郑彩云不放弃，她不顾所有人的反对,报考了知名的电影学院,失败了,就去影视城跑龙套,而曾经对她笑语盈盈的导演叔叔、明星阿姨,早已忘记有这么一个人。

最后,郑彩云终于醒了,她知道,这个浮华的世界不属于她。

她准备回家,回家之前,她找了家相馆,对着镜头,第一次当主角,她对着镜头中的自己,一遍遍地说:

"别做梦了,梦该醒了。"

4. 我已经让她没了童年,不能让她再没有青春

别做梦了,梦该醒了。

这句话仿佛也像在对楚夏说,梦该醒了。

是的,她成功过,红过,又怎样?最后还不是败了?她们一样在做梦,只不过楚夏的梦更真实,也更残酷。

楚夏接下了这部电影,她知道观众已经不想看到长大后的"小夏天",可她想跟自己做个告别。她想演这部电影,这个角色跟她以前演的电视剧角色很不一样,她想最后挑战一次,证明她曾经也是个演员。

"妈妈陪着你,拍完这部电影,咱们就回家。"楚妈妈这样跟楚夏说,"以后你想做什么就去做,妈妈都支持你。"

楚夏点点头,同妈妈和好如初。

她们就是这样,吵得再厉害,母女俩也没有隔夜仇。

电影拍得很顺利,导演也很好,他是名刚入行的新人导演,但很有才华,剧组很有凝聚力。这里没人嫌弃楚夏不漂亮不可爱,也没有人说她的青春痘太多了,给化妆师添麻烦了,导演说:"好好演,你就是个演员,不用想太多。"

楚夏完全丢掉了她的童星包袱,她在剧组如鱼得水,甚至想,干脆

以后去学习去深造,当一名演员,而不是明星。

但戏就要杀青时,楚国民又来了,楚夏不用想也知道,他又来要钱了。

"你好好拍戏,不用管,妈妈会处理的。"妈妈扔下这句,就匆匆去应付楚国民。

导演叫楚夏了,楚夏跑了过去,不知为何,她的心跳得飞快,很不安,从来没有这样的感觉,她感觉很不安。

后来,果然出事了。

楚夏忽然听到有人喊"死人了",吓得头皮发麻,她发了疯似的跑过去,看到一个废墟,楚国民站在一旁,手足无措,喃喃地说:"我不知道会这样,我就推了她一下……"

后来,楚国民跟警察交代,他欠了一笔赌债,照旧来找妻子要钱,但不知道这次怎么回事,妻子很固执,坚决不给。两个人吵了起来,楚国民一怒之下,推了她一把,她撞倒旁边的架子,没有搭建完的临时摄影棚失去了支撑的主要力量,坍塌了。

楚国民被警察带走,临走前,他真的慌了,不断地喊:

"小夏,爸爸真的不是故意的,我不想这样的!小夏,救我,救我!"

楚夏没听到,她跟工作人员一起把妈妈挖出来,送上救护车。

楚妈妈并没有受多少外伤,但被最大最重的横梁砸到后脑,昏迷不醒。

或许这么多年,楚妈妈活得太累了,她要应付滥赌的丈夫,又要面对女儿的指责,她太累了,想睡一睡,所以她始终没有醒来。

楚国民被关了起来。

"我要他受到惩罚。"楚夏面无表情地说。

可律师建议和解。不管怎么说,他也是她的亲生父亲,一时失手,并不是有意为之,况且传出去,对楚夏也不利,这是丑闻。

"名声?你以为我还在乎这种东西?"楚夏惨淡地笑了,嘲讽地问,"你不知道,我过气了吗?"

她最红的时候,都没人关心她累不累,她过气了,世人哪会在意这些?就算传出去,不过就是沦为八卦谈资,热闹几天,很快大家就忘了,忘了这件事,忘了这个人。

一直以来,她和妈妈都对楚国民太宽容,导致他变本加厉。妈妈总说,"小夏,忍一忍,再怎样,他也是你爸爸",可这一次,楚夏不会原谅他,楚国民不是她的父亲,他是害妈妈躺在医院昏迷不醒的凶手!

开庭那天,楚夏没有去法院,她在医院守着妈妈,妈妈在睡,她在哭。

楚夏几乎把积攒十年的眼泪都流光了,这就是她的家人,她的人生。半生浮华,一朝梦醒,全碎了,她实在是失败透顶。

后来,导演找到她,委婉地说:"还差最后一场戏,你能不能坚持一下?"可能看她太悲痛,他又说,"要是实在不行,我回去和编剧讨论一下,看能不能改剧本。"

楚夏擦干眼泪,沉声说:"我去。"

她要拍完这最后一出戏,整部剧本,她最喜欢的就是这个结局,她要拍完。

那一天,楚夏没有化妆,顶着一张长满青春痘的脸,对着她面对了十年的镜头,流着泪说:

"我不适合这里,我不该做不属于我的梦。郑彩云,别做梦了,梦该醒了。"

在心里,楚夏也对自己说:

"小夏天,别做梦了。梦醒了,小夏天,你该走了。"

楚夏流着泪,一遍遍地重复着台词。

她的眼里没有悲痛,只有绝望,梦碎在她的双眸里,扎伤了她的心,她的希望,她的勇气。

拍完这场戏,楚夏又参加剧组的杀青宴,游刃有余地同工作人员说话,看起来一点儿都不像个十三岁的女孩。她那么正常,好像什么事都没发生,爸爸没在监狱里,妈妈也没有在医院昏迷不醒,她好像什么都不在乎。

"楚夏，总有一天，你会大放异彩的，别放弃自己。你天生是个演员，属于镜头。"

宴后，导演送她回去，这样跟她说。他说得很认真，神情肃穆，英俊精神的脸上全是期待。他把她当一个真正的演员，没像其他人一样，叫她"小夏天"。他很欣赏楚夏，说希望有机会，还能再合作。

《浮华梦》是导演执导的第一部电影，但他和娱乐圈的许多人一样，年轻的眼睛写满野心，充满自信。

楚夏用电影里的台词回答他："浮生若梦，万事皆空。"

她挑起嘴角笑了下，眼神悲伤，笑容苍凉。楚夏头也不回地走了，挥挥衣袖，不带走一片云彩，就像她从没有来过。

回到医院，楚夏给妈妈洗了脸，换了身衣服，趴在她身上，听她的心跳，说："妈，我们回家。"

楚夏带母亲回到朝露城，他们的老家。

也是回到朝露城，楚夏才知道，妈妈早已在竹院为她买了一幢房子，还为她联系好学校，她要把欠楚夏的都还给她。

付款时，楚妈妈跟售楼小姐说：

"这些钱都是我女儿赚的，这几年她太累了，是我对不起她。我已经让她没了童年，不能让她再没有青春。"

楚夏接过钥匙，看着布置得极为温馨的房子，一句话也说不出来。

售楼小姐说，装修是楚妈妈盯着的，全是她一手布置的，楚妈妈曾经骄傲地跟她说过，"我知道我女儿喜欢什么"。

一切都是楚夏喜欢的模样，可是一个人住，太大，太空了。

楚夏按照妈妈原本的安排，办了入学手续，成为一名普通的中学生，白天上学，晚上去医院守着母亲。她不敢把妈妈独自放在家里，怕出事，医院有医护人员，有设备，她请了两名护工，轮流照顾她。

就这样，楚夏安定下来。学校在经过一阵热闹后，也归于平静，毕竟大家要学习、生活的，况且，也没什么能伤害到楚夏了。她总是这样，漫不经心地走在校园，不紧不慢，懒懒地笑，好像什么都不在乎。

彻底告别娱乐圈之后，楚夏的青春痘反而好了，一张脸又恢复光滑细嫩。她还长高了，也过了变声期，像一只经过痛苦蜕变的蝴蝶。三年过去，楚夏长成一个明艳动人的青春少女，可是过去的经历像一把锋利的刀，在她心上划了一道无法愈合的伤口。

楚妈妈没有醒过来，而楚夏自己……

蝴蝶飞不过沧海。

5. 因为我们都是心里有伤的人

我们每个人，都有自己的故事，自己的悲伤。

只是有些人，伤口暴露在风中，有些人，用坚强和无所谓武装自己，假装什么都不在乎。

陶晏之还没说完，宋秋旻已经跑去找楚夏。

她错了，她不该在什么都不知道的情况下，就指责楚夏。朋友是肝胆相照，互相依偎取暖的，而不是互相伤害。

没人能指责楚夏，把那锅鸡汤扔到垃圾桶，楚夏比谁都痛苦。

宋秋旻跑到夏王宫，门还开着，她冲进去，看到正坐在地上靠着沙发的楚夏，拳击手套胡乱地扔在一边，她没哭，但一脸失落和懊丧，抬头看到宋秋旻，漂亮的眼睛有一闪而过的惊喜。

她们都是孩子，她们都很倔强，她们的心也最柔软。

宋秋旻一把抱住楚夏，泣不成声："对不起，楚夏，我错了，对不起……"

宋秋旻几乎要把楚夏的肩头哭湿了，最后楚夏不得不拍着她的肩，

哄她:

"好了,好了。小傻瓜,别哭了。"

宋秋旻还在抽噎,楚夏逗她:"宋老师,你的身上是藏着一个水库吗?这么能哭,你不应该叫宋秋旻,应该叫宋哭哭。"

说着,她掏出手机,把他们的群名从"腐朽堕落夏王宫"改成"水库王宋哭哭"。

宋秋旻:"……啊喂,你才宋哭哭!"

她哭笑不得,这下眼泪彻底止住了。

两个好朋友握手言和,一笑泯恩仇。

她们这个年纪就是这样,很容易彼此伤害,也很容易彼此原谅。

宋秋旻一脸泪痕,楚夏站起来去倒了杯水,递给她:

"来,补充一下水分。"

宋秋旻:"……"

不过她确实渴得厉害,楚夏就是这样,不动声色地关心人,看似没心没肺,其实比谁都体贴暖心。

她也拿了瓶水,坐到宋秋旻身边,两个人并肩坐在地上,靠着沙发。

宋秋旻喝了口水,头靠在楚夏的肩上,柔和地说:"大王,我错了,你真好,以后我再也不惹你生气了。"

"刚才我也不该那样说你。"

"我全忘了。"

两个人相视一笑,楚夏打开盖子,喝了一大口水,看着前面,很苦地笑了下:

"上次你不是问我是不是'小夏天'吗?我就是'小夏天'。"

宋秋旻没说话,只是默默地看着她,眼里全是心疼。

"我讨厌这个名字,这三个字,所以,你问我时,我马上否认了。"楚夏摇了摇头,自嘲地笑了笑,"这么多年,我还是没学会怎么面对过去……"

　　楚夏讲了自己的故事，她讲得很平淡，仿佛那不是自己的事。

　　她说，她小时候最喜欢演的就是学生，可以光明正大地背着小书包。有次拍戏结束，道具组的阿姨要收走书包，她很伤心，哭了半天，后来，妈妈给她买了一个一模一样的书包。那书包她一直收着，想有一天，能背着它去上学。

　　她说，她妈妈没什么本事，但心特别细。剧组哪个人过生日，她会送上一块蛋糕，哪个演员受伤了，会帮忙买药，大到导演，小到可有可无的龙套，都面面俱到。以前楚夏总笑她太过小心翼翼，天天四处讨好人，长大后，她才明白，妈妈做的这一切都是为了自己。

　　她说，她虽然小时候没怎么上学，但是功课也没落下，她的握笔姿势是妈妈手把手教的，她的名字是妈妈教她写的，她的乘法口诀也是妈妈要求她背的。一开始是妈妈教，后面教不动了，就请别人教，每天要检查楚夏的功课，从不敢马虎。

　　她说，以前总怨妈妈懦弱，就会把自己当赚钱机器，可妈妈私底下为她存了一笔钱，从来没有动过，要留给她的，高考，上大学，她都安排得好好的。

　　她说，她很想妈妈，想她醒过来，叫她一声"妈"，跟她说声"对不起"。

　　宋秋旻的眼泪滚落下来，楚夏的眼圈红了，她含着泪问：

　　"秋旻，你知道为什么我、你，还有阿晏，三个人能在一起吗？因为我们都是心里有伤的人。看到你被同学孤立，我就想到我在网络上也这样被谩骂嘲笑过，那时，我就想，我不能让你跟我一样，我得保护你。他们总以为这样轻飘飘地骂一句没什么，可是我知道，语言比打在身上的拳头更伤人。"

　　"楚夏……"宋秋旻哽咽了，心里说不出地酸涩，伸手抱住她。

　　她想，要是早点儿认识楚夏就好了，她帮不了楚夏什么忙，但可以

第五章 陶晏之，谢谢你，谢谢你从没说出口的宽容

和楚夏并肩作战，可以给她一个拥抱。

"没事，都过去了。"楚夏也拥住她。

是啊，都过去了，可受过的伤不会忘。

宋秋旻踟蹰半天，还是问："你爸……"

"楚国民啊？"楚夏很苦地笑了，"我不知道怎么面对他。当年，他被警察关起来，我就没去看过他，也没替他求情。别人以为我在照顾妈妈，没时间，其实我清楚，我是恨他，恨不得他永远被关在里面。他出狱后，好像真的改了，没再赌了，找了个正经的工作，到医院照顾我妈，有时还会给我送点儿东西。可是秋旻，你懂吗？你失望太多次，就不敢再相信了。以前他也总说会改，会戒赌，但没几天，就消失了。从小到大，反反复复，我真的怕了。他第一次来看我妈，被我赶了出去，后来就会避开我。护工说他看着怪可怜的，怎么说也是我爸，要我想开点儿，可我就是做不到，一看到他就生气……"

"我懂！我懂！"宋秋旻打断她的话。

她真的明白，就像她不该强迫陶晏之原谅自己，别人也不能要求楚夏原谅她的父亲，因为楚夏才是受害者。世人啊，总教人要宽容要体谅，却没说，受害者受到伤害该怎么办。

宋秋旻抱歉地望着楚夏："对不起，楚夏，我刚才不了解情况。我会那么生气，我就是想到……我爸。"

宋秋旻跟楚夏讲自己的事，车祸那天的事。

宋秋旻说："我总是恨我自己，那一晚，为什么不去见爸爸。或许我去见他了，就不会发生车祸，陶晏之的爸爸也不会死，所以我看到你爸，就忍不住。"

"我是不想你后悔。"宋秋旻惨然地笑了，"知道吗？楚夏，知道他是你爸爸，我第一反应是羡慕，羡慕你有爸爸。你还可以叫一声'爸爸'，我现在想叫一声'爸爸'，他都听不到了，想见他一面，再也不可能了。"

楚夏愣住了，眼里有震惊，有伤感，有感动。

她们吵架，用刻薄的语言伤害彼此，可秋旻何尝不是为自己着想？

楚夏喉咙动了动，最终没说什么，只是更用力地抱住宋秋旻。

相拥的少女像两只依偎的小刺猬，她们都一身伤，都长了一身刺保护自己，可她们互相伤害，也互相爱护。

门外的陶晏之，背着琴盒，静静地站着。

他没打扰她们，他知道现在是女生时间，她们要和解。

但陶晏之的眼圈还是慢慢红了，他抬头，看着湛蓝的天，把眼泪眨回去。

其实，他也好想叫一声"爸爸"，还有人回应，听到他一声熟悉又吊儿郎当的回答，可是——

陶敬光，你在哪里？

你是不是忘了回家的路？

为什么不回来看看妈妈和我？

没人回答陶晏之。

夏王宫静悄悄的，只有漫无边际的竹海被风吹得沙沙作响，像唱一首宁静却悲伤的歌，安抚这三个难过的孩子。家人，爱他们最深，也伤他们最深。

他们都是心里有伤的人，可有一天，他们会治愈彼此。

6. 她舍不得，又无可奈何

隔天，宋秋旻去医院看楚夏的妈妈。

第五章 陶晏之，谢谢你，谢谢你从没说出口的宽容

陶晏之也在，他们看着楚夏动作熟练地给妈妈洗脸、按摩身体，不时给她翻个身。

"得多动一动，不然容易长疮，肌肉也会萎缩。"楚夏边做边说，她笑了笑，"我妈妈越来越懒了，以前眼皮好像还动一动，现在都懒得理我。"

楚夏是笑着的，可宋秋旻觉得，她笑得比哭还难看，她心里说不出地难受。三年，也不知道楚夏是怎么一个人熬过这三年的。

楚夏的妈妈被女儿照顾得很好，她和楚夏长得颇为相似，三四十岁也是个美人，静静地躺在床上，面色还带着淡淡的红润，看起来就像睡着了。

"妈，这是我最好的朋友，他们来看你了。阿晏，你认识的，老朋友了，我就不说了。这是秋旻，我的同桌，我们总一起玩，她也特别好，就是有点儿爱哭……"

楚夏对着母亲碎碎念，语气活泼，带着丝撒娇，跟她平时从容淡定的样子很不同，或许，只有在母亲面前，她才允许自己当个小女孩。

宋秋旻也跟楚妈妈打招呼，陪她说话，陶晏之在病房里忙忙碌碌，他把病房打扫了一遍，擦了桌椅，把花瓶里枯萎的花换了，打开窗户，微风吹进来，仿佛这里不是病房，而是个温馨的小家。

"满天星，我妈就喜欢这不起眼的花儿。"楚夏指了指桌上一大簇胭脂红的小花，问，"秋旻，你知道满天星的花语是什么吗？"

宋秋旻摇头，楚夏回答："甘愿做配角，只愿在你身边。这花就像她，她一生忙忙碌碌，活得像个配角，都是为了别人。她没一天过得舒心，所以她才不肯醒过来。"

"楚夏，你不要这样说，阿姨只是，只是……"宋秋旻语拙了，不知道说什么好。

"阿姨会醒过来的。"陶晏之走过来沉声说，语气淡淡的，却很有力量，他又说，"楚夏，你放心，阿姨肯定会醒过来的。你这么不着调，

167

她怎么可能放心？"

"我怎么不着调了？"

"给你妈按摩都跟没吃饭一样，有气无力的，你还很着调？"

陶晏之把她们赶到一旁，坐下来，给楚妈妈按摩小腿。别说，手法还挺熟练的，丝毫不逊色于楚夏。

"他经常陪我过来，"楚夏解释，"我说过了，阿晏就是个烂好人。"

"哦。"宋秋旻点点头，笑了。

"他特烦人。"楚夏又吐槽。

陶晏之："……我听得见！"

她们到窗台前，摆弄那盆胭脂红的满天星。

宋秋旻随意往下看，看到一个不陌生的身影，楚国民，楚夏的爸爸，蹲在楼下的墙脚，看着有几分可怜。宋秋旻正犹豫着要不要告诉楚夏，就听到她轻声说：

"每次看到我在病房，他就在楼下等，我走了，他才会上来。"

原来她知道啊，宋秋旻想。

楚夏很苦涩地笑了："秋旻，昨晚我一直在想你说的话，我也不想以后后悔。我妈的事，我已经很后悔了，可是一想到要面对他，我真的不知道怎么办……"

她垂着眼眸，一脸苦恼，宋秋旻没说什么，伸手握住她的手，对她浅浅地笑了，会过去的，会好的，她们都一样。

楚夏也笑了，回握住她的手，心里软软的，她明白。

这就是朋友啊，不用说什么，可她懂她。

宋秋旻和陶晏之在医院陪了一早上准备回家了，楚夏说要多陪母亲一会儿，便留了下来。

下楼时，路过那个苍老清瘦的男人，宋秋旻和陶晏之谁也没有停下。

第五章 陶晏之，谢谢你，谢谢你从没说出口的宽容

可没走几步，宋秋旻停下来回头向他走去，陶晏之站在原地等她回来，看着她，冷冷地说："宋秋旻，你可真爱管闲事。"

你还不是一样？宋秋旻腹诽。她用楚夏的话回他："烂好人！"

陶晏之脸红了，他马上回击："宋秋旻，你这个爱哭鬼！"

"烂好人！"

"宋哭哭！"

"你偷听我们说话！"

"是你哭得太大声了。"

两个人极为幼稚地斗嘴，一路闹到陶晏之放单车的地方，宋秋旻直接坐上他的单车后座。

"下来！"

"行行好嘛，就到公交站，天气这么热，会被晒干的。"

"就三十几度能晒干你这个移动水库？"

"你……"宋秋旻耍无赖，"我就不下来！"

说好的只送到公交站，最后不知怎么的，陶晏之就把宋秋旻送到家了。

天气确实越来越热，陶晏之出了一身汗，灰色 T 恤都是汗渍，到达目的地，他停下来，很酷地说："走了。"

"你等等。"宋秋旻跑到附近的便利店买了瓶水递给他，她跑得很急，脸红扑扑的。

陶晏之一愣，本能地拒绝："不用了。"

"要的，要的，"宋秋旻把水塞到他手上，"这是宋老师赏你的'尊师重道费'，谢谢你体谅她老人家年老体弱，走不了这么远的路。"

陶晏之被逗乐了："宋秋旻你还真是不要脸，给点儿颜色就开染坊。"

"谢谢夸奖！"宋秋旻厚着脸皮道。

"你还真不客气！"

两个人又在路边斗起嘴，远远看，就像一对依依不舍的小恋人，都

169

是眉眼弯弯，一脸笑意，何况，他们都长得很好看，青春靓丽，都处在最天真烂漫的年纪，画面有一种青春电影的美好，还是加了滤镜的那种。

宋秋旻确实有点儿舍不得他走，她觉得怪怪的，明明他们这么尴尬的身份，可她就是想看着陶晏之，看他被气得哑口无言又无可奈何的样子，看他鼓起腮帮子，变成英俊的金鱼，觉得有意思极了！

直到一个声音打断了他们。

"秋旻！"

宋秋旻回头，看到江何从一辆出租车上下来。

"江师兄。"宋秋旻脱口而出。

陶晏之也回头，看到一个衣着考究、长得颇为俊秀的大男孩，朝他们走过来。看他和宋秋旻的表情两个人应该极为熟稔，他脚一踩，骑着单车走了，和江何交错而过，两个人对视了一眼，一个走向她，一个远离她。

怎么连声招呼都不打就走了？没礼貌的陶晏之！宋秋旻有点儿郁闷。不过看到江何，不满的情绪一扫而光，她一路小跑地跑向江何，喜形于色：

"师兄，你怎么来了？"

江何没回答，笑了笑，反问："刚才那个人是谁？"

"我们班的同学，我同桌的妈妈病了，我们今天都去看她，他送我回家。"

"哦。"江何轻轻地应了一声，看似无意道，"挺帅的。"

帅吗？宋秋旻脑子里浮现出陶晏之的脸，目若朗星，鼻若悬胆，确实是条无可挑剔的帅气金鱼，她笑着点头：

"是啊，他是我们班的颜值担当。"

"是吗？"江何淡淡地反问。

宋秋旻点头，开心地问江何怎么知道她家的地址，没留意到他眼里有一闪而过的失落。

第五章 陶晏之，谢谢你，谢谢你从没说出口的宽容

江何是来告诉宋秋旻，他要出国了。

虽然离开学还有一段时间，可他想早点儿过去看看，适应一下。

宋秋旻满心的欣喜被浇了个透心凉，傻傻地问："这么快……这么快就要走了？"

"嗯，机票都买好了。"江何点头，不知为何，看到她明显失落不舍的神情，他竟有些高兴，她还是在意他的。

江何又把出国的航班告诉她，宋秋旻拿出手机写了个备注信息，又设了闹钟，说："师兄，我会去送你的。"

说完这话，她接下来就不知道要聊些什么了。

她想，她可以装作不在乎，和江何开玩笑打趣，她也可以絮絮叨叨，说些关心祝福的话，可宋秋旻不想，她觉得她和江何之间不需要这样的寒暄客套，她看着面前穿着白衬衫，温文尔雅的少年，眼角渐渐湿了，她笑了下，问：

"师兄，要是国外的饭菜吃不习惯怎么办？"

他的师兄，一个长着中国胃的中国人，到了美国，要是吃不惯西餐怎么办？他最讨厌一个人吃饭，要是没人陪他吃饭怎么办？他的英语虽然很好，可美国人那么高壮，他要被欺负怎么办……

宋秋旻舍不得江何，真的舍不得，他还没到美国，她已经替他担忧起来。

江何有些感动，他温柔地冲她笑笑，说："没事的，我要想吃，就自己做。"

"你会做吗？"

"这……"江何不好意思地笑了，他还真不会做，他看到她眼里的担忧，又说，"我可以学。"

宋秋旻也笑了，她又问："师兄，会有人陪你吃饭吗？"

这句话说出来，两个人都有些感伤。他们变得熟悉，就是因为一顿饭。在国际学校的时候，江何不喜欢一个人吃饭，陪他最多的就是宋秋

旻,最了解他口味的也是她,如今他要出国了,以后会有新的陪他吃饭的人,可能是洛冰璇,也可能是别人。

江何沉默,他垂着眼眸,半晌才抬起头,笃定道:"没有你在身边,我会习惯一个人吃饭。"

他不要其他人陪,他只要她。

宋秋旻一震,眼里的泪几乎要夺眶而出,她明白他话里的意思,心里暖暖的,满是感动。不过她舍不得啊,一个人吃饭太孤独了,宋秋旻舍不得江何孤独,她希望他有很多朋友,陪着他,她希望他好好的,到了美国,也过得充实又快乐。

她笑了笑,看着江何,无比认真地说:"那可不行,一个人吃饭不香,况且你这么挑食,不找个人看着你,我怕你营养不良。"

江何也笑了,轻轻叹息:"你啊。"

他们都有些感伤,两个人站在路边,四周人来人往,吵吵嚷嚷,可他们仿佛都听不到,隔离出一个小世界,安静又充满别离的伤感。许久,宋秋旻才收拾好情绪,说:"师兄,咱们去吃饭吧。"

她露出一个大大的笑容:"趁着你还没出国,我带你去回味一下祖国博大精深的八大菜系,免得将来你被美帝主义腐蚀,忘了祖国母亲对你的养育之恩。"

江何笑了,手指亲昵地点了下她的脑袋,说:"才不会,我无比热爱祖国。"

宋秋旻找了小区的邻居,借了辆电动车。

她骑着小电动车出来,特别潇洒地说:"师兄,上来吧!"

江何摇了摇头,说:"还是我来吧。"

"你会吗?"宋秋旻怀疑地看他,打趣道,"像你这种家世,不是出入都汽车代步,哪会用这种平民工具?"

"……"江何哭笑不得,他瞪了她一眼,大长腿一跨,帅气地扶着车头,转过头来,露出一个难得调皮、不那么矜持的笑,眨眨眼:"姑娘,走吗?"

"走走走!"宋秋旻的心怦怦乱跳,坐到他身后,大喊,"大朝露,我们来了!"

他们从白天吃到黑夜,把朝露城有名的当地美食小吃,都吃了个遍。江何在前面骑车,宋秋旻拿着手机,一边看美食点评APP(手机应用软件)的推荐,一边给江何指路。两个人一路走走停停,吃吃喝喝,笑得阳光灿烂,仿佛这不是一场离别的盛宴,而是寻常的小情侣约会。

最后,两个人到朝露城的一条老街,老街大概一千米,不长,但从头到尾都是各色小吃。这种街全国到处都有,有点儿历史,打着"文化""文艺"的名义,卖着批发来的劣质小物件、随处可见的街头小吃。骗游客还是很有效的,所以人总是很多。

电动车是骑不了,两个人下车走路。其实吃了一路,他们早已吃撑了,纯粹就是不舍得这么早分开,想再陪对方一会儿。

人很多,两个人在人群中艰难前行,江何尽力护着宋秋旻,不让旁人挤到她,他看着宋秋旻的手,几次想趁机牵住她的手,可是直到把老街走完,他也没有握住她的手。

走到老街的尽头,人蓦地变少了,连空气都变得清冷起来,江何的手无力地垂下,听到心里的一声叹息。

江何的电话又响了,这一路,不时有电话打来找他,要么朋友要为他饯行,要么有在美国的朋友说要给他接风,这次也一样。

江何抱歉地接电话,宋秋旻在旁边看着,想,真好,这样也好,他到美国就不会孤单了,有洛冰璇,还有其他朋友。

她不自觉地擦了擦手心的汗,刚刚,她以为江何会牵住她的手,因为有次她看到,他的手已经伸过来,可他没有。就像她坐在他身后,看着他微微发红的耳廓,很想上前抱住他,把脸贴到他的后背,可是她的手几乎把裤子抓破了,还是不敢。

果然,他们只是师兄妹而已,宋秋旻想,心里有些难过又有些轻松,这样也好,免得牵挂。她和江何,大概也就这样了。

已经很晚了,他们得回去了,江何固执地要送宋秋旻回家。

夜色中,宋秋旻看着前面的少年,晚风吹在身上,很舒服,却吹不散他们的离别愁绪。江何把她送回来,还了电动车,宋秋旻又陪江何去路边打车。

两个人站在路边,磨磨蹭蹭,吞吞吐吐,都想接下来要载走江何的出租车来得慢一点儿。

他们有一句没一句地聊着天,江何看着面前的少女,几次欲言又止,似乎要说什么,但直到有车停下来,他都没说。

宋秋旻看着江何坐上车,心里堵堵的,她的手放在车把上,舍不得关上门。她认真地看着他,勉强笑道:"师兄,到了美国,也要好好吃饭。"

她深深地看了一眼江何,关上车门:"我会想你的。"

江何一愣,猛地从座位站起来,要说什么,但车已经开了,宋秋旻看着江何从自己面前驶过,两个人的眼神在空中交汇,最后还是分开了。

宋秋旻看着车汇入人流,才收回视线,她的心空荡荡的,很难受。

江何要走了,真的要走了。

宋秋旻回到家,拿出日记本,看里面夹着的江何照片。

江何笑得很开心,宋秋旻却很难过。看着看着,她蓦地笑了,其实她也不用太悲伤,因为自从那次宴会之后,她好像很少想起江何。

爸爸去世后,她要是碰到难过的事,第一个想到的人都是江何,可不知从何时起,她不再这样了,是见到他和洛冰璇讨论要报常春藤哪所名校,还是那场让她看清现实的宴会?或是她身边有了新朋友,楚夏是个真正的朋友,陶晏之又那么正直……

总之，不知何时，他们生分了，现在又要远离了。

宋秋旻有点儿明白，江何为什么会问她，会不会谈一场很远的恋爱，因为离得太远，真的会有好多问题。就像她和江何，明明自己总想离他近一点儿，却感觉距离越拉越远，很快就要隔着一个太平洋。

这就是成长吗？长大后，就要面对很多离别，很多现实，很多残酷？

宋秋旻不懂，她只知道，听到他要走的那一刻，她的心是痛的。

她舍不得，又无可奈何。

7. 江何还是温柔的，自始至终地温柔

时间过得很快，不知不觉，这个学期就要结束了。

期末考考完，江何离开的日子也到了。那一天，宋秋旻还是精心打扮去送机了，虽然她料想到会有很多人去送他，在那些人眼里，自己这样普通的衣着很不体面，可她还是希望给江何留个好印象，让江何想起她时是美好的。

宋秋旻早早到了机场，出乎意料的是，江何身边竟没一个人，他守着两个行李箱，远远看过去，有些孤单。

宋秋旻跑过去，不解地问："怎么就你一个人，你家人呢？"

"我叫他们不要来了，伤感，"江何笑笑，温柔地看着她，"而且，感觉咱们好久没好好说过话了。"

宋秋旻笑了，心里暖暖的。

她想，江何还是温柔的，自始至终地温柔，他大概看出自己那天在宴会上的窘迫，所以这次没再让她尴尬地夹在其中，这样的体贴，也只有江何有。

离登机还有一段时间，两个人在候机厅找了家咖啡厅坐下。

宋秋旻照旧为江何点了一杯他喜欢的拿铁，说："师兄，再过十七个小时，你喝的就是正宗的美式咖啡了。"

江何看着冒着热气的拿铁，没有喝也没有说什么，他觉得，这杯咖啡一定是苦的。

他看着面前的少女，她今天穿着件学院风的高腰百褶裙搭粉红色格子衬衫，清丽甜美，她的笑也是甜美的。

"对了，师兄，"宋秋旻从背包拿出一本厚厚的笔记本，"这个给你。"

"这是什么？"江何接过，打开笔记本。

"美食手账。"宋秋旻笑盈盈地道。

那天，她回到家，也睡不着，忽然想到她看过的一个帖子，说的是留学生在国外，最想念的就是国内的美食，不过很多人不会做。宋秋旻想，江何也不会做饭。她索性起来，给江何收集家常菜的做法。她并不会做饭，这些菜谱有些是网上找的，有的是她请教杜月霞，一条一条问来的。

江何打开，翻了翻，里面整理了一些家常菜的做法，字全是手写的，可能是怕他不明白，还彩印了图片粘在旁边，很细心地写着食材、用量、需要注意的事项，做得很用心，一看就是费了很多心思。

"里面还有杜阿姨的不传秘方！"宋秋旻笑嘻嘻道。

江何还是没说话，愣愣地看着手账，垂着眼眸不知在想什么。

宋秋旻有些慌了，她想，江何家境那么好，哪需要这样老土的东西！她不好意思地说："师兄，你行李是不是都收拾好了，这个超重了？没关系，你看看就好……"

话没说完，江何就走过来，一把抱住宋秋旻，他把脑袋放在宋秋旻肩上，好久她才听到他嘶哑的嗓音。

"秋旻，你真好。"

网上流传着一句娇情的话，"无人问我粥可温，无人与我共黄昏"。他漂洋过海，亲戚朋友觉得他学业有成，父母为他铺路，要他前程似锦，

第五章 陶晏之，谢谢你，谢谢你从没说出口的宽容

唯有她，关心有没有人陪自己吃饭，想吃家常菜怎么办。他不说谢，"谢谢"太生疏，他觉得她好，比任何人都好。

宋秋旻愣了，而后，迟疑了半天，回应了这个拥抱，她轻轻地抱住他，闭上眼睛，想，就这一次，因为这是个离别的拥抱。

在这个拥抱里，他们想起很多事，他们曾陪伴彼此的那些时光。

人来人往的机场，广播没完没了地播着安检通知，可相拥的少男少女听不到，好像这里就他们两个人，仿佛回到从前，那场事故还没发生，她在校园碰到他，喊一声"江师兄"，江何回头，看着少女笑容满面地向自己跑来，长发在身后飘扬，笑容清澈，眼睛明亮如星。

那时，没有离别，没有差距，只有两双微笑着互相凝视的眼睛，和两颗怦怦跳动的心。

好久，江何才放开宋秋旻，他们的脸都有点儿烫。江何拿起不再冒热气的拿铁，喝了一口，果然是苦的。

广播又在通知航班安检信息，江何得走了。

他们从咖啡厅出来，江何走了几步，说："秋旻，把手给我。"

"啊？"宋秋旻不解，还是伸出手，她的手很漂亮，十指修长，细嫩白皙。

江何轻轻地握住她的手，近乎虔诚地在她的手心上写了一串号码，边写边说："这是我在美国的电话号码。"

他垂着眼睛，很专注，侧脸干净帅气。宋秋旻看着江何，眼睛酸涩，她会记住他，记得这个美好温柔的少年。

"打给我。"江何说。

"好。"宋秋旻点头。

"江何，该走了。"

洛冰璇拖着行李箱走过来，原来她早已来了，只是一直没打扰他们。

江何点头，示意他知道了，他看着面前亭亭玉立的少女，忍不住伸出手，像个亲昵的兄长摸了摸她的脑袋，不舍地说："再见了，我的小学妹。"

宋秋旻点头，红着眼睛，咬着唇没说话，看着他和洛冰璇并肩离开。

江何走了几步，又回头，伸出手，一把抱住她，哽咽地说："秋旻，不要忘了我。"

他又在她的耳边说，郑重又情深："四年，如果四年后我们还能相遇，你还没忘了我，我就告诉你一个秘密。"

"什么秘密？"

"四年，四年后，我就告诉你。"

江何看着她，又用力地抱下她，才放开她。

这次他是真的走了，走得毫不犹豫，没有回头。

宋秋旻站在原地，默默地看着江何离开，直到再也看不到，她才坐在椅子上，看着手心的号码发呆。

四年，有什么秘密要时隔四年才肯说？

宋秋旻以为自己会嫉妒洛冰璇，羡慕她能和江何一起走，可刚刚，他们并肩离开，自己竟像看不到她，眼里只看得到江何，只看到他一个人。

什么"洛神"，她才不在乎，她只关心江何。

江师兄，你有秘密，其实我也有一个秘密。

我没喜欢过人，也不懂什么是喜欢，但如果有一天，我明白喜欢一个人是怎么回事，那我想，我一定是喜欢过你，很喜欢很喜欢。

过了安检的江何此时正看着外面起起落落的飞机，有人来就有人走，从没停歇。

洛冰璇站在他身边，状似无意地问："江何，你知道世上最残酷的是什么吗？"

"时间。"没等他回答，她又自说自话，"最残忍不过时光的流逝。"

江何知道,他清楚时间的残酷,所以他什么都没说。他的人生就像早已设定好起飞时间的航班,不能有延误,也不能偏离轨迹。出国留学是早就设定好的,他一定会出国,他不可能为了一点儿朦胧的心动放弃父母为他早已铺好的路,他也不能自私地要一个正值最好年纪的女孩等他四年。

所以,到最后,他还是一句话都没说。在老街时,他没去牵她的手,在咖啡厅里,他看着那一笔一画的手账,他满心感动,热血翻涌,他还是没有表白,只给了她一个拥抱。

她没挽留,他也没开口,就算刚刚,江何真正想说的是——

"秋旻,你能等我四年吗?"

有多少喜欢最后成了秘密,有多少心动最后化为虚有。

除了时光,谁也不清楚。可这就是芸芸众生,他们相遇又分离,匆匆地路过,也匆匆远离,时光最后带走了谁?又留下谁?

宋秋旻垂头丧气地离开机场。

在候机大厅,她看到四个衣着考究、打扮看起来就是成功人士的人,其中两个她认得,那天宴会看过,是江何的父母,原来他们还是偷偷来了。

为人父母,儿女要漂洋过海,怎么可能不来送一下?宋秋旻感叹可怜天下父母心,富贵人家也一样,又想,他们两家关系真好。

她路过他们,没打招呼,他们也像没看到她。

8. 记在手心里,秋旻,人家这是要你记在心里

宋秋旻离开机场,直接坐公交到楚夏家。

他们三个今天要聚一下,庆祝高二结束了。用楚夏的话来说,就是

沦为高三党之前来一次最后的狂欢。

一走进"夏王宫",楚夏就特别高兴地说:"哇,宋老师!可算是把您盼来了!"

"怎么了?"宋秋旻丈二和尚摸不着头脑,楚夏的眼里有掩饰不住的兴奋,陶晏之的神情看着也有些微妙。

"发生了一件惊天动地的大事情!"楚夏神秘兮兮地说。

"什么?"

"当当!"

楚夏把手机屏幕亮给宋秋旻看,是一张英语试卷。

成绩栏上是鲜红的"118",如果是宋秋旻考这个成绩,只会想大哭一场,关键——这是陶晏之的成绩单啊!英语渣陶晏之!

"118?"宋秋旻激动道,不敢置信,"真的吗?"

"当然是真的!"楚夏笑嘻嘻道,"英语老师亲自发给阿晏的。唉,老赵也是不容易,简直是喜极而泣,说上次骂他骂出效果,还要发一个进步之星的奖给他!"

宋秋旻又看了一眼成绩,确定没看错,心里也乐开花。果然功夫不负有心人,陶晏之有进步,她也算做了一件好事,她喃喃道:"真好!"

真的太好了,她抬头,眼睛亮晶晶地看着他:"恭喜你!"

"都是宋老师教导有方啊,"楚夏笑眯眯道,不客气地踢了陶晏之一脚,"阿晏,去,去给你宋老师倒杯热茶,赶紧跪谢师恩。"

宋秋旻:"……"

陶晏之:"……"

最后,陶晏之还是乖乖去泡茶。

两个女孩盯着手机屏幕,继续围观陶晏之的成绩。

宋秋旻在屏幕上滑了几下,看卷面情况,说:"你看,还是有好几分不该失的。"

第五章 陶晏之，谢谢你，谢谢你从没说出口的宽容

"宋老师，你真是越来越称职了！"楚夏笑道，她注意到宋秋旻手心的号码，一把抓住她的手，"啊，这是什么？"

"电话号码。"看到这个，宋秋旻忍不住有些伤感，淡淡道，"我以前学校的一个学长，考上耶鲁大学，今天出国，我送他去了。"

"耶鲁？啧啧，是个学霸啊，长得帅不帅？有照片没？"

"挺帅的。"宋秋旻说着，把手机之前存的和江何的合影拿给楚夏看。

"哇，好一枚眉清目秀的小哥哥。别说，你们这样一看，还蛮配的。"楚夏感叹，又打趣道，"现在谁出门不带手机啊？还用手写这么古老的方式。"

她啧啧两声，笑得意味深长："记在手心里，秋旻，人家这意思，分明是要你记在心里。"

宋秋旻脸一红："没有，你想多了，我们就是师兄妹。"

"没有？你脸怎么红了？"

"……"

两个人闹了起来，宋秋旻被说得脸红通通的。

陶晏之泡好茶，他走了过来，把茶杯递给宋秋旻，硬邦邦地说："请喝茶。"

他看起来似乎有点儿不大高兴，一脸的不情愿，不过宋秋旻确实有些渴了，刚接过茶，陶晏之手一松，茶水倒了宋秋旻一手。

"啊，没事吧，有没有烫到？"楚夏紧张地问。

"没事，没事，一点儿都不烫。"宋秋旻摆手，茶水是温的，真的一点儿都不烫。

她没在意，去洗手，回来看到陶晏之拿着拖把在拖地。

楚夏和他勾肩搭背，笑得有些促狭，小声地说着什么，隐约听到"故意不故意"，陶晏之没回答，只是耳朵看着有点儿红。

"你们在说什么？"宋秋旻问。

"我正在帮你教训你学生，端茶倒水都不会，笨手笨脚的。依我看，

应该跪下来,抄三百遍'宋老师最美!宋老师,我错了!'"

陶晏之的耳朵更红了。

宋秋旻也有些不好意思,瞪了楚夏一眼:"楚夏,你别闹。"

"哎呀,好不容易终于要放暑假了,你还不让我闹?"楚夏反问,她摇头叹气,"有人有师父罩着,有人有学生端茶,就朕孤家寡人一个,本王命好苦啊。"

宋秋旻:"……"

陶晏之:"……"

陶晏之还是重新为宋秋旻倒了茶,虽然依旧一脸不情愿,但很认真地说:"谢谢你。"

宋秋旻听了,有些开心,和江何离别的郁闷也被冲散了。

你看,生活中也不全是坏事,起码她和陶晏之的关系缓和了,陶晏之的英语进步了!

他们闹了一天才散,离开前,宋秋旻和陶晏之约定了暑假补课的时间,英语是要靠积累的,一天都不能放松,很快他们就要高三了,时间也不多了。

楚夏很赞成,说他们随时都可以过来。至于她,楚夏说难得放假有时间,她想去医院多陪陪妈妈。

楚夏又特别嘱咐陶晏之:"不准欺负你宋老师,每天必须保证她安全到家!"

"你很烦啊。"陶晏之白了她一眼,不过他虽然这样说,但还是做了保证。

宋秋旻在旁边没说什么,其实楚夏根本不用担心,因为相处这么久,她早看出来了,陶晏之不过是假酷,嘴硬,心最软了。

回去的路上,伴随她的依旧是陶晏之悠扬的哨声。

第五章 陶晏之，谢谢你，谢谢你从没说出口的宽容

宋秋旻看着前面少年的背影，还是有些不敢相信，这一学期就这样结束了，她还坐在陶晏之的单车上，命运啊，真是妙不可言。

到家，宋秋旻跳下车，听到陶晏之说：

"宋秋旻，谢谢你。"

她回头，只看到少年骑着单车离去的背影，骑得飞快，像一把箭，冲破黑暗的夜，露出黎明来临之前的一角。

阿晏啊阿晏，真正该说谢谢的是我，是我，挟持你的善良，死皮赖脸地走到你身边。

陶晏之，谢谢你，谢谢你从没说出口的宽容和善良。

回到家，宋秋旻掏出手机，想把江何写下的号码记下来，却发现，字迹早已模糊了，被茶水浸了，她又洗了手。

宋秋旻失神地看着号码，蓦地笑了，笑容苦涩。

如果真像楚夏说的，师兄用这种古老的方式，是想让自己把他记在心里，可是命运，还是让他们的联系断了。

她的号码没变，江何会打给她，除了电话，他们还有QQ、微信，只是时间的洪流来了，隔着一个大洋的他们，会不会像这个号码一样，最后，还是断了，散了？

"秋旻，不要忘了我。"宋秋旻想起江何的话，有些惆怅，江师兄，我不会忘记你的。

只是，希望四年后，若我们能遇见，希望那时候依旧能心无旁骛地相视一笑。

陶晏之，
我能叫你阿晏吗

1. 过不去，从来没过去

没多久，期末考的成绩出来了。

大家都考得不错，特别是陶晏之，在英语大比分落后其他高分段同学的情况下，还能拿到年级前五名的成绩，可见他其他科目成绩优异得可怕。

宋秋旻看得啧啧称奇，终于明白为什么英语老师这么痛心疾首，他确实该骂，该狠狠地骂！

当然，她也不错，宋秋旻看着班级排名陶晏之的名字后面第三个名字是自己的，暗自下决心，她要追上他！好歹她也是他的"宋老师"！

楚夏考得不好也不坏，用她的话来讲，够交差了。

其实只要想想，七节课楚夏是睡过去六节的，大家就不会觉得她一般了，只会想打死她，实在是聪明得过分！

老师开了个不痛不痒的闭校式，然后宣布——暑假开始了！

同学们可以痛快地玩两个月，接下来等待他们的就是黑色高三。

宋秋旻把假期安排得满满的，除了给陶晏之补课，她还找了兼职，在一家奶茶店打工。

杜月霞很反对，说她很快就要高三，应该把心思花在学习上，家里不缺钱。但宋秋旻很坚持，她知道家里暂时不差钱，不过很快她就要上大学，还有林昭，两个人的学费压在杜月霞一个人身上，实在困难。

宋秋旻虽然没说，但继母的辛苦，她看得到，况且，她也总不能……白吃白喝。

这大半年，宋秋旻懂得了一个道理，抱怨是没用的。生活既然把难

第六章 陶晏之,我能叫你阿晏吗

题摆在她面前,就只能迎刃而上。

"我要迎风而上,我要逆着朝阳,我要乘风破浪!"宋秋旻每天奔波在奶茶店和楚夏家,都这样浮夸地鼓励自己。

不过她从小到大就是个娇生惯养、没吃过什么苦的小姑娘,这样忙碌的结果是经常累得倒床就睡。

这天,陶晏之到楚夏家,就看到宋秋旻趴在桌上睡着了,睡得还挺沉的。

累了吗?陶晏之想,他没叫醒她。

他等了一会儿,起身找了件薄薄的被子轻轻披在她身上。虽然是夏天,但山上风大,不用开空调,也无比凉爽。

宋秋旻没醒,看来她真的很累,陶晏之想了想,把落地窗的窗帘放下,遮住了屋外的太阳,然后找了本书,安静地看起来。

风吹过,轻轻地扬起窗帘,像掀开屋子的面纱,露出沉睡的少女和看书的少年。

屋内如此静谧,又如此安宁。

宋秋旻醒来,已是晚霞满天,天边尽是玫瑰色的云彩。

她一眼看到正靠着沙发看书的少年:"你……你怎么不叫醒我?"她的嗓音还带着刚醒的沙哑,迷迷糊糊的。

"叫了,你睡得像死猪一样,叫不动。"陶晏之头也不抬地撒了个谎。

"……哦。"宋秋旻起身,身上的被子滑了下来,她一愣,捡起被子,心一热,这看起来像叫过她吗?

宋秋旻举着被子:"这是什么?"

"被子。q、u、i、l、t,quilt。"

"……"

宋秋旻竟无法反驳,什么叫泰山崩于前而色不变?这就是!

宋秋旻去洗了把脸,回来坐到他面前,笑得甚至亲切:"来,陶晏之,先把这一百道语法题做了。"

陶晏之:"……"

什么叫君子报仇,十年不晚?这就是!

把今天计划好的补课内容如期完成,已月上柳梢头,宋秋旻边收拾试卷,边打哈欠。

陶晏之看了她一眼,淡淡道:"补课到今天就结束了吧,明天你别来了。"

"为什么?"宋秋旻一下子被惊醒,紧张地问,"你……你觉得我教得不好?"

"不是这个问题。"

"那怎么了?还是你在介意我的身份?没事,我可以把脸遮住,你要觉得我哪里做得不好,你跟我说,我会改进的!"宋秋旻急急道。

"不是,"陶晏之不知道怎么说,见她越说越不靠谱,脱口而出,"我觉得你这阵子好像很累,而且,我英语进步很多,也够了。"

宋秋旻松了一口气,心又蓦地一甜,原来他是在关心自己啊!

宋秋旻咬着下唇,有点儿害羞又有点儿开心,说:"哪够?你的英语还差得很!而且你是我的学生,要是我教的学生没考上135分,那传出去,简直有辱师门!我很没面子的!"

"……"陶晏之沉默,她说得好有道理,他竟无法反驳。

宋秋旻又飞快地替他做决定:"就这样说定了,明天我还在这儿等你!"

陶晏之拿她没办法,不耐烦地嘟囔了一句:"随便你。"

宋秋旻也不生气,一个人傻乐。

她看到不远处放在沙发边的琴盒,自从上次她把巴扬带过来,就放在这儿。不补课的时候,他们三人就到露台上玩,楚夏唱歌,陶晏之打鼓,她拉巴扬,所以宋秋旻一直没带回家。

现在看到巴扬，宋秋旻猛地想起，陶晏之知道她会巴扬的事，她踟蹰了下，还是问："那个，陶晏之，你之前怎么知道我会巴扬？"

陶晏之沉默了半晌，开口："我看过你的表演。"

那是一年前的事情，那场堪比地震的事故还没发生。

在市里举行的中学校园文化艺术节闭幕式上，陶晏之作为川水一中学生代表在台下当观众，看得昏昏欲睡，还得端端正正地坐着，这时候他看到了宋秋旻。

她穿着黑色长裙，亭亭玉立，长发绾起来，露出优美细长的颈脖，全身没有多余的装饰，就发间别了一个类似捕梦网的发饰，上面有白色的羽毛。她抱着巴扬，站在舞台的侧边，黄金分割点的位置，和歌手相视一笑。

她的笑容很安静且柔和，那一刻，陶晏之甚至有些羡慕台上的歌手，有一个这么动人的姑娘冲他笑。

他至今记得那天她拉的是李健的《一往情深的恋人》，歌词是这样的：

我一往情深的恋人，她是我的爱人

她说与我相爱以后，是她最美的年华

……

身边有人在讨论，拉手风琴的女孩叫什么名字。

宋秋旻。

那一天，陶晏之记住了她的名字，秋天的天空，高远、清澈、湛蓝，她的名字和她的人一样，很美。

那是他第一次见到她，4分45秒，一首歌的时间，他记住了她。有一阵子他甚至抬头看天，会想起那惊艳的一笑，有点儿魔怔，像被她的捕梦网困住。

但也就这样了，不了了之，直到那黑暗的一夜，哭声、警鸣、血色，他又看到了她,一双带泪的惊恐的眼睛,不安地看过来。

曾经被捕梦网困住的是美梦,在次日的阳光下灰飞烟灭,往后便都是噩梦了。

那一刻,陶晏之看着宋秋旻,觉得自己曾经那一瞬间的心动就是一场噩梦。

有人说相逢是缘,可陶晏之不知,他们是缘还是劫?

竟是这样!

宋秋旻还记得那次演出,她和江何合作了一曲李健的《一往情深的恋人》,没想到,当时陶晏之就在台下。

这也算是缘分吧,茫茫人海中,原来他们早已见过面。宋秋旻有点儿兴奋,但马上想起那场车祸,她愧疚地低下头,小声说:"对不起。"

这三个字太苍白了,可除了道歉,宋秋旻真的不知道说什么。

陶晏之沉默,看着面前满脸愧疚的少女,叹了口气,说:"算了,都过去了。"

虽然他们心里都清楚,过不去,从来没过去。

2. 我们都忘了吧

空气好像被冻住,气氛又凝固了。

两个人一起回去,陶晏之依旧载着宋秋旻,这次却没有悠扬的哨声。

宋秋旻看着前面的少年,他背对着她,看不清神情,可她想象得出,他一定是难过的,悲伤的,因为她也是这样。

她踟蹰了半响,还是问:"陶晏之,你……你爸是怎样的一个人?"

话一说出口,她就感到车头扭了一下,摇晃了一小段距离,才恢复正常。

这是他们认识以来，她第一次问他逝去的亲人，直视他和他父亲之间天人永隔的现实。

陶晏之沉默着，安静到她几乎以为他不会回答，他开口了，嗓音在这夜色中显得沙哑而悲伤：

"我爸，他……他很好。"

他想起那个值夜班回来，压在他身上把他吵醒还毫无愧意的中年男人，很苦地笑了下："他是全天下最不靠谱的父亲，可他真的很好……"

或许是这夜色太温柔，也有可能是黑暗给了他们勇气，陶晏之讲起了自己的父亲，讲他的不正经和热血正义，讲他的高要求和宽容，讲他爱家里的每一个人，也给了他们最残酷的告别……

他讲了很多，想到什么就说什么，碎碎念的，没有逻辑。

宋秋旻静静地听着，眼圈慢慢地红了。在陶晏之的口中，陶警官不再是那个被白布盖着躺在地上的冷冰冰的人，她看到一个活生生的、正义的、幽默的陶警官，他很爱开玩笑，看起来总是不着调，可他很爱他的孩子和妻子，他曾是世上最好的丈夫和父亲。

他叫陶敬光，敬仰阳光。

宋秋旻低下头，她的眼泪落在陶晏之的背上。

眼泪很烫，几乎要烫到陶晏之的内心。她又哭了，她像一个水库，经常决堤，陶晏之望着前方漫长的道路，一半光明一半黑暗，他问："你爸呢？"

"我爸？"宋秋旻简直怀疑耳朵，她竟能从他口中听到这个问题，她慌慌张张地说，"我……我爸是个普通人……"

一个最平凡不过的中年男人，发妻早亡，独自带着孩子，兢兢业业、勤勤恳恳地创业，终于有一份属于自己的小家业，有一个引以为傲的女儿，然后，犯了一个无法挽回的错，一夜之间灰飞烟灭，留下一身血债和无数骂名。

可就算是这样，宋秋旻想起爸爸，还是骄傲的。

她记得小时候爸爸背着她搬货物，哼哧哼哧喘着气，汗浸透了爸爸的衣服，她的衣服也被浸湿；她记得，她不喜欢的或者吃不完的东西，都夹到爸爸碗里，爸爸总训斥她挑食，但都大口大口地吃了；她记得中考，爸爸站在一堆家长中等自己，他是最胖的，一看到她，笑容是最灿烂的；她记得，她平凡渺小的父亲是个凡人，他没有那么坏，只是生前做错了一件事，犯下不可饶恕的罪，可那还是她的爸爸。

"旻旻是谁啊？"

"旻旻是爸爸的宝贝女儿。"

他也是她的宝贝爸爸，就算有一千一万人骂他，说他是杀人犯，他还是她爱的爸爸。

"陶晏之，不管你信不信，我爸爸真不是坏人，"宋秋旻哽咽着，喃喃地说，"他不是坏人……"

他和陶警官一样，只是个普普通通的父亲。

她又说："我会替他赎罪的，我会替他还的……"

这世间，有很多选择，唯有父母子女是没得选的。宋军宠她爱她十七年，她不能因为他犯了错，就否定他，她不能让他白疼自己。如果命运注定如此，那父亲留下的债，宋秋旻还，她扛。

还？怎么还？

最难挽回的就是阴阳两隔。

陶晏之没说话，他只是用力地蹬车，发泄着满心的哀伤。

路过一家蛋糕店时，他停了下来，说："你等我一下，我买几个面包。"

买面包当早餐，妈妈要多休息，他又不会做饭，就磨个豆浆配面包。

一个人在外面挺无聊的，宋秋旻就跟着陶晏之进了面包店，她随便逛了逛，看到色香味俱全的面包之后，"咕噜"一声，肚子不争气地叫了。

陶晏之回头看了她一眼，眼神有些好笑。

第六章 陶晏之，我能叫你阿晏吗

宋秋旻立马摆手："我不饿，我不饿。"

为了证明似的，她站得笔直，不去看面包，抬头四处张望，最后盯着面包店摆放的台历，喃喃道："已经是 24 号了啊，今天农历初四来着——"

"啊！我都忘了……"宋秋旻略显苦涩地笑了一下，"初四是我的生日来着……"

声音不大，却被刚好走到她背后的陶晏之听到，他顺着她的目光看了一眼台历，把拿在手里的三明治放回去，拿了一个不大不小的水果蛋糕。

看不出来他喜欢吃甜食啊，宋秋旻忍不住多嘴："这么晚吃蛋糕，会胖的。"

陶晏之没理她，径自去结账，又点了两杯热饮，走到蛋糕店摆着的桌子边，叫她："过来坐。"

"我不饿，我真不饿。"宋秋旻不好意思地摆手。

陶晏之坐下来，把蛋糕包装打开，淡淡道："今天也是我的生日。"

不是吧，他们竟是同一天生日？

宋秋旻瞪大眼睛，看到陶晏之准备拿刀切蛋糕，一下子握住他的手："等等。"

她找店员借了蜡烛，在蛋糕中间插了根粉红色的蜡烛，点燃，碎碎念："过生日怎么能不点蜡烛不许愿？"

陶晏之："……我才不是和你过生日。"

"我明白，明白！"宋秋旻也不介意，坐到他对面。

因为刚刚都想到彼此的爸爸，两个人坐着，对着一点小小的烛光，有些伤感，特别是宋秋旻，眼睛还红着。

好尴尬啊，宋秋旻没话找话：

"一年就一次的生日，你怎么给忘了？"

"你不也一样？"

"我？我家谁会记得？"宋秋旻脱口而出，又讪讪地笑，"又不是什么重要的日子。"

"哦。"陶晏之应了一声,一点儿都不相信,吃个蛋糕都要点蜡烛,仪式感这么重,她不像会随便过生日的人。

他看着烛光,说:"我记不住,都是我妈替我记着的。以前我过生日那天,她早上会起来给我做一碗西红柿打卤面,我看到面就知道过生日了,今年……"

陶晏之顿了下,嘴角扬起一个不易察觉的苦笑:"忘了吧。"

语气有些失落,陶晏之不是怪罪母亲,是担忧,妈妈什么时候才能从悲痛中走出来?

宋秋旻想起那个悲痛的女人,很想问一下,他妈妈还好吗?又想起上次他硬邦邦地说"关你什么事",就不敢问了。

最后,她合上双掌,做祈祷状:"我们来许愿吧!"

她闭上眼睛,认真许愿。

一愿陶晏之健康顺遂,长命百岁;二愿陶晏之岁月静好,无忧无恼;三愿陶晏之幸福快乐每一天,如果他不快乐,就把她的快乐全部给他,如果他不幸福,就把她余生所有幸福给他。

她不要他有一点点的不快乐,要他春有百花秋有月,永远人间好时节。

陶晏之没闭上眼睛,看着面前许愿的少女,她一脸虔诚,闭着眼,睫毛又长又卷,神情温柔又动人,很好看,如曾经刹那的心动。

真是一种罪过,陶晏之强迫自己移开视线。

"好了!"宋秋旻吹了蜡烛,见他坐着,问,"你没许愿?"

"明天没什么好期盼的。"

"哦。"宋秋旻应了一声,又说,"没事,我帮你许了。"

"许了什么?"陶晏之好奇道。

许你欢喜无忧伤,一生顺遂,宋秋旻在心里回答,表面却一本正经道:"我祝你以后娶个丑姑娘。"

陶晏之:"……"

第六章 陶晏之,我能叫你阿晏吗

他没理她,拿了刀,切了大半的蛋糕递到她面前,不客气地说:"胖死你。"

"……我吃不胖。"

她证明似的大口大口开开心心地吃起蛋糕,口味不能跟以前爸爸精心准备的定制蛋糕比,可宋秋旻觉得无比美味,他们坐着,竟还有种莫名的温馨。

她吃一口,就看他一眼,眼里有掩藏不住的笑意。

"你一直看我做什么?"陶晏之不乐意,板着脸问。

"看你好看。"宋秋旻脱口而出,而后脸"唰"地一下红了。

陶晏之的耳朵也红了,他低头吃蛋糕,当没听到。

接下来回去的一路上,他们都没再开口说话。

宋秋旻坐在他的单车后座上,总感觉水果蛋糕清甜的香味挥之不去,就在两个人之间蔓延着,缠绕在身边。

跳下单车,宋秋旻被陶晏之叫住。

"宋秋旻。"

"啊?"

"伸手。"

宋秋旻的脸又不自觉地热起来,好在天黑不容易看清,她乖乖地伸出手。

"送你一个生日礼物。"陶晏之走到她面前,也伸出手,掌心空空,他静静地看着她,眸子里有深沉的痛苦,他说,"我们都忘了吧。"

忘了仇恨,忘了悲痛,忘了恩怨。

说着,他伸出手,握住她的手。

那一刻,宋秋旻的眼睛湿润了,她颤着唇,不敢置信:"陶……陶晏之……"

"别哭。"陶晏之止住她的眼泪,冷静地说,"我只是想活得轻松点儿。"

楚夏说，放过别人就是放过自己，今天，他看到她趴在桌上睡着的疲倦，看着她许愿后睁开眼的温柔，听到她想念爸爸的悲伤，他决定握手言和，不是和她，是和这疯疯癫癫的人间，和这深陷泥坑的命运，他决定放过自己。

"宋秋旻，生日快乐，我祝你将来嫁个丑老公。"陶晏之这样说。

这是宋秋旻听到的最糟糕的生日祝福，可怎么办？她好喜欢，他不让她哭，她却控制不住，上前一步，哽咽地问：

"陶晏之，以后，我能叫你阿晏吗？"

叫他"阿晏"，以后她就是他的朋友了，她不想做他的仇人，她想当他的朋友，陪在他身边，肆无忌惮地和他打闹、开玩笑，她想看他打架子鼓，想拉巴扬给他听，想和他做很多很多的事……

他们站在灯下，灯光把他们的影子拉得长长的。他们靠得那么近，就像要抱在一起，隔了仿佛有一个世纪那么久，陶晏之终于轻轻地点头。

那一刻，宋秋旻仿佛看到整个世界的花都开了，此时，就算有人拿整个世界的财富跟她换，她也不换阿晏这个点头，千金不换。

陶晏之，你真是我最见过的最伟大、最勇敢、最坦荡的人。

3. 这就是她的爸爸啊，全世界最棒的父亲

有一种人，就是坦坦荡荡，陶晏之就是那种人。

宋秋旻一蹦一跳地上楼，心几乎要跳出来，她终于明白满心欢欣是怎么回事，她感觉自己的心被好多白色的鸟儿用线拉着向上飘，飘到蓝天白云上，飘到邈邈星辰间，飘到他的梦里……

阿晏！阿晏！

我以后可以叫他阿晏了！

第六章 陶晏之，我能叫你阿晏吗

宋秋旻喜滋滋地想，此时此刻，她真想找个空旷的地方，要么一望无际的大海，要么巍峨的高山，大喊三声他的名字！

阿晏！阿晏！阿晏！

你真帅！你真好！你的名字真好听！

我真喜——

打住！

宋秋旻摇摇头，拿出钥匙要开门，门一下子打开，林昭站在面前，喜出望外：

"姐，你终于回来了！"

说着，他把宋秋旻拉了进去，餐厅的桌上摆了一桌菜，中间放着个很精致的蛋糕。

宋秋旻："这是……"

"姐，你忘了，今天是你的生日啊！"林昭笑道。

杜月霞也站在她身边，有些抱歉地说："旻旻，阿姨应该早上给你煮碗面的，但早上要出摊，面坨了不好吃，阿姨就没做，想着晚上回来给你过生日。没想到你这么晚才回来，菜都凉了……"

她絮絮叨叨地说着，就要去热菜。

宋秋旻愣住了，原来，还是有人记得她的生日的。

宋秋旻想起陶晏之跟她说过的话："一个肯为她下跪，为她放弃尊严的人，是把她当家人的。"原来，她真的还有家人，不是一个，是两个！

"不用了，阿姨，"宋秋旻制止了杜月霞，她沙哑着嗓子说道，"别忙了，我们坐下来吃饭。"

"都……都凉了……"

"没事，真的。"

宋秋旻笑笑，她很愧疚。

杜月霞也是个果断坚强的女人，她和前夫因为林昭离婚，前段时间处理爸爸留下来的事，从不拖泥带水，一直很坚决，唯独在自己面前，总是这样小心翼翼地讨好，生怕做错事。其实，爸爸走了，阿姨又何尝不难过？

"林昭，快点蜡烛。"宋秋旻叫林昭一起来。

这是宋秋旻一天之内第二次过生日，第一次很惊喜很甜蜜，第二个也很意外还带着伤感，但宋秋旻很开心，果然，她还是喜欢被人记着的，她的公主病还是没痊愈。可生日嘛，一年就一次，她想，就让她像从前那样再被宠一天吧。

三个人，不，是一家人一起高高兴兴地过了个生日。

把没吃完的蛋糕放进冰箱，宋秋旻说："阿姨，以后别买这家的蛋糕了，太贵了。"

她一看包装，就发现蛋糕是从她喜欢的那家店买的，没什么不好，就是不实惠。

"好的，听你的。"杜月霞乐呵呵地应着，又感叹，"旻旻，你懂事了。"

宋秋旻笑笑，没说什么。如果有人问，爸爸去世后，她最大的体会是什么？那就是，她深刻地明白，原来前面无风无雨的十七年，不是她聪明、运气好，而是爸爸为她挡去了所有的磨难，守护着她，爸爸就像他送她的捕梦网，把所有不好的都拦下，送给她一年又一年的安宁美好。

收拾好桌子，杜月霞跟着宋秋旻进她的房间，神色纠结。

"怎么了？阿姨，还有事？"宋秋旻问。

杜月霞踟蹰了下，掏出一个精巧的盒子："刚才看你高兴，怕拿出来让你伤心，但总要给你的。"说着，她把盒子递给她，"旻旻，你看看吧，这是……你爸留给你的。"

宋秋旻打开盒子，看到两块精雕细琢刻了字的玉，一下子就明白了。

上初二时，她迷上了《红楼梦》，她特别喜欢贾宝玉薛宝钗的宝玉金锁题的字，一个是"莫失莫忘仙寿恒昌"，一个是"不离不弃芳龄永继"。

虽然宋秋旻根本不稀罕所谓的"金玉良缘"，在她心里，贾宝玉就该和林黛玉在一起，但她实在喜欢这几个字，"莫失莫忘"，多美好多热烈的感情！都说情深不寿，但爱情若不是燃到心字成灰，沧海桑田，怎么算爱过？

宋秋旻随手画了两张"通灵宝玉"的设计图，一块"莫失莫忘"，一块"此生不渝"。她把"不离不弃"给换了，因为打心底里，她就不愿意宝玉和宝钗在一起。

正好，爸爸看到了，问她这是什么。

"通灵宝玉的设计图！爸爸，以后我要做个珠宝设计师，做美美的首饰！"

"好好好，旻旻想做什么就做什么。"宋军笑呵呵地说，拿起图仔细看，特别捧场，"画得真好，这可是我女儿的第一件设计作品，得收藏起来。"

宋秋旻并没有在意，也没想到，爸爸竟找人把玉刻了出来。

杜月霞眼角湿润了，慢慢解释道："这是你爸爸找了个挺有名的玉雕大师刻的，说要留着给你当成年礼物。前阵子，玉终于雕好寄过来了。我想，生日一过，你也十八岁了，该给你了，可是……你爸走得急，什么也没给你留下，旻旻，你收着这个，当个念想。他以前还说要给你做一套完整的首饰当嫁妆，后来又觉得你要当设计师，肯定想要自己设计，这个念头就作罢了。我当时笑他想得太早了，没想到……旻旻，阿姨对不起你。"

杜月霞叹了口气，看着颤抖着拿着玉，眼泪在眼眶里打转的宋秋旻，摇摇头走了。

宋秋旻隐约听到她在说话，又听不清楚，从看到玉的那一刻，她就蒙了，脑子一片空白，眼泪落在晶莹透明的玉上，一滴又一滴，这就是她的爸爸啊！

如果陶晏之再问一次她的父亲是怎样的人，宋秋旻一定要告诉他，她和他一样，有全世界最好的父亲！

宋秋旻平复了情绪，半晌，才走出房间。

她看着在忙碌的杜月霞，诚挚道："阿姨，谢谢你。"

这种私人定制的珠宝，交了定金，要拿到成品，必须付清尾款。玉的价格并不便宜，杜月霞肯定花了不少钱。杜月霞从不说她做过什么，但她一直在默默付出。

"我……我……"宋秋旻吞吞吐吐，平时对她太不客气，现在要说点儿感激的话，反而不知如何开口。

杜月霞低头说："傻孩子，一家人，说什么谢？"

一家人，这是第一次从她口中说出这三个字，宋秋旻心里没有抵触，只有暖意。

杜月霞又问："还喜欢吗？"

宋秋旻用力地点头，杜月霞笑了，继续切葱，这是明天出摊要用的。

她开心地碎碎念："喜欢就好，你爸问了好几个朋友，才找到这个老师傅。老师傅本来不接单的，被你爸缠得不行，才答应下来。旻旻，你爸是真疼你，他虽然长得糙，但心挺细的，男人中像他这样细致的没几个……"

这是车祸过后，她们第一次心平气和地谈起爸爸。

宋秋旻看着面前虽然淡淡的，但眼里有柔情溢出的女人，觉得自己应该弄错了，杜月霞才不是为了钱嫁给爸爸的。她真是误解太深，杜月霞若对爸爸没有一点儿感情，怎么会让她住进来，白养自己这么一个熊孩子？

宋秋旻觉得自己过去真是太任性了,她又道谢:

"阿姨,谢谢你,谢谢你给我过生日。"

"再说谢谢,我可要生气了。"

杜月霞作势要生气,宋秋旻笑了,在旁边帮她打下手,蓦地想到什么,问:

"阿姨,你会不会做西红柿打卤面?"

4. 我谁也不喜欢,我就喜欢读书

阿晏怎么还不来啊?

宋秋旻站在楚夏家的大露台上,看着大门口,简直望穿秋水。

她跑到楼下厨房,看着一桌的食材,蛋炒好了,西红柿也炒香了,这是昨天她跟杜月霞学的,学了一晚上,早上起来还做给林昭吃,林昭说不错,她可以去开店了,虽然有夸张的成分,但宋秋旻尝了,确实挺好吃的。

希望他喜欢。陶晏之昨天说,以前过生日,他妈妈都会给他做西红柿打卤面。

每个人的生日可能都有点儿仪式感的东西,她的是蛋糕,陶晏之的应该就是一碗西红柿打卤面。所以今天她早早地来楚夏家,忙了一下午,就等着陶晏之来。

他快到了吧?宋秋旻拿起手机,真想给他打个电话,问他到哪里了。

这时候,手机铃声蓦地响了,正好是陶晏之的信息,说,他妈妈感冒了,他要照顾她,今天不来补课。

不能来了!

简直是晴天霹雳!

宋秋旻欲哭无泪，她真想问一句"真的不能来吗"，可她盯着手机屏幕半天，最后还是淡淡地回了两个字——"没事"。

她扔掉手机，看着做得差不多的食材，说不出地失落，什么都准备好了，就差他了。

算了，宋秋旻安慰自己，她起身准备把厨房收拾一下，看着炒得金黄漂亮的蛋又有点儿不舍，最后，她还是把面下锅了，热气腾腾地装上盘。

"生日快乐啊，阿晏。"宋秋旻对着空荡荡的桌子，自言自语，"我呀，也知道一碗面不能代表什么。我就是想对你好点儿，想让你知道，还有人惦记着你，有人心疼你。阿晏，你知道吗？昨晚我超级开心，我爸送我两块玉，我之前随便设计的，他拿去找人雕刻，我很喜欢，但最让我感动的是，你和我说的那句话，我们都忘了吧。阿晏，你真好，善良又正直，宽容又大度。阿晏，这两块玉，就是我的传家宝了，以后我要把它送给喜欢的人……"

宋秋旻就这样碎碎念着，直到面不再冒热气。

阿晏，要是你能来就好了，我什么都不会做，就这个是刚学的，味道还不错。

宋秋旻看着已经坨掉的面，叹了一口气，就要倒掉。

身后传来有人进门的声音，她回头，看到陶晏之打了一把伞进来，屋外不知何时下雨了。

宋秋旻惊道："你……你不是不能来吗？"

"不是你说，英语是靠积累的，一天都不能落下？"陶晏之理直气壮地说。

"你……你……"宋秋旻又惊又喜，问，"你妈妈好些了吗？"

"吃了药，睡着了。"陶晏之注意到她手里的一碗面，立刻明白了，神情有些复杂，问道，"给我做的吗？"

"这个……这个……"宋秋旻吞吞吐吐，他真来了，她反而不好意思了，撒谎道，"我饿了，就自己做了碗面，做多了，还剩一盘。"

"哦。"陶晏之没戳破她的谎言,淡淡道,"正好我也饿了,倒了浪费,给我吧。"

"好啊!"宋秋旻高兴地应道,又马上摇头,"还是不要了,面都坨了,不好吃。你等等,我给你煮碗新的,很快的!"

"不用了,这碗挺好。"说着,陶晏之抢过盘子,坐下来吃。

面已经坨了,但陶晏之大口大口地吃,吃得很香,仿佛那是很好吃的美味。

宋秋旻托腮看他,眼睛像夏夜的星星,越来越亮,嘴角也不自觉地扬起来,羞涩地问:

"面……还……还行吗?"

"宋秋旻,"陶晏之抬头,露出个嫌弃却带着笑意的神情,"你这厨艺叫'狗不理',狗吃了都不理。以后你嫁人之前,千万别做饭,不然你未婚夫肯定找你退婚。"

宋秋旻:"……"

宋秋旻简直要气哭了,瞎说什么……大实话啊!

她看着陶晏之满是揶揄,笑意盈盈的眼眸,气哼哼道:"陶晏之,吃了我的面,你夸我一下会死吗?你嘴巴这么坏,肯定没人喜欢你!"

"这可不一定。"陶晏之冷冷道,抬头似笑非笑地看了她一眼。

他弯起的嘴角噙着丝懒洋洋的笑,难得慵懒生动,配上他俊朗的脸,竟有种讨人喜欢的坏。

宋秋旻脸一热,想起面前这家伙在学校可是有"粉丝团"的人!她突然想起,她给他送早餐,隔几天就出现一次,有着兰花标志泛着兰花香气的信。

想到这里,她忍不住八卦,明媚的眼睛俏皮地眨呀眨,问:"话说,那个兰花信封的主人是谁啊?一星期写一封情书,对你真是爱得深沉。哎呀,阿晏,喜欢你的人果然很多!"

陶晏之:"……"

"真想上知乎问一下,十几岁就拥有一个粉丝团,是什么体验?"

陶晏之被说得面红耳赤:"……宋秋旻,你够了,你就是嫉妒。"

"我会嫉妒?"宋秋旻不服气,"我也是有人喜欢的,好吗?"

"哟,是吗?那个要你把他记在心里的耶鲁高才生?"

宋秋旻:"……"

陶晏之说的是江何,提到江何,宋秋旻有点儿惆怅,又猛然意识到,她……好像已经很久很久没有想到师兄了,是认命了,还是地域的遥远淡化了思念?

想到这儿,她难免伤感地说:"那是我师兄。"

她不想拿江何来调侃,转移话题:"那你呢?拥有一个队伍庞大的粉丝团,这么多热情的真心,有你喜欢的吗?"

"……"陶晏之沉默。

"想这么久,是人太多,选不过来吗?"宋秋旻继续揶揄他。

"宋秋旻!"陶晏之咬牙切齿道。

宋秋旻笑得更开心了:"说嘛,还是你喜欢兰花信封的主人?"

"我谁也不喜欢,"陶晏之白了她一眼,没好气道,"我就喜欢读书。"

说着,他又一本正经道:"我一心一意只爱读书,茶不思饭不想为读书,为伊消得人憔悴也是为了读书。"

"……"宋秋旻一下子被逗乐了,"那我也只爱读书。"

"你的师兄,不把他记在心里?"

"哎呀,都说了那是我的学长,而且,学长是属于学姐的!我谁也不喜欢,我就喜欢读书。"

"学我,你能不能有点儿创意?"陶晏之嫌弃地看了她一眼,总算放过她,继续埋头吃面。

宋秋旻看着他,面坨了又凉了,肯定不好吃,她忍不住说:"哎,别吃了。"

"不行,粒粒皆辛苦,浪费食物,我寝食难安。"

第六章 陶晏之,我能叫你阿晏吗

宋秋旻笑了,看他低着头认真吃面,样子实在可爱,连黑发间的发旋儿都很可爱,她托着腮,问:"感觉好几天没见楚夏了,还挺想她的。"

"她在医院。"陶晏之头也不抬。

"也不知道现在她和她爸爸怎样。"

"缓和了些,前几天我给她打电话,听到有男人说话的声音,应该是他爸爸在病房。"

"她肯让他爸进病房了?"宋秋旻惊喜道。

"可能吧。"

宋秋旻笑了,她才不是同情楚国民,她只是想让楚夏轻松点儿,折磨她父亲就是折磨她自己。

陶晏之吃完面,麻利地起身去洗碗。

真是勤快啊!

宋秋旻跟上去,站在他旁边,看着帅气的少年动作熟练地洗碗,画面还是挺赏心悦目的,宋秋旻的心里暖暖的,这么难吃的面,他都吃完了,阿晏真是大好人!

她打趣道:"阿晏啊,你这洗碗水平挺高的嘛。"

"还行吧,相比宋老师您的厨艺,能评个专业八级吧。"

宋秋旻:"……"

她竟没有不高兴,除了有点儿恼羞成怒,心里还夹杂点儿开心,她已经能和陶晏之开玩笑了,而且她刚刚好像叫他"阿晏"了,那么自然地叫出来,亲昵极了。

宋秋旻的心莫名地热了,脸也在发烫,她看着面前丰神俊朗、剑眉星目的大男孩,忍不住又叫了一次:"阿晏。"

"嗯?"

"以后我们会越来越好,楚夏妈妈会醒来,对吧?"

"当然。"陶晏之转头,给了她一个灿若朝阳的笑容,明媚又开朗。

咚!宋秋旻的心漏跳了一拍,然后心像装了马达一样,乱跳起来。

他……笑起来真好看啊！她喜欢看他笑，眉眼弯弯，眼睛清澈见底，笑意一览无余，像小太阳一样温暖。原来阿晏笑起来的时候，眼睛里住着个小太阳！

宋秋旻也笑了，静静地看着他，她觉得她可以这样看着陶晏之，看一天又一夜。

她又叫他：

"阿晏。"

"做什么？"

"没，就觉得你名字真好听。"

"……"陶晏之很是无奈，"多谢宋老师夸奖，不过你也不差，秋天的天空。"

"真的啊？"宋秋旻心里美滋滋的，她又叫他，一百一千次都不倦：

"阿晏！"

"又有什么事？"

"没有，就想点名一下自己的学生。"

"……宋秋旻你很烦人啊！"

"请叫我宋老师！"

"……"

5. 她果然生气了

暑假就这样平淡无奇打打闹闹地过去了。

但到了开学的时候，宋秋旻和陶晏之已是无话不谈的朋友，楚夏也回来了。

楚妈妈还是没醒来，不过楚夏和楚国民的关系有所缓和，虽然父女俩没说过话，但起码能共处一室，两个人在病房里，各做各的。

要修补这么多年的裂缝，不可能一蹴而就，还是要等阳光慢慢照进来。

最重要的是——他们高三了！可怕的黑色高三来了！

开学的第二周，宋秋旻终于知道一直给陶晏之送情书的兰花信封主人是谁了。

那是学校举行的高三篮球赛，那天，宋秋旻和楚夏有说有笑地去篮球场观赛，第一眼看到观众席的最中央坐着清一色的妹子，穿着统一的服装，每个人手里都拿着加油棒，占据看台最好的位置，有说有笑。

宋秋旻奇了，问："咱们班还请外援，连啦啦队都有？"

"哈哈，这你就不知道了吧，"楚夏笑嘻嘻道，"来，感受一下你的学生在川水一中的超高人气，上面坐着的这些小迷妹全是阿晏的粉丝！"

宋秋旻目瞪口呆："……"

楚夏又指了最中央一个坐得特别端庄的女孩，说："看到没？那是阿晏粉丝团团长，孟小兰孟团长，比咱们小一届，这些人就是她组织来的，每次阿晏有比赛，她都会率团来给他助威。"

孟小兰？宋秋旻隐约觉得这名字似曾相识，脑中浮现那兰花标志的信封，恍然大悟，原来……是她啊！

她忍不住多看了那女孩一眼，孟小兰穿着校服，长得颇为秀气，齐肩长发齐刘海，面容白净，眉眼恬淡，一看就觉得这是个家教良好听话懂事的乖乖女。

"看起来很文静啊。"宋秋旻说，真心觉得孟小兰不像个能当"团长"的。

楚夏笑眯眯道："等开场你就知道了！"

她们找了个位置坐下来，比赛实行淘汰制，今天是初赛，他们班对阵（3）班。

陶晏之早已换好球衣，正在做热身运动。不得不说，（6）班的男生质量还算高，颜值都在水平线上。上场的这几位个个身材高挑，穿着蓝白色的球衣，边热身边商量战术，一股青春气息扑面而来。

当然最引人注目的当属陶晏之，俊眼修眉，顾盼神飞，一边笑着和王大帅说话，一手熟练地运球，难得地张扬，动作潇洒，笑容灿烂。

他笑得像个闪闪发亮的小太阳！宋秋旻假装在看同学，实则视线都放在陶晏之身上，她的脸有点儿热，他可真帅啊！

她环视看台，发现大部分女孩也盯着陶晏之，特别是粉丝团，已经开始尖叫了，叫着"阿晏""陶晏之"，至于孟小兰，不知何时已经穿好"装备"，胸前挂着一个口哨，额头绑着一个写着大大"胜"字的红色布条，依旧安静地坐着，只是很大胆地看着陶晏之，眼神全是坦荡的喜欢。

不知为何，宋秋旻竟有些羡慕，真好，能这么光明正大地看着他，不像自己，偷偷摸摸，跟做贼一样。

哨声一响，比赛开始了！

裁判把球高高抛起，陶晏之长身一跃，敏捷果断地钩住球，转身迅速把球传给王大帅。

哇！好险，差点儿被人抢断了，宋秋旻的手不自觉地用力，盯着场上那个高大灵活的身影，从来没这么紧张地看过球。

这时，她听到耳边传来一阵震耳欲聋的呐喊声。

她回头，看到孟小兰站了起来，举起胸前的口哨用力吹了一声，一声令下，看台的少女们全部训练有素地站了起来，举起手中的加油棒，有节奏地敲起来，把加油棒敲得啪啪响，孟小兰又一声哨响，这次她们齐声喊：

"陶晏之，加油！"

"（6）班，加油！"

气势浩大，排山倒海，扑面而来，完全压过对面（3）班的加油声。

第六章 陶晏之，我能叫你阿晏吗

宋秋旻："……"

孟小兰也像变了一个人，完全没有刚才坐着时的腼腆羞涩，用力地吹着口哨，指挥少女啦啦队助威，眼神充满斗志，就像一个指挥千军万马的女战士。

"看到孟团长的本事了吧。"楚夏笑道，又说，"因为有她，每次比赛，咱们班气势上就先压倒对方。唉，也是蛮心疼对手的。"

宋秋旻笑，这果然是看脸的世界，颜值即正义。

她把视线转回球场，似乎受少女啦啦队的鼓舞，（6）班的男生个个杀气十足，开局很好，气势如虹，一投一个准，其中最抢眼的就是陶晏之，身长腿长，身手矫健，无论是带球上篮，还是三分球，都显得轻轻松松，游刃有余，进了球，一个潇洒的转身，边跑边同身边的队友击掌，真是说不出的……帅！

宋秋旻盯着场上的陶晏之，又骄傲又开心，这个人是我的徒弟！

（3）班一开场就被打蒙了，现在反应过来，开始防守，尤其把陶晏之防得特别紧，好几次有三个人包抄他。

宋秋旻一紧张，就忘了这是篮球赛，站起来大声喊道："阿晏，小心！"

话音刚落，就感觉四周好像怪怪的，宋秋旻转头，看到身边的同学用一副"见鬼了"的神情看着自己，眼神也充满疑惑。

宋秋旻赶紧坐下来，端正好姿势，她太激动了，都忘了她和陶晏之的身份多尴尬。虽然在楚夏家他们能开玩笑，但在学校，他们还是一句话都不说的"仇人"。

接下来的比赛，宋秋旻没敢再为陶晏之助威，再激动也就喊一声"（6）班，加油"。

她闷闷地坐在看台上，看着一直指挥啦啦队的孟小兰，真羡慕她啊，可以光明正大地为他呐喊！

上半场的哨声吹响了，（6）班以大比分领先。

陶晏之他们下场，少女啦啦队围了上去，有送水的，有递毛巾的，把他们包围起来。

宋秋旻也偷偷跟上去，不敢靠得太前，把一瓶叫"小敏同学"的饮料放在边上，这是现在学生最流行的一款绿茶。她暗暗祈祷，小敏同学，小旻同学，希望陶晏之能喝到我送的那瓶水。

送完水，宋秋旻回到看台，楚夏一见到她就问：

"你去哪儿了，一眨眼就没见到人？"

"没，随便走走。"

"你刚才买的'小敏同学'呢？"

宋秋旻不想对楚夏说谎，只是一直笑。

聪慧如楚夏，哪会猜不出来，她故意酸酸地道："真羡慕陶某人啊，有粉丝团助威，还有'小敏同学'喝，我也很想喝'小敏同学'呢。"

宋秋旻："……"

比赛结束，（6）班毫无悬念地赢了。

大家围了上去，宋秋旻识趣地站在最外围，看着被围在中间笑得很开心的陶晏之，落日下，把他整个人照得像加了柔光一样，丰神俊逸，气宇轩昂。

他是个会发光的人呢，宋秋旻笑，觉得自己得走了，又迈不开脚步，好像……有点儿舍不得，似乎有感应般，陶晏之回头看了一眼，冲她笑了下。

那真是很明朗帅气的笑容，宋秋旻一下子心满意足，她也冲他笑了下，伸出大拇指，给他点了个赞。

今天要补习英语，宋秋旻先到竹院。

她没直接到楚夏家，而是站在竹院门口等，一看到楚夏和陶晏之过来就冲了过去，兴奋道：

第六章 陶晏之，我能叫你阿晏吗

"阿晏，你今天打得真好。"

"是大家配合到位，球赛是团体活动。"陶晏之难得不好意思了。

"是的，咱们还要——"楚夏顿了下，见他们都看过来，才笑嘻嘻道，"咱们还要给阿晏的粉丝团记上一功，没有她们，哪会这么势如破竹，对不对啊，陶同学？"

陶晏之："……"

宋秋旻笑了，她想到自己送的那瓶水，问："阿晏，你有没有喝到一瓶'小敏同学'？"

"小敏同学？没注意，"陶晏之不甚在意道，"好多饮料，根本喝不完，我分给其他同学了。"

包括自己的"小敏同学"吗？她还以为他看到那瓶饮料会想到自己，毕竟读音有点儿相似，宋秋旻期盼的心像刚绽放的花儿被残酷的烈日一晒，瞬间蔫了。

"哦。"她闷闷地应了一声，走在前面，明显情绪低落，闷闷不乐。

陶晏之小声问楚夏："你不觉得她今天怪怪的吗？"

"阿晏你是不是傻？"楚夏用一种看白痴的眼神看着他，"那瓶'小敏同学'是秋旻送的，'小敏同学'就是'小旻同学'，是她啊！"

她又很同情地说："秋旻真惨，你的支持者都组团来为你助威，她连替你喊一声'加油'都不行。"

至于原因，陶晏之没傻到连这个都不明白。

他看着走在前面的少女的身影，明明和平常没什么两样，今天看起来却有些单薄，显得有些孤单，他又想到她曾经对着他哭着说的话。

晚上，陶晏之照常送宋秋旻回家，她还是不怎么说话，手安分地扶着后车座，不知道在想什么。

沉默半响，陶晏之还是问：

"宋秋旻，我把'小敏同学'送给别人，你是不是生气了？"

"什么'小敏同学'？我不知道。"

"你别生气了。"陶晏之小声说。

"谁生气了？生气的人是小狗！"宋秋旻在后面瞪了他一眼。

"哦。"

陶晏之明白，她果然生气了。

6. 我的"小敏同学"呢

周三下午，是四强赛。

班里的同学都准备下去看比赛了，宋秋旻还在磨蹭。

楚夏催她："快点儿啊，宋老师，今天你的学生比赛呢。"

"关我什么事？"

"那你去看比赛吗？"

"……去。"宋秋旻没底气道，又加了一句，"不过我才不是去看他，我是去给咱们班助威的。"

楚夏笑了，说："知道了，小祖宗，快走，别好位置都让他的粉丝团占了。"

宋秋旻："……"

她们跑去球场，果然，和前一场一样，孟小兰她们早早来了，依旧占据着最好的位置。

宋秋旻找了个位置坐下来，告诫自己，这场比赛一定要像一尊佛一样岿然不动，别再自讨没趣了。可比赛的哨声一响，她的目光还是不由自主地追逐着陶晏之，看着那个帅气阳光的少年，跑动，跃起，看他被包抄就紧张得不行，把裤子都抓皱了。

都怪他，他简直像磁铁一样吸引人！宋秋旻为自己的不淡定找借口。

第六章 陶晏之，我能叫你阿晏吗

毕竟是四强赛，这场双方比分咬得很紧，上半场结束哨声吹响时，运动员们都出了一身汗。

宋秋旻咬着唇，她绞着后背藏着的饮料，唉，到底去不去……

正纠结着，宋秋旻就看到陶晏之突破重围，直直朝这边走过来。

那脚步不紧不慢，脸上还带着浅浅的笑意，高大的少年一步一步地走来，他们之间的距离不断缩小，宋秋旻的心莫名地高高吊起，瞪大眼睛左右看，还往后瞄了一眼，他……来找谁？肯定是来找楚夏的吧，可为什么他觉得陶晏在看自己啊？

（6）班的同学也看到陶晏之向宋秋旻的方向走过来，目光一致地望着他们，眼神充满好奇和不解。

宋秋旻正想着，陶晏之已经走到她面前，手直直伸过来，眼睛神采奕奕，笑容明朗地问："我的'小敏同学'呢？"

啊，他……是来找自己的！宋秋旻的脸"唰"一下红了，心也咚咚跳得飞快，像有只小鹿在她胸膛乱撞，不过她还是保持最后一丝理智，装出听不懂的样子："什么……什么小敏同学？"

"今天没有吗？"陶晏之一副失望的模样，又问了一次，"真的没有吗？"

小模样有点儿委屈，可怜巴巴，像个万圣节讨不到糖被欺负的孩子。

"我为什么要为你准备饮料？"宋秋旻脸更红了，说话吞吞吐吐。

这次陶晏之不回答，只是笑，那笑容阳光又坦荡，还有点儿坏，眼睛亮晶晶地看着她，暖暖的又带着期待。

他笑起来真的太好看了，那一刻，宋秋旻乱了，她忘了同学在看他们，忘了他们之间尴尬的身份，她傻傻地把藏在身后的"小敏同学"拿出来递给他，也不好意思地笑了，笑容羞涩。

陶晏之接过，打开瓶盖喝了大半，又把饮料递给她："宋老师，帮我保管一下。"

"我又不是你的储物柜,你去找你的粉丝团啊。"宋秋旻脱口而出,话音一落,脸热得几乎要烧起来,这句话太像撒娇,听着有点儿暧昧。

陶晏之只是笑,把饮料递给她:"辛苦宋老师了。"

宋秋旻到底还是接过,心里有点儿甜。她看着陶晏之在别人诧异、不解的眼神中回到场上,背依旧挺得直直的,永远那么坦荡磊落,还有一点点伟岸,好吧,不是一点点,是很伟岸。

他以后会长成像他爸那样顶天立地的男子汉,宋秋旻坐下来,心怦怦乱跳,脸红扑扑的。

楚夏托着腮若有所思地看着她,故意拖长语音,眨眨眼:"宋老师,我的'小敏同学'呢?"

宋秋旻:"……"

"(6)班加油!"

"(6)班必胜!"

接下来的比赛,宋秋旻跟同学为(6)班助威。

不过她的视线还是追逐着那高大矫健的少年,他可真灵活啊,两三个人包抄他,他都能轻松应对。宋秋旻看着看着,感觉四周静下来,她听不到助威声,看不到其他人,只看到他一个人,看到陶晏之利落地转身,跳起,投篮。

那么潇洒,那么帅气,宋秋旻还是忍不住喊:

"阿晏,加油!"

四周的人又看过来,可宋秋旻没在意,又喊了一声:

"陶晏之,加油!"

她的嗓音并不大,可陶晏之像有感应般,回头看了一眼,冲她笑了下。

宋秋旻也笑了,心里暖暖的,她想,我的学生可真帅啊!全世界他最帅!

这一场比赛赢了,但过程比上一场艰难,(6)班的同学都围过去庆祝。

宋秋旻在最外围看了一会儿，看着那个连汗珠都会发光的少年被围着，她本来想离开，就见陶晏之又是在众目睽睽之下朝自己走过来。

这次宋秋旻学乖了，没等他说，就把饮料递给他。

陶晏之边拧瓶盖边问："怎样？"

眼睛神采奕奕的，笑意满眸。

"还行，没给为师丢脸。"宋秋旻故意道。

"只是还行啊？"陶晏之露出有点儿失望的神情。

"当然，为师要求很高的。"

陶晏之摸摸鼻子："宋老师，想得到你一声夸奖，真不容易。"

"当然，同学，你还要好好努力。"宋秋旻"扑哧"笑了。

两个人都笑了，仿若他们之间没有那些纠结的往事，只是两名普普通通的同学。

四周的同学还是很奇怪地看着他们，可似乎只要站在陶晏之身边，宋秋旻就什么都不怕了，她觉得自己变得和他一样坦荡光明，只是……别人会怎样看他？

宋秋旻被孤立过，她不怕别人异样的眼光，可她不希望阿晏受到一点点伤害。她不要他像自己被指指点点，被指责，被打上有罪的烙印。

想到这儿，宋秋旻下意识地后退一步，说："他们好像在叫你，你快过去。"

"哦对，差点儿忘了，我是来叫你的。"陶晏之说，赢了比赛，王定波请（6）班的同学去撸串，叫她一起去。

"下次吧，我还有点儿事。"宋秋旻摇头。

"来吧，没别人，都是咱们班同学。"

"我真的有事。"宋秋旻笑笑，又眼睛明亮地看着他，说，"阿晏，其实，你今天打得棒极了！"

说着，她转身就跑。

直到跑得离篮球场远远的，宋秋旻才停下来，平复一下心跳，她嘴角弯起来，真开心啊，今天阿晏喝到我的"小敏同学"了！

宋秋旻也想跟同学去撸串，但场面会很尴尬吧？她不能让他为难。

陶晏之失神地站在原地，他在想宋秋旻的话，她是开心的，可她为什么不来？

"秋旻真惨，你的支持者都组团来为你助威，她连替你喊一声加油都不行。"他想起楚夏的话，心往下沉，是这样吗？

王定波走过来，拍了他的肩膀，说："走了，撸串去。"

他又有些不满地问："阿晏，你怎么和她说话？"

"我不能和她说话吗？"

"也不是，"王定波挠挠头，"就是感觉怪怪的，怎么说，她……她爸爸也是……"

"那是她爸爸，不是她。"陶晏之打断他。

王定波愣住了，神色复杂地看着他："阿晏，你……"

他没往下说，陶晏之却明白他的意思。他和宋秋旻有仇，他们之间隔着一条至亲的命，所以他不要说跟她说话，就是多看她一眼，都是错的。以前陶晏之也是这样想的，但是这样活着真的很累。

陶晏之突然说不出地烦闷，他很苦涩地笑了下，问："定波，我要是和宋秋旻做朋友，你会不会看不起我？"

"你……"

王定波沉默了，他没说什么，但陶晏之感到了他的失望，他对自己很失望。

自己真是做了件大逆不道的事，陶晏之自嘲地想，他没等王定波回答，转身去球场，拿了衣服。

"阿晏，去撸串。"有人叫他。

"不了，我有事。"

7. 最灿烂的你

陶晏之头也不回地往前走。

他回到家,妈妈正在做晚餐,回头看他还穿着球衣,一身汗水,笑着问:

"比赛怎样了?"

"我们班赢了。"

陶晏之回答,跑到电风扇前吹风。

"看你,一身汗,"陶妈妈倚在厨房门边,慈爱地看他,碎碎念,"阿晏,记得等汗吹干了,才能洗澡,不然以后会风湿痛的。以前你爸就是这样,还不听劝,一到下雨天,就喊骨头痛……"

陶晏之"嗯嗯"应着,心不在焉。

他根本不敢看妈妈,不敢看她关心的眼神,不敢看她发间的白发,连王定波都无法理解他和宋秋旻的关系,妈妈怎么可能理解?他对不起妈妈。

挥之不去的愧疚感又来了,陶晏之觉得坐不下去,他在家里简直是一种罪孽。

他站起来,说了句"妈,我带烈火去散散步",逃也似的走了。

陶晏之牵着烈火下楼,茫然地往前走,怎么办?他到底该怎么办?今天他主动同宋秋旻说话,不是没感到同学异样的眼光,说实话,不好受,可他想的是,她被孤立时,是不是也这么难受?

可他们到底做错了什么?

长这么大,陶晏之第一次感到委屈,一种对命运无法控诉的委屈。

他慢慢地往前走,想起初见,一首歌的时间,他记住她;再见,血色的一夜，漫长的孤立挣扎，她的死皮赖脸，她的执着，他们就这样一步步如冰解封，他也纠结挣扎到决定放下，可别人看不到，只会看到，他竟然和仇人之女成为朋友，有说有笑。

走着走着，陶晏之不自觉走到爸爸的墓地。

他看着永远一张笑脸的男人，跪了下来，问：

"爸爸，我错了吗？"

"我是不是做错了？"

"我是不是很不孝？"

没人回答。

陶晏之坐下来，靠着墓碑，像过去一样，哥们儿般地靠在一起。

陶晏之给爸爸讲宋秋旻的事，讲她给他送早餐，给他补课，讲他的英语进步很大，讲放下仇恨，他活得轻松不少，也讲他很迷茫，也不知道握手言和的那一刻，到底对还是错……

他只知道，这一切都是出自他的本心，他不想再伤害一颗同样受伤的心。

"爸，被人孤立，真的挺不好受的。别人那样看我，我就心乱如麻，也不知道当初她是怎么挺过来的……爸，今天我跟王定波摊牌了，连我最好的哥们儿都看不起我，你是不是也看不上我？可是你教我，做人要坦荡，我不想这么自私，一边得到她的帮助，一边让她像一只躲躲藏藏的小老鼠见不得光，抬不起头，这不公平。爸，你不是说，你人生最大的追求就是公平、公正、正义吗？"

就算身处黑暗，过得再艰难，心里也要敬仰阳光，这是陶敬光一直教导他的。陶晏之不想变成一个连自己都瞧不起的自私小人。

"阿晏，做人最重要的一定是要坦荡，言出必行，有担当。"陶晏之想起父亲的话，他蓦地清醒了。宋秋旻没犯错，虽说父债子还，但仇恨不要再延续了,他要还她公平公正,哪怕千人所指,万人唾弃。

"烈火,我要做一件事,挺蠢的。"陶晏之摸了摸安静蹲在身边的狗,"可是我觉得有必要。"

"就是对不起妈妈。"陶晏之叹了口气,她要知道他和宋秋旻成了朋友,一定很失望。

"汪!"烈火叫了一声,冲陶敬光的头像摇尾巴。

"对,这是爸爸。"陶晏之悲戚地笑了,问,"你也想他了,还是要我听他的话?"

陶晏之一直待在墓园里,夜幕低垂了还不想走,他想多陪爸爸一会儿。

直到传来急促的脚步声,陶晏之抬头,看到王定波站在面前,满头大汗,大口大口地喘气:"我就知道你在这里。"

"你……"

王定波摆摆手:"等等,让我先跟叔叔问个好。"说着,他郑重其事地朝墓碑鞠躬,这才坐到陶晏之身边。

接下来,是一阵长长的沉默,王定波先打破了安静的气氛,他说:"刚才那个问题,我认真想了一下午,现在给你答案。"

他转过头,看着陶晏之的眼睛,严肃又认真:"不会!我不会看不起你。阿晏,无论你做什么,我都觉得你很了不起。"

陶晏之呆住了,他颤抖着唇,问:"为……为什么?"

"你这不是废话吗?"王定波很爽朗地笑了,不客气地给了他一拳,"我是你兄弟啊,是你上战场,给你挡子弹的人;你下战场,带去你浪的人。别说你要和宋秋旻做朋友,就算你要和她谈恋爱,我也举双手双脚支持。"

"……别贫。"陶晏之满心的烦闷,听到王定波的话,简直一扫而光。

"真的,谁叫我是你兄弟,是你的脑残粉,对你是盲目的爱。"

"……再贫揍你了!"

第六章 陶晏之,我能叫你阿晏吗

"你敢?叔叔可在这儿看着!"

两个人都笑了,陶晏之看着王定波,眼神充满了感激和感动,轻轻给他一拳:"谢了啊,兄弟。"

王定波不好意思地笑了,又说:"其实,你这样做才对。我也觉得之前我做得太过分了,不厚道,挺对不起宋秋旻的。他爸的错,又不关她的事。楚夏说得对,咱们班得放下。"

陶晏之没说话,心情是前所未有的轻松,真好,有朋友陪着真好!

他们并肩离开,烈火慢吞吞地走在前面,四周那么暗,可他们心里亮堂堂的,像两个暗夜行路的战友,无所畏惧。

艾略特的《荒原》里有句诗是这样的:四月是最残忍的一个月,荒地上长着丁香,把回忆和欲望掺和在一起,又让春雨催促那些迟钝的根芽。风轻轻地吹,吹向我的家乡,爱尔兰的孩子,如今你在什么地方?

多适合他们,如荒原般的生活,壮烈又瑰丽,绝望又有缓慢发芽的希望。

迷茫的孩子,他们蹒跚学步,一切才刚刚开始。

陶晏之带领(6)班拿下高三篮球赛冠军后,他又做了一件大事。

那周的班会,他当着全班同学的面,给宋秋旻正式道歉,说不该任同学孤立她。

他说了三件事:

第一件事,他向所有(6)班的同学道谢。自从他家出事以来,大家为他做了很多事,帮了他很多忙,他没说感谢,但一直记在心里,同学对他的好,他都记着。

第二件事,他向宋秋旻道歉。那场事故是场意外,双方都失去了最亲的亲人,他不应该把仇恨与不满发泄在她身上,更不应该仗着同学对他的好,纵容大家伤害她、孤立她,她没有做错什么。

第三件事,他坦白,这段时间英语进步不少,全是宋秋旻私底下帮他补课的功劳。她帮助了自己,他在学校却把她当陌生人,这不公平。他希望大家能放下之前的偏见,和宋秋旻好好相处,把她当作(6)班的一分子,把她当作真正的同学。

陶晏之站在讲台上,掷地有声:

"宋秋旻,她是一个很好的人。我希望,以后我们毕业,回忆起高中生活,大家都是这样想,我们有一群很好的同学,想起的都是美好的事情。谢谢大家了!"

陶晏之向同学们郑重地道了谢,他又走到宋秋旻面前,诚挚地道歉:

"对不起,秋旻。"

他知道,这声"对不起"不能弥补她曾经受到的伤害,可他还是想说。爸爸说,犯了错,就要认错,就要去弥补。

宋秋旻愣在座位上,从陶晏之上台开始说话的那一刻,她就傻了,因为他说的第一句——"对不起,宋秋旻,对不起,(6)班的同学。"

陶晏之当着所有人的面向她道歉,这不仅仅是勇气的问题,他是与大家为敌,把自己放在曾经帮助他的同学的对立面,只因为他想还她一个公道。

真是个傻子,如果自己知道他要这么做,一定会阻拦他。

可这就是陶晏之,这就是阿晏,他就是这样一个人,永远坦荡,阳光,有担当。

宋秋旻的眼睛湿润了,她没哭,只是很感动,还有些担忧,怕同学误解他。可她的担忧并没有持续多久,因为接下来,除了陶晏之,陆续有同学过来跟她道歉。

先是王定波,一脸张扬的少年看起来还是有点儿不服气,但很诚恳地道歉:

"对不起,我以前不该带头针对你。"

"对不起,不该骂你垃圾,把垃圾倒在你的桌上。"

……

王定波再提起这些宛如噩梦的经历，宋秋旻发现，原来她已经快忘光了，她只记得楚夏挡在她面前，对所有人说"她没错"；她只记得，她坐在陶晏之的单车上，他们穿过竹海，他的哨声悠扬动听；她只记得他一步步向她走来，笑容灿烂地问："我的'小敏同学'呢？"

所有不好的难过的往事都被这些快乐温暖的回忆替代了，过去不重要也没关系，宋秋旻不自觉地望向陶晏之，他坐在座位上，也看着自己，眼神温和，笑容羞涩，阳光从窗户照进来，他如此绚丽，又如此温柔。

那一刻，宋秋旻觉得，她遇到了全世界最灿烂的人，再也没有谁能比得上陶晏之了，就算是世界第一的美少年也比不上他。

全世界最灿烂的你，她扬起嘴角，冲他笑了一下。

"很高兴认识你啊，陶晏之！"

那天傍晚，宋秋旻和陶晏之，还有楚夏、王定波并肩走在校园里。

他们要去食堂吃饭，一路说说笑笑，打打闹闹。宋秋旻显得有些拘束，羞赧地看着他们闹，她抬头看天，看到阳光透过厚厚的云层照下来，她在心里说：

"爸爸，你看到了吗？太阳出来了。"

阳光普照人间，也照在他们的心田。

希望在一点点慢慢地发芽。

陶晏之，

我不喜欢你，一点儿也不喜欢

1. 你离开后,我才学会告别

1. 秋旻,我不会演戏了

陶晏之当面向"仇人之女"道歉,这件事在(6)班沸沸扬扬了一阵子。

不过很快大家都忘了这码事,和宋秋旻的相处也越发融洽,毕竟,他们都是不记仇的年纪,再大的事笑一下就忘了,况且,他们高三了!

高三了,再大的事能大得过学习吗?

川水一中是重点中学,不用老师催促,大家都铆着劲,你追我赶地拼命学习,每一次大考,排名榜上都是一场无声的"厮杀",就算是陶晏之、宋秋旻这样同学眼中的学霸,也不敢松懈。

宋秋旻依旧抓紧时间给陶晏之补英语,她暗暗下定决心,一定要让他高考时英语上 135 分,不能让英语拖后腿。当然,陶晏之也教了她不少理科的学习窍门,两个人取长补短,互帮互助。

只有楚夏还是老样子,依旧做她(6)班的"睡神",漫不经心,成天懒洋洋的。

每当宋秋旻他们在客厅学习时,楚夏要么抱着一个大大的西瓜,安心地当一名吃瓜群众;要么抱着吉他,悠闲自在地自弹自唱。

宋秋旻有点儿担忧,但又不知怎么说,没人能要求楚夏上进,连楚夏都说:

"我考好或考坏,又怎样?秋旻,没人在意。"

她的妈妈在医院昏迷不醒,她和爸爸就算关系缓和了,还是极为冷漠,她连个奋斗目标都没有,况且,外面是怎样的一个世界,楚夏比谁都清楚,她早已厌倦。

"没意思啊,考大学、工作、结婚、生子,我站在这儿,就已经看到人生的尽头,实在没劲。"

第七章 陶晏之，我不喜欢你，一点儿也不喜欢

"你可以演戏啊！"宋秋旻认真说。

楚夏笑了，笑得很苦，许久才回答："秋旻，我不会演戏了。"

楚夏是真的不会演戏了。

《浮华梦》上映之后，还是有一定影响力的，在各大电影节拿过几个奖，连影评人也夸楚夏"脱胎换骨，是个有灵气的演员"。这几年，陆续有小剧组来找她，楚夏也尝试过一次，可她进剧组第一天就逃了，她发现，她不会演戏了，是真的不会演。

她怕看到镜头，她一看到黑色的镜头，就想到她在《浮华梦》里，对着这样黑色的镜头一遍遍重复：

"我不适合这里，我不该做不属于我的梦。"

"别做梦了，梦该醒了。"

就像一个魔咒，楚夏不由自主地想起躺在医院昏迷不醒的妈妈，想到网上的谩骂，同学的指指点点，想到她坐在谈判桌旁，听妈妈和经纪公司解约，负责人轻蔑地笑："你女儿就这样了，没价值了，早做其他打算……"

楚夏表情僵硬，一句台词都说不出来，导演怒了，骂她：

"你是'小夏天'，你演了十年的戏，现在怎么连词都说不出来？"

"我不是'小夏天'！我不是'小夏天'！"

楚夏神经质地反驳，她恨这三个字，这个名字像个枷锁牢牢地铐住她，无论她做什么，都摆脱不了。她演得不好，就说她演了十年还没一点儿演技；她读书上学，成绩一般，就被说，只有一张脸能看，没有脑子。

小夏天！小夏天！楚夏恨死了这三个字。

从剧组里逃出来之后，楚夏找过心理医生，但并没有什么用，医生只说，她应该是得了镜头恐惧症，她害怕镜头。

这世界，总有各种奇怪的恐惧症，有人害怕幽暗空间，有人怕尖的东西，还有人怕毛毛虫，可一个演员连镜头都面对不了，她还怎么演戏？

楚夏觉得很可笑，她竟害怕她对了十年的镜头，命运真爱跟她开玩笑。

你离开后，我才学会告别

"秋旻，有一天，你会发现，你所有的努力在命运面前都毫无意义，不过是垂死挣扎罢了。"

楚夏这样说。她累了，不想再去碰那个浮夸的世界，对其他东西也提不起劲。她只想守着妈妈，希望有一天她能醒来，还能听到她叫一声"妈妈"，跟她撒撒娇，说她让自己等太久，她一个人撑着，真的好累。

至于其他的，随便吧，随他去吧，她坚强太久了，现在只想让自己活得轻松点儿。

"不过，我还是喜欢你们一起奋斗的样子！加油吧，秋旻。我已经没有梦了，人生差不多就这样，但你们不一样，你们有未来。"

楚夏是笑着说的，可宋秋旻听了，只觉得难过。

宋秋旻想和她说："不是这样的，楚夏，你也有未来，你的未来会比我们所有人都璀璨光辉。"可她说不出来，只有心疼，她心疼楚夏，命运给了她很多寒风和荆棘，却没有给她些许温柔和善意。

一个被生活狠狠伤害过的人，宋秋旻怎能事不关己般要求楚夏一直坚强懂事？她啊，不过想活得轻松点儿。

最近，宋秋旻和陶晏之在客厅补习时，楚夏总是一遍遍地弹一首歌，是谢春花的《借我》。

借我十年，借我亡命天涯的勇敢，借我说得出口的旦旦誓言
借我孤绝如初见，借我不惧碾压的鲜活，借我生猛与莽撞不问明天
借我一束光照亮黯淡，借我笑颜灿烂如春天

宋秋旻和陶晏之对视，都在彼此眼里看到了担忧和心疼。

回去时，宋秋旻坐在单车后座，问："阿晏，你最害怕什么？"

陶晏之想了想，说："我最害怕我妈妈生病。"

他怕妈妈生病，怕她躺在床上，看着爸爸的照片默默流泪，那时候，陶晏之总觉得很难过，又不知道怎么办，他又问："你呢，最害怕什么？"

第七章 陶晏之,我不喜欢你,一点儿也不喜欢

我最害怕你不理我,宋秋旻在心里回答,又不好意思说出来,她认真地想了想,说:"我最怕林昭生病,他一生病,就特别严重。"

每当提起林昭,宋秋旻就很担心,担心家里的钱不够给他治病。以前她哪管林昭这些?现在他一有风吹草动,她就战战兢兢,怕他出事。

"你弟弟要小心照顾。"

"嗯,他很懂事。"

宋秋旻看着前面明明暗暗的路,又问:"阿晏,你说,什么时候我们才不会害怕?"

陶晏之没回答,他也在问自己,是啊,他们什么时候才能强大到无所畏惧,不怕命运突如其来的暴击,不怕离别,也不怕失去?

好久,他才说:"等我们经历的磨难够多了,就应该不害怕了吧。"

宋秋旻点头,可她不想阿晏经历很多磨难,只想他有简单的快乐。

晚上回到家,宋秋旻翻来覆去睡不着。

她索性起来,打开电脑看楚夏演的最后一部电影《浮华梦》。

看着好朋友在镜头前,这感觉还真是微妙啊,宋秋旻起初还在找楚夏和她小时候的差别,慢慢就被剧情吸引了,看到最后,郑彩云哭,宋秋旻也哭,她看到一颗蓬勃向上的心是怎么被现实的残酷碾压的。楚夏演得很好,《浮华梦》的导演说得对,她真的天生适合做演员。

宋秋旻起身去洗手间洗脸,她哭了一脸泪水,把同样推门出来的林昭吓了一跳。

"姐,你怎么还没睡?"林昭还迷迷糊糊的。

"睡不着,看电影。"

"什么电影?"

"《浮华梦》。"

听到这个名字,林昭的眼睛一下子亮了,找到知音般:"这是部老电影了,你竟然知道,里面饰演郑彩云的演员是不是演得特别好?"

没等宋秋旻回答,林昭继续说:"演郑彩云的是童星'小夏天',

她这部电影和之前演的都不一样，表演特别写实，细腻动人，还入围了金熊最佳女主角奖，是有史以来年纪最小的提名人！不过不知道为什么，她退出娱乐圈了，连领奖都没去，真可惜，我觉得她要继续演下去，将来一定是个很伟大的演员……"

提起"小夏天"，林昭简直滔滔不绝，完全没有停下来的意思。

宋秋旻打断他："等等，你喜欢'小夏天'？"

"是啊，特别喜欢！她，她……"林昭突然变得吞吞吐吐，有些不好意思地说，"她是我的偶像。"

宋秋旻默默地想，如果他知道他的偶像天天就坐在自己身边，林昭是不是得炸了？

"一个童星，你喜欢她什么？"宋秋旻故意逗他。

"小夏天才不是一个普通的童星！"林昭不服气道，"小夏天，她……她是我童年最好的朋友！"

见宋秋旻一脸茫然，林昭解释："姐，不知道你有没有一个人被锁在家里过？真的特别无聊，还很……孤单，还好，我遇见她——"说到这儿，林昭不自觉地微笑起来，眼睛温柔得像一汪荡漾着涟漪的清泉，"遇见小夏天之后，我就不再那么孤单了。"

林昭说的是看电视，那时，小夏天当红，打开电视就能看到她，电视里的小夏天眼睛大大的，活泼可爱，林昭羡慕地看着她，她笑他就跟着她笑，她不开心他就跟着她不开心……屋子里静悄悄的，林昭看着电视里的小女孩，交到了他人生中的第一个朋友。

那时候没有人愿意和林昭玩，大家都怕他，怕他突然发病。大家看似怕他，其实都嫌弃他，只有小夏天不会，不会嫌弃他，不会觉得他是个拖累。

是的，很小的时候，林昭已经知道拖累是什么意思了。

可以说，小夏天陪伴了林昭整个童年。别人看小夏天不过是一个童星，可林昭不一样，他是看着一个朋友慢慢长大的，就算这个朋友从来不知道自己的存在，可林昭还是喜欢她。

林昭说完，小心地看了宋秋旻一眼："姐，你是不是觉得我很可笑？把一个电视上的人当朋友。"

宋秋旻没回答，只是看着他，蓦地伸手抱住他，哽咽地说："傻瓜。"

她不觉得林昭可笑，她只觉得心疼，心疼那个被关在屋子里，眼巴巴地望着窗外的小朋友，却没有一个人理他，最后只能孤单地守着电视的小男孩，他太孤独了，所以才会和一个电视上的小女孩成为"朋友"。

"知道吗？你这个好朋友现在是我的同桌。"宋秋旻对林昭说。

林昭瞪大眼睛，不敢置信地问："小夏天是你的同桌？"

宋秋旻点点头，果然看到林昭开心得要飞起来，她笑了，问："要我介绍你们认识吗？"

"好啊！好啊！"林昭马上一口答应，又想到什么，脸"唰"地红了，摇了摇头，"呃，还是算了，姐，你帮我要个签名就可以。"

"真的不想见见偶像？"

"我……我……"林昭吞吞吐吐，跑到房间去拿出珍藏的明信片。

宋秋旻看着他落荒而逃的样子，恍然大悟，这小子，害羞呢。

她笑了，说："行，那我先帮你要签名，以后再介绍你们认识，楚夏人很好的。"

林昭点头，期待地看着宋秋旻，眼睛闪闪发光，分明在说"是吗？快说！快说！偶像的事我全部要知道"。

宋秋旻看了下时间，挺晚的，不过到底敌不过林昭期待的小眼神，草草地讲了楚夏的事，又说："她现在只想平静地生活，你别一激动就到处宣扬。"

林昭点头，眼神复杂，眼里有心疼和伤感，宋秋旻叹了口气，叫他早点儿休息。

走到房间，宋秋旻又回头看了一眼，林昭还站在原地，不知道在想什么。

第二天,楚夏一来,宋秋旻就双手奉上明信片。

"大王,求您在这里签个名字。"

"这是什么?"

"我弟弟林昭是你的骨灰级粉丝,昨天知道你是我的同桌,死活要你的签名。"

楚夏接过明信片,明信片正面是《浮华梦》的剧照,郑彩云刚到横店,小小的脸上充满光彩,眼里是鲜活的希望。楚夏愣了,眼里有一闪而过的痛楚。

宋秋旻明白楚夏不愿意提起过去,但还是解释:"他真的特别喜欢你,你的《浮华梦》他看了十八遍。"

宋秋旻把林昭的事简单地讲了下,看楚夏若有所思的眼神,又轻声说:"大王,你看,你的过去也不是一无是处,你还是陪伴了很多人成长的。"

楚夏也没说话,只是垂着眼眸盯着明信片。

宋秋旻又说:"对了,他特别嘱咐我,要签你的本名,因为他说,《浮华梦》是你开启一个伟大演员之旅的起点。"

"真新鲜。"楚夏有些嘲讽地笑了,"竟还有人要我签本名。"

要知道,世人只知"小夏天",哪认识什么楚夏?

"小夏天"是国民女儿,是童星,但楚夏,什么都不是。

楚夏问:"你弟弟有说要签什么吗?"

宋秋旻体贴地递上一张纸,这是林昭写的,出自《浮华梦》,剧里郑彩云刚到横店,到一家公司应聘一个角色,她在外面等,公司的墙上写着一行字,她记在心里,暗暗地想,这就是她要奋斗的未来。

这句话就是——

总有一天,你会给自己一个奇迹。

楚夏接过纸,笑容凝滞了,曾经,这也是她的梦想,给自己一个奇迹，做一个伟大的演员。

"我弟弟一定要我告诉你，你会创造属于你的奇迹。"

楚夏仿若没有听到，盯着这短短的一行字，半响才恢复懒洋洋的模样，有些玩世不恭地说："是吗？"

话虽如此，她还是坐下来，很认真地写：

林昭，总有一天，我们都会给自己一个奇迹。

——楚夏

楚夏签完，把明信片还给宋秋旻，照旧躲在自己的小堡垒后面趴着睡觉。

但上课铃响时，她竟难得地抬起头，认真地听了一节课，还是那懒洋洋的模样，但宋秋旻看着，总感觉她的眼睛有了一点点斗志。

2. 时光啊它走啊走，让他们相聚又分离，让他们亲密又远离

对学习，楚夏依旧表现得漫不经心，但宋秋旻感觉到了她的改变，她开始认真了。

宋秋旻和陶晏之没说什么，两个人极有默契，在夏王宫补习时总是拖着楚夏一起，补习小组变成三人行。

这样一起备考的日子，似乎过得飞快。期中考过后就是圣诞节了，三个人约定平安夜到楚夏家一起吃烧烤，好好地闹一闹，放松一下。

楚大王还特别下旨："记住，要准备礼物，没有礼物，休想进本王的宫门。"

本是很平凡的日子，因为有小伙伴的陪伴，宋秋旻也期待起来，盼着圣诞节早点儿到。

终于到了 12 月 24 日，那天正好是周末，宋秋旻带着礼物早早地出门，刚下楼，就听到一声熟悉的嗓音。

"秋旻。"

宋秋旻抬头，就看到江何穿着一件中长款的风衣，很随性地围着一条灰色围巾，手插在口袋里，笔挺地站在路边，眉眼含笑地望着自己，远远看过去，完美地诠释了什么叫玉树临风、木秀于林。

"江师兄！"宋秋旻瞪大眼睛，不敢置信地跑过去，激动道，"师兄，你……你回国了？"

"嗯，那边放假。"

"什么时候回来的？"

"昨天晚上。"江何微笑，"感觉好久没看到你，就来了。"

他注意她身上的背包，又问："你是不是有事？"

"我……"宋秋旻迟疑了，她这阵子一直盼着跟楚夏他们一起过平安夜，可江何一回国就来找自己，把他扔下也不好，她想了想，说，"我本来约了同学过平安夜的，不过没事，我跟他们说一下，晚点儿再过去。"

江何笑了，很随意地问："上次你们班那个颜值担当也去吗？"

"你说阿晏啊，阿晏也会来。"宋秋旻低头发短信，没注意到江何的眼神有点儿失落。

发完短信，宋秋旻抬头，露出一个明媚的笑容："走吧，江师兄，我代表祖国人民热烈欢迎您的回归。"

"那你可要好好招待我！"江何莞尔。

"保证完成任务！"

许久未见，两个人随便找了家店闲聊，坐下来，都是冲对方微笑，笑意满眸。

宋秋旻看着面前似乎更俊逸的江何，蓦地发现，她好像很久没想他了。江何刚走的第一个月，宋秋旻还不时拿出他的照片看一看，充满伤感，后来进入高三，忙着学习补课，没去看照片，思念就渐渐淡了。

原来，距离真的会拉远两个人的关系，就像她现在看着江何，一时间竟不知要说什么。宋秋旻终于明白，江何会问想不想谈一个很远的恋爱，因为隔得远，真的有好多问题，比如没话题，还有变生疏。

"你没给我打过一次电话。"江何说。

"我……我……"号码被不小心洗掉了，宋秋旻可以告诉江何，但她不想为自己找借口，除了电话，她有很多方式联系他，但她没有主动联系过他，她笑了笑，装可怜，"师兄，你就原谅我这个高三党，真的快累成狗。"

"好吧，原谅你一次。"江何冲她亲昵地笑，又问，"很累吗？"

"嗯，也还好，多亏了阿晏，他教了我好多学习窍门。师兄，阿晏就是你刚才说的颜值担当，他还是我们班的学霸……"

提起阿晏，宋秋旻的眼睛特别明亮有神，她没注意到面前的江何有掩饰不住的失落，他回来第一时间来看她，不是来听她夸另一个男孩的。

他喝了口咖啡，淡淡道："这么优秀？"

"嗯！"宋秋旻用力点头，她终于注意到江何的情绪不高，笑了下，讪讪道，"当然，还是比不上师兄你，耶鲁啊，全国没几个人能考上。"

她是真心的，可听着总感觉像客套，什么时候，他们之间要这样客套的言辞？

宋秋旻看着江何，蓦地有些感伤，他们这是怎么了？这是江何啊，她最敬仰的暗暗喜欢着的江师兄，为何几个月之后再见面，她竟要找话题和他寒暄？寒暄，多伤人的字眼，不该出现在她和江何之间，他们原本是无话不说的。

他没变，她也没变，可他们之间好像变了。宋秋旻望着面前同样神情复杂的江何，突然不想说话了，以前她和江何坐着，不用说话，一整晚也可以很安宁，为何她现在要拼命找话题，喋喋不休？

她看着他,他还是她喜欢的模样,面容清俊,笑容温和,可她的心不会再像过去那样怦怦乱跳。原来,她的心动也不过如此,宋秋旻打心底瞧不起自己,短短几个月,她把这么好、这么特殊的江何变成她心里的一个普通人了,那接下来,是不是路人了?

"秋旻,"江何打断了她的思绪,"这几个月好吗?"

"挺好的。师兄,你呢,在美国吃得惯吗?"

"还不错,多亏了你的那本食谱。"江何很温柔地笑了,"我跟着食谱,学会了好几道菜,住在一起的同学都说味道不错,有机会我做给你吃。"

"好啊!"宋秋旻一口答应,感叹,"师兄你都会做菜了,在国外果然很锻炼人。"

"都是美帝饮食逼的,还有,你的食谱手账写得好。"

宋秋旻羞涩地笑了,提到那本食谱,她的心里软软的。不过她也想到洛冰璇,想起上次送机那个离别的拥抱,心里又酸又涩,半垂着眼睑:"那……那有人陪你吃饭吗?"

江何一愣,看着她半晌,才回答:"有,不过——"他顿了下,"都不如你,不如你了解我的口味。"

他直直地凝视她,眼神很柔和,带着藏不住的思念,还有些缠缠绵绵的暧昧流淌在他们之间。

这是想她的意思,他在那儿都好,有人陪,有人一起吃饭,可还是想她,觉得不如她在身边好,但宋秋旻垂下眼眸,她不知如何接话,她有些愧疚,她不想骗江何,她没有那么想他。他走了,她也慢慢地把他忘了。

两个人坐了许久,江何讲了不少美国留学的事,宋秋旻听得津津有味,可到最后,她的眼睛不自觉地往店里挂着的时钟看过去,很晚了,陶晏之他们是不是都准备走了?

江何注意到她的动作,主动问:"怕你同学等太久?"

宋秋旻咬着下唇点头，有些不好意思，江何来找她，她竟心不在焉。

"你去吧，以后我们再聚。"

"这……"宋秋旻犹豫。

"没事，去吧。"江何笑得一如既往地贴心。

宋秋旻最后还是向江何告辞，匆匆去坐公交车。

江何送她，看着她坐上公交车，忍不住喊了一声："秋旻！"

宋秋旻回头看了一眼，她在他的眼里看到不舍，她想，要不算了，师兄难得回国一次，和楚夏说一下，可车启动了，她还是没跳下车，她只是看着他，说：

"师兄，平安夜快乐。"

"平安夜快乐。"

江何也这样说，他看着宋秋旻坐在靠窗的位置，从自己面前缓缓而过，渐行渐远。

江何一直看着，直到看不到，还站在原地。他叫住她，是想说，平安夜，她能不能给自己一个礼物，哪怕一个拥抱？但他最后也没说出口，因为他怕，怕把她抱在怀里，依旧满心荒凉。

就算他回国，马上来找她，可江何还是感觉到，他们生疏了。

"江何，你知道世上最残酷的是什么吗？"

"时间，最残忍不过时光的流逝。"

时光它没有放过谁，何况他从没有说出口的心动。

而宋秋旻坐在公交车上，看着一直站着目送自己的江何，心里也像有什么被慢慢掏空，带走，直到看不到他的那一刻，她终于明白他们怎么了——他们之间的亲昵没了。

时光啊它走啊走，让他们相聚又分离，让他们亲密又远离。

"师兄，我一直以为我们之间的距离是身份、地域造成的，现在我明白，不是，跟它们没关系，是我，是我从来没有主动抓住你。"

3. 你的单车后座只能我坐，以后你不准载别人，连……连楚夏也不行

这一路，宋秋旻都很失落，心空落落的。

直到她到楚夏家，看到那龙飞凤舞的"夏王宫"，才笑起来，找到组织了！

她跑了进去，边跑边喊："大王！大王！我来迟了！"

楚夏已经开始烧烤，左手鸡翅，右手玉米，故意板着脸，说："小蹄子，浪到现在还敢回来？来人，把秋贵人拉下去，喂丸子撑死她！"

"扑哧！"宋秋旻笑了，配合她的演出，嘤嘤哭起来，"臣妾自知难逃一死，可实在不喜欢吃丸子，可否谢大王把手中的凤翅赏给我？"

"大胆，连本王手中的东西都敢妄想！小陶子，快把她拉出去砍了！"

陶晏之："……你们俩够了！"

宋秋旻跑去抢楚夏的鸡翅，两个人笑得东倒西歪。

楚夏说："阿晏还说你不会来了，我就觉得你会来，我家秋贵人可舍不得让本大王一个人过节。"

宋秋旻奇怪道："他怎么说我不会来？"

"不知道，刚来时，臭着一张脸，好像谁欠他一百亿一样！"

宋秋旻没往心里去，专心撸串，三个人好久没这么放松过了，痛痛快快地闹了一夜。

把食物解决得差不多之后，三个小伙伴坐在沙发上，都是葛优躺，还是楚夏先坐了起来，两眼放光，吆喝道：

"来来来，现在是礼物时间！"

他们约定要互送礼物，宋秋旻跑去拿背包，她送给楚夏的是一个U

第七章 陶晏之，我不喜欢你，一点儿也不喜欢

盘，里面放着楚夏所有参演影视剧的视频片段，是她和林昭熬了好几个夜晚一起剪出来的，因为他们也不懂剪辑，都是临时边百度边学的。

宋秋旻想，电视剧不是经常演，医生建议亲人跟躺在床上的病人多说话，病人听到就有可能醒过来吗？楚夏很厉害，她所有影视剧都坚持用原音，楚妈妈肯定能听出这是女儿的声音。宋秋旻知道电视上的不能信，可是万一呢，万一奇迹出现了呢？

"什么东西这么神秘？"楚夏拿着U盘，甚是好奇。

"你看了就知道了！"宋秋旻笑眯眯道。

楚夏点头，把U盘收起来，又问："你送阿晏什么？你看，他要望穿秋水了。"

陶晏之："……并没有。"

楚夏："那刚才是谁眼巴巴地看着？"

陶晏之："……"

宋秋旻给陶晏之准备的是一套英语练习题，这套题是她根据阿晏的英语情况，从题库一题一题找出来，再整理打印出来的。她把打印得厚厚的试卷递给陶晏之，诚心诚意道："阿晏，把这些题做了，相信我，你英语一定会再进步5分！"

陶晏之："……"

楚夏："……"

好半天，陶晏之才一脸蒙蒙地接过试卷，干巴巴道："谢谢！"

楚夏则不厚道地笑起来，奚落道："哎呀，阿晏，感受到你宋老师的拳拳之心了吗？这些试卷一定要做完哦，做完记得给你宋老师检查一下。"

陶晏之整张脸都黑了："楚夏你够了！"

自己是很认真也很有诚意的，宋秋旻不懂他们在笑什么，问："阿晏，你是不是不喜欢？"

陶晏之："不是。"

"哈哈哈！"楚夏笑得更欢了。

楚夏送给他们一人一条玛瑙佛珠手串。

中间最大的珠子刻了字，楚夏是"夏"，宋秋旻是"秋"，陶晏之则是"晏"。

他们把手串戴上，三只手聚在一起拍了一张照片。楚夏高兴地说："都给本王记住，谁也不准脱下！咱们三个，是要做一辈子朋友的。"

"好！"宋秋旻戴着佛珠爱不释手。

"臣听命。"陶晏之难得配合楚夏的演出。

至于陶晏之，他给两个人亲手刻了一个印章，白色的玉石，红色的流苏。

宋秋旻听他说是自己刻的，心里的崇拜翻江倒海般几乎要涌出来，天啊，还有阿晏不会的吗？他简直无所不能，会搏击，会打篮球，会打架子鼓，还会刻章，人长得好看，名字还好听，简直完美！

楚夏的印章刻的是"楚大王"，宋秋旻满心期盼地蘸了印泥，轻轻印了一下，就看到白底红字，鲜红的三个字——"宋哭哭"。

"哈哈哈！"楚夏又不厚道地笑了。

宋秋旻蒙了，她以为最不济也会是个"宋老师"，怎么会是这个？她才不是"宋哭哭"！她脸一热，瞪了陶晏之一眼，眼神半嗔半怪，带着不自觉的撒娇。

"不喜欢？"陶晏之问，见她点头，又悠悠地说，"可我觉得很适合你。"

宋秋旻："……你才爱哭呢！"

陶晏之只是笑，看着她一直笑，眼里全是奚落。宋秋旻真是看得好气哦，连微笑都不能保持了，她愤愤不平：

"不行，你得给我重刻一个！"

"不要！"

"你这个不肖徒弟，一点儿都不尊师重道！"

"你都这样说我了，我更不能刻。"

第七章 陶晏之，我不喜欢你，一点儿也不喜欢

"啊啊啊，陶晏之，我生气了。"

"……随便你，反正我拒绝。"

直到两个人向楚夏告辞，陶晏之就是不松口。

宋秋旻气哼哼地走在前面，蓦地看到陶晏之的单车后座包了一个坐垫，崭新的，图案还是幼稚的蓝胖子哆啦A梦。

她眼睛亮了，回头一脸惊喜地问："这是什么？"

"坐垫，c、u、s、h、i、o、n，cushion。"陶晏之面不改色道。

宋秋旻："……"

又来这一套，阿晏啊阿晏，你这样闷骚，会找不到女朋友的，宋秋旻美滋滋地想，学着楚夏，笑嘻嘻道："这可是皇家待遇啊。来，小陶子，快扶哀家坐上去。"

陶晏之没理她，大长腿往自行车上一跨，在前面跩跩地说："还不快走！"

这么霸道总裁做什么？不过她不介意，宋秋旻乐滋滋地坐上去，感觉比坐皇家王座还开心甜蜜，她原谅阿晏那个一点儿都不尊师重道的印章了，她觉得她的学生又变成全世界最好的学生了。

宋秋旻看着前面埋头骑车的少年说："阿晏，我要给你颁一个，最佳暖徒奖。"

陶晏之不吭声，好久才说："你不要想太多，不是专门为你弄的。"

我又没说，自己都对号入座了，专门？听到没有，这是专门为我弄的！哎呀，论口是心非，谁比得上我的学生？还好为师体贴，看得到你对我的好！宋秋旻满心喜悦，已经入冬，风刮在脸上，可她一点儿都感觉不到冷，只觉得心里暖暖的。

她瞪鼻子上脸："阿晏，你给我重刻一个印章呗，那个太……随便了。"

"随便？"陶晏之在前面笑了，"你送我英语试题就不随便？"

才不随便,有些题目是她根据他的试卷做的错题集,是她一道一道打上去的,她刚要辩解,就听到陶晏之又说:

"平安夜谁想收到英语试卷啊?你还不如送我一套《五年高考三年模拟》。"

宋秋旻:"……"

他说得也是啊,虽然她是好意,可试卷真是一点儿都不浪漫,还不如他的"宋哭哭"呢!宋秋旻自己都笑了,她想了想,说:

"这样吧,阿晏,你答应我一件事,我重新送你一个圣诞礼物。"

"什么事?"

"你的单车后座只能我坐,以后你不准载别人,连……连楚夏也不行。"

说完,宋秋旻脸一热,她好像有些……有些霸道了,可是她真的不想,不想让别人坐她的宝座,坐她的蓝胖子。

陶晏之沉默了,宋秋旻抓住他的衣摆小弧度地摇了摇:"怎样,好不好?你答应我呗。"

她的嗓音软软甜甜的,带着撒娇还有不自觉的亲昵,就像小女孩在向男朋友撒娇,这是宋秋旻惯用的招式,她从小就爱向爸爸撒娇,她又问:

"阿晏,好不好?"

4. 人生如逆旅,但她要活得波澜壮阔,她要乘风破浪

陶晏之还是不说话,直到快到家,才极为勉强地说:"好吧。"

"真的?那你答应了,不能反悔!"宋秋旻兴奋道,"你要是让我看到你载别的女生,你就,就——变小狗!"

"好。"

宋秋旻心满意足了，心里甜丝丝的，她可爱软软的蓝胖子，以后就专属她一人了，陶晏之的单车后座，是她的专属王座了！

她忍不住说："阿晏，你人真好。"

一阵风吹来，陶晏之手一抖，自行车拐了一下，又稳稳地向前行驶。

宋秋旻看着前面宽阔的背，她想，她永远不会忘记，有一个少年，载着她，从初夏到入冬，穿过季节的变换，穿过时光的流逝。

到家了，宋秋旻轻盈地跳下车。

"我等着你的礼物。"陶晏之说着，就要掉转车头。

"等等。"宋秋旻叫住他，说，"我现在就给你。"

"啊？"陶晏之很是讶异，其实礼物他就随口一说，根本没往心里去。

"你先上闭上眼睛。"宋秋旻又笑盈盈道。

陶晏之闭上眼睛，宋秋旻解下身上戴着的玉，玉贴身戴着，还带着温度。

"把手给我。"宋秋旻又说。

陶晏之感到手心被放进一个温暖光滑的东西，他听到她说：

"阿晏，这是我最珍贵的东西，你一定要收好。

"平安夜平安！"

陶晏之睁开眼，只看到宋秋旻蹦蹦跳跳离开的身影。

他摊开手心，看到一块洁白无瑕的玉，上面刻着四个字——"莫失莫忘"。

《红楼梦》贾宝玉的通灵宝玉就刻着这四字，"莫失莫忘，仙寿恒昌"的"莫失莫忘"。

《仙剑奇侠传》里面，林月如送给李逍遥用来传信的铃铛，就叫"莫失莫忘"，甚至他经常单曲循环的一首曲子，也叫《莫失莫忘》。

莫失莫忘，不离不弃，非常美好的八个字，可宋秋旻真的懂这四个字的意思吗？它代表……爱情啊。

直到玉在手心的温度消逝了，陶晏之才合上掌心，跨上单车离开。

你离开后，我才学会告别

明明少了一个人，他踩单车却还没有来之前的轻松，反而有些沉重。

宋秋旻看着陶晏之离开，才放下窗帘，躺到床上。

她把玩着手里的印章"宋哭哭"，她笑得很开心，阿晏，真是个小心眼的幼稚鬼！

不过这章刻得真好，宋秋旻拿起日记本，一口气在笔记本上印了好几个章，她看着红色的字，想，他还有什么不会的？阿晏真是太有才华了。一见阿晏误终身，不知将来有多少小姑娘要为他心碎呢。

她笑了，蓦地想起一件事，玉是一对的啊，一块"莫失莫忘"，一块"此生不渝"。

啊！她一不小心，给陶晏之送了个象征爱情的属于情侣的礼物。可是又有什么关系？他那么好，宋秋旻又理直气壮起来，她就是想送给他，除了阿晏，她根本不想把玉给别人。

不知道他看到会怎么想？宋秋旻的心又怦怦乱跳，惊讶，诧异，还是会有一点点欢喜？

会欢喜吗？她是欢喜的啊，宋秋旻脸红起来，拿出手机想给他发一条信息，想问他礼物喜欢吗，又不敢，删了又改改了又删，最后发出去的是：

"到家了吗？"

好久，他才回：

"到了。"

什么嘛，这么冷淡！讨厌的陶晏之！

宋秋旻把手机丢在一旁，气哼哼地生闷气。她发泄般地拿出印章，又盖了好几个章，天王盖地虎，宝塔镇河妖，她要盖死这个讨厌鬼！

盖着盖着，她看到日记露出照片的一角，是江何的照片。

宋秋旻拿出照片，照片里的江何笑得很开心，可她想到的是，今天江何目送自己离开，公交车开过他面前，他眼里的伤感和欲言又止，他们似乎都知道，这是一场无声的告别。不知何时，她看到江何，不再是

第七章 陶晏之，我不喜欢你，一点儿也不喜欢

悲伤难过，而是像这样无波无澜，很平静。

我们过去了……宋秋旻脑子里冒出这句话，她有点儿苦涩地笑了下，他们没开始就结束了，然后就这样悄无声息地过去了，她以为，她会偷偷喜欢江何很久很久，结果，这么快就淡忘了。

我真是个薄情的人啊，宋秋旻想，爱情到底是个什么东西？还是只有年少的心动才这么不堪一击？

可我应该是喜欢过师兄的，宋秋旻把江何的照片反扣上，合上笔记本，满心惆怅，她起身，把那块"此生不渝"的玉戴在身上。

玉沉甸甸地贴在靠近心腔的位置，宋秋旻感觉心安了一些，可爱到底是怎么回事？

她有点儿睡不着。

陶晏之在遛狗，他发现，自从认识宋秋旻之后，他遛狗的次数多了。

他不懂如何面对妈妈，就遛狗；遇到想不明白的问题，就遛狗。而很多难题，是宋秋旻给的，比如她今天突然就送了他一块看起来就很贵重的玉，玉上还刻了引人遐思的四个字：

"莫失莫忘。"

他很喜欢的四个字，情深义重的四个字。

如果是其他人，跟他说这四个字，陶晏之应该不会这么欢喜，可——

为什么偏偏是她？

怎能是她？

楚夏也还没睡。

他们走后，她把宋秋旻给她的 U 盘插到电视里，是她的影视片段合集。

剪得很粗糙，但很用心，连她客串的没台词的一闪而过的角色都剪了进去，有些是很多年前的老片，难为她还找得到，哪怕画质模糊。

楚夏静静地看着，这感觉很奇妙，她看着屏幕里的人，明明是自己，

却像看别人的人生。

她看着电视里,那个只有三岁的扎着朝天辫,说话都带着奶音的小女娃在电视里长大,别人是看电视长大,而她是在电视里长大的。

楚夏笑了,笑容苦涩,她没开灯,电视屏幕的光把她的脸照得忽明忽暗,有些荒凉。

原来,她演过这么多戏啊,她都快忘了,有些是太小没有记忆,有些则是她特意遗忘了,因为不好的事。比如拍《香如故》时,爸爸来找妈妈要钱,妈妈不给,她看着他们吵架,一个气急败坏,一个歇斯底里,吓得哇哇大哭,最后吵得把酒店的服务生都招来了;还有这部《月光》,她指责妈妈是不是把自己当赚钱机器……

很多回忆,全部涌上来,楚夏想起了很多事,比如有个导演跟她说过,一个好演员,不能依赖配音演员,她记住了,苦练普通话,从来没有用过配音;比如一个拿过国际电影奖的影后曾经把她抱在怀里,教她识字,说心疼她,受苦了,她摇头说:

"不苦,我喜欢这里。我喜欢拍戏。我喜欢这个世界。"

这些话,楚夏对很多人说过,剧组的工作人员,采访她的记者、主持人。楚夏一直以为她是应付采访的客套话,可在这个安静黑暗的夜晚,楚夏逆着时光回到过往,走到那个什么都不懂的自己面前,问:

"小夏,你真的喜欢拍戏?"

"当然,我最喜欢拍戏。"

过去的还小的自己回答她,楚夏的眼泪落下来。

她想起来了,想起她为什么能坚持十年。因为她喜欢那里啊,喜欢那个用声音和画面造梦的世界,她知道所有都是假的,可她还是喜欢,她喜欢镜头对着自己,她参与其中,演某个人人生的某个片段,跟着她起起伏伏,就像自己也走过这样一段路。

楚夏默默流泪,这一夜,她忘了,这个世界曾经给她的伤害,她只记得,最初那个纯粹的梦,当导演喊"开始",镜头对着她时,她就是个演员。

"楚夏,要是你没空陪妈妈,就把这个播给阿姨看吧。我想,阿姨会听出你的声音。楚夏,你真厉害,从不用配音,一次都没有!"

宋秋旻把U盘给她时这样说,对啊,就算是为了妈妈,她也应该继续演给妈妈看,妈妈会听到的,总有一天,她也会看到的,她会醒来,亲眼看看她的女儿已经成长为一个出色的演员。

天亮了,楚夏也看了一整夜,原来,她真的演过不少戏,加起来有这么长。

楚夏站起来,去洗手间洗了把脸,她的眼睛酸涩,有点儿疼,可心里暖暖的,充满力量。

她走到露台,太阳已经出来了,光芒万丈,普照人间,眼前除了似火的朝阳,是一片碧海波涛的竹海,铺在面前,风一吹,就哗啦啦作响。

楚夏站在高处,仿若这个世界的王。

她想,总有一天,她要让大家都忘了"小夏天",她要他们,像这天上挂着的太阳一样,都认得她,认得她就是"楚夏"。

楚夏早已看透了,这世界很可笑,人也很可怜,人生啊,就是一场向死而生的游戏,可是这场游戏,她决定不退缩了,就算只是一场游戏,她也要玩得漂亮,她还要赢。她输过,可她不怕,她叫楚夏,她从不知道害怕,就算翻再多跟头,摔倒多少次,她还能爬得起来。

人生如逆旅,但她要活得波澜壮阔,她要乘风破浪。

楚夏给夏王宫的三人小组改了个群名,改成"进击的夏王宫",她还给小伙伴发了一条信息:

爱卿们,本王决定了,以后正式加入你们的补习小组,复习记得叫上朕。

小伙伴第一时间回了,都表示:补习小组实在是蓬荜生辉,众人五

第七章 陶晏之,我不喜欢你,一点儿也不喜欢

体投地,热烈欢迎楚大王。

楚夏笑了,她看了下表,还有时间,她去了趟医院,去看妈妈。

楚妈妈依旧安静地躺在床上,像睡着了。楚国民应该是陪了她一夜,见到女儿过来,问她吃早餐没,见她摇头,兴冲冲地去买早餐。

楚夏由他去,她现在和父亲关系就这样。她坐下来,给妈妈认真洗了脸,又给她按摩,轻声说:

"妈妈,我决定了,我要考首都电影学院。"

首都电影学院,全中国最好的电影学院,那里曾走出来不少出色的演员,很多人的名字都家喻户晓。

楚妈妈没有回答,安安静静,可窗外的风呼呼地吹,似乎是替楚夏助威,替她回答。

楚夏笑了,笑容心酸,但眼神坚定,眼里有蓬勃的希望。她把视频播给妈妈听,说:"妈,很快我就会有新作品了。我不会让你等太久,你也别让我等太久。我们说好的,拉钩!"

5. 秋旻,你是不是喜欢阿晏

楚夏回到学校,宋秋旻已经坐在座位上了。

"早啊,秋贵人。"楚夏打了声招呼。要是往日,宋秋旻早已默契地回上一句"大王万福金安",今天却没什么反应,傻愣愣地看着手机发呆。

楚夏觉得她不对劲,叫了两声都没反应,她轻轻推了她一下:

"宋秋旻!"

"啊?"宋秋旻这才回过神,"楚夏,你来了?"

"你怎么了,精神不振的?"

"没……没事。"

宋秋旻明显不想多说，仍是傻愣愣地盯着手机屏幕，屏幕上就一段简单的对话：

秋天的童话：你怎么还回来了？

阿晏：太贵重了，我不能收。

昨晚送出去的玉，今天，宋秋旻一到教室，就发现它被放在课桌里，物归原主了，阿晏他……他还回来了。

那一刻，宋秋旻说不清心里的感受，有失望，有难过，还有不知所措和惊慌，她自己设计、爸爸唯一留下来的，她最宝贵要当传家宝的东西，送给他，他不要。

是不是玉刻着的字吓到他了？宋秋旻想冲上去问陶晏之，她可以解释的，她没有别的意思，就是想送他而已，但她最后还只是在微信里问了。

陶晏之只回了短短几个字，太贵重了，他不能收，淡淡的，很冰冷。

宋秋旻的心被刺痛了，自己想送他，是因为她觉得他值，他配得上这块玉，陶晏之不要，贵重不贵重都是借口，分明就是他不想要。

宋秋旻觉得委屈，又不知道怎么办，怪阿晏吗？不能怪。她就是难受，说不出地难过，脑子不断转着一个问题，反复地问，为什么他不收？

宋秋旻难受极了，比看到江何和洛冰璇坐在一起讨论上哪所名校还难受，比送江何离开还难受，比在宴会受到嘲笑认清她和江何之间的天差地别还难受。

阿晏……阿晏为什么连一块玉都不接受？

一整天，宋秋旻都快快不乐，上课走神，还被老师点名批评了。

陶晏之也一样，似乎不在状态，就楚夏没在睡觉，每节课都认真地听课。

中午放学，他们有时候会一起去食堂，今天又是圣诞节，他们早早就约了要一起吃大餐，可一下课，陶晏之就跟王定波走了，走得很快，像在逃避什么。

我有那么可怕吗？宋秋旻看到陶晏之走得那么快就来气，果然陶晏之最讨厌！

"你们这是怎么了，今天一个个都怪怪的？"楚夏看不下去，问，"是不是昨晚回去，发生了什么事？"

"没，也没什么事。"

"你一副生无可恋的样子还说没事，是不是阿晏欺负你了？我找他算账去。"说着，楚夏就要撸袖子。

"不是，楚夏，你别这样。"宋秋旻赶紧拉住她，楚大王可是说到做到。

宋秋旻心里很烦，又不知怎么开口，但不说出来，她真的好难受，都怪陶晏之，好好的一个圣诞节，被陶晏之弄得一点儿都不开心！

"说嘛，到底什么事？"楚夏催她。

"就是……"宋秋旻把一直握在手里的玉拿出来，慢慢地跟楚夏讲昨晚的事情。她知道阿晏昨天就是跟她开个玩笑，可她送玉是真心的，她就觉得他这么好，她也要给他最好的礼物。

"然后，今天，他还回来了？"

"对啊。"宋秋旻点头，神情委屈极了。

楚夏沉默，神色复杂地看着她，又看了一眼陶晏之空荡荡的座位，半晌才长长地叹了口气，问：

"秋旻，你是不是喜欢阿晏？"

"什么？"

"秋旻，你是不是喜欢阿晏？"

楚夏重复了一遍，话音刚落，她看到宋秋旻整张脸都白了。

宋秋旻本能地否认："没……没有……"

可除了重复这句话，宋秋旻没能说出什么有力的反驳。

楚夏同情地看着她，这傻孩子，楚夏又重复了一遍，只有喜欢一个人，才会看着他，觉得他做什么都是好的，才会因为他一句话牵肠挂肚，才会想费尽心思讨好他，想给他最好的，才会因为他一句话，黯然失神。

宋秋旻蒙了，脑子一片空白，她……她喜欢陶晏之吗？

她怎么能喜欢他？她不可以喜欢他的啊，爸爸害了陶晏之的爸爸，她要喜欢他，他多为难？别人会怎么看他？她已经让别人对他指指点点，她怎么可以再喜欢他？不可以！绝对不可以！这是错的，这会害了阿晏！

可是阿晏他……宋秋旻想起朝夕相处的少年，陶晏之靠在沙发上安静地等她醒来，他把伞留给自己，一头扎进雨中，他对自己伸出手，说"秋旻，我们都忘了吧"，这么好的阿晏，她怎么不可以喜欢他？她怎么不可能喜欢他？

她喜欢他！她就是喜欢他！

宋秋旻终于明白，她为什么这么快就淡忘了江何，江何来找自己时，她为何一直想着夏王宫，原来她是惦记着他，惦记着要和他一起过平安夜。

宋秋旻的眼泪落下来，她也明白，她为什么会毫不犹豫地把最宝贵的代表情深义重的玉送给阿晏，因为她喜欢他啊，她不知不觉地喜欢上他了。

宋秋旻内心惶恐，茫然又不安，她惊慌地看着楚夏，眼里有泪光，她哽咽着问："楚夏，怎么办？我好像真的喜欢上阿晏了……"

可她不能喜欢他，这世上，任何一个女孩都可以对陶晏之说喜欢，说爱，可她宋秋旻没有，她没资格。她的喜欢是罪恶的，她为自己感到羞耻，她觉得无地自容。

楚夏看着被吓得束手无措面色苍白的少女，大大的眼睛蓄满了泪水，神情又惊慌又愧疚，其实，她有什么错？她不过喜欢一个人而已，楚夏的心也揪起来，生疼生疼的，她抱住宋秋旻，轻声安慰：

"别哭，秋旻，不是你的错，你没错。"

宋秋旻把头靠在楚夏肩上，想，她怎么可能没错？

她是有罪的，她喜欢陶晏之就是有罪！

好在教室里没人，宋秋旻可以痛痛快快地哭一场。

哭够了，她红着眼睛问："楚夏，我该怎么办？"

楚夏沉默，好久，她才把那块玉放回宋秋旻的手心，握住她的手，沉声说："收起来吧。"

把自己对他的喜欢收起来，就像此刻，把玉紧紧握着，谁会发现，这里藏着一块情深义重"莫失莫忘"的玉？

看到宋秋旻的脸色又白了一分，楚夏有些不忍，但还是继续艰难地说："秋旻，我不想将来你更难过。"

年少的喜欢最幼稚，可也最纯粹，秋旻没错，可她和陶晏之复杂的关系，就连一腔孤勇的楚夏都说不出鼓励的话。虽然她平时总是开他们玩笑，可那是希望他们都能放下芥蒂。楚夏深知舆论暴力的可怕，她不想她最好的两个朋友，将来被卷入世俗的流言中，被中伤，被指指点点，活得那么累。

她宁愿自私点儿，让秋旻现在就戛然而止，斩断朦胧的情愫，也不愿意将来见他们都一身伤。

宋秋旻知道楚夏说的是对的，她是为自己好，可听到她的建议时，还是眼睛一酸，泪又涌了出来，但她还是含泪点头："好，我听你的。"

"对不起，秋旻。"楚夏看她难过，也不好受。

宋秋旻摇头，说："这样是最好的。"

说完这句话，宋秋旻觉得好累，她靠着楚夏，沙哑着嗓子苦笑了下："楚夏，还好，我还有你。"

"秋旻，以后你会碰到更好的人。"楚夏拼命安慰她，"你看，阿晏没什么好的。脾气臭，人又啰唆，特别爱管人，烦死了。"

"对，特别差劲！球也打得不好！"

"看多了，也不觉得帅了，现在根本不流行他这种长相！"

"是！早就审美疲劳了！"

第七章 陶晏之，我不喜欢你，一点儿也不喜欢

宋秋旻和楚夏一起说陶晏之的坏话，她们都想轻松点儿，可宋秋旻还是感觉自己的心在一点点往下沉，沉到最深的海底，把最肤浅最深沉的喜欢都藏在深海里，再也不要跑出来，最好，永不见天日。

阿晏啊阿晏，都怪你太好，让我喜欢上你，可我不能喜欢你。

你放心，我不会让你知道的，也不会让你发现我喜欢你。

陶晏之，我不喜欢你，一点儿也不喜欢。

窗外的寒风席卷而过，寒意透过门缝偷偷渗进来。

寒冬来临，宋秋旻抱着楚夏，看着外面灰暗的天，心里有点儿想笑，为什么？为什么她的感情都是这样，还没开始就已经结束？江何如此，阿晏亦如此。

对于江何，她已经走出来了，可阿晏，她要怎么心无旁骛地和他谈天说地？

一个人明明很喜欢，要怎么装作一点儿都不喜欢他？她不像楚夏，曾是个演员，她要怎么开演？她一定是跑错剧组，拿错剧本了，不然命运啊，为什么又给她的青春发了一道她不会做的题目？还是青春就是如此，注定要在这纯白美好的年纪，留下好多好多的遗憾？

宋秋旻觉得，明明她的人生还很长，可她已经遇到最大的难题。

阿晏，你就是我一生的困扰啊！

第八章

陶晏之，
我不想和你说再见

1 你离开后，我才学会告别

1. 新的一年了

哭过之后，宋秋旻好受了一点儿。

她把玉收起来，当这件事没发生过，他们也都极为默契地没再提。

况且，高三啊，留给他们感伤的时间不多，楚夏正式加入夏王宫的学习小分队，一心一意地和小伙伴并肩备考。

时间过得很快，高三上学期就这么过去了，期末考他们都考得不错，楚夏进步最大，陶晏之的英语有了质的飞跃，宋秋旻的年级排名上升了几名。

然后，过年了。

这是爸爸去世之后，宋秋旻第一次过没有他的年，好在还有杜阿姨和林昭。

除夕那天，宋秋旻本想一个人偷偷去看看爸爸，陪他说说话，起来时，就看到杜月霞已经什么都准备好了，吃食、香烛，还有鲜花。

"走吧，一起。"杜月霞淡淡道，并没有多说什么。

宋秋旻点头，心里暖暖的，原来，不是只有自己惦记着爸爸。

一家三口去了墓园，给宋军扫墓，祭拜。

宋秋旻跟爸爸说了很多话，说她交到了真正的朋友，他们都对她很好，她成绩进步了，叫他放心。

她又在心里跟爸爸说：

"爸爸，你也要好好的，告诉你一件事，我和陶警官的儿子成了同学，不过你不用担心，我们已经是朋友了，阿晏他人很好，比任何人都好。对，他叫阿晏，陶晏之，名字是不是很好听？爸爸，你要在下面有碰到陶警官，就跟人家好好道歉，其他的，我来做，我会对他好的。"

宋秋旻给宋军认真地磕头，抬头看到杜月霞拔掉墓边石缝的一根草，碎碎念：

"老宋，家里一切都好，你要多回来看看。

"旻旻很想你。"

宋秋旻眼圈一红，阿姨没说，但她知道，她也是想爸爸的，她看过杜月霞凝视爸爸的照片，偷偷抹眼泪。

她又对爸爸说："爸爸，我现在真的挺好，阿姨对我也特别好。"

扫完墓，三个人回家，一起热热闹闹地过年。

年夜饭时，杜月霞多摆了张椅子，多添了双碗筷，说："你爸会回来过年的。"

虽然椅子上空荡荡的，可宋秋旻看着碗筷，那一刻真的相信，爸爸会回来，他们一家团圆。这世上没什么比一家团圆更珍贵。

吃完年夜饭，大家围着桌子等春晚开始。

宋秋旻打开手机刷朋友圈，看到同学们大多在晒年夜饭，比压岁钱，一派喜气洋洋的过年气氛。

宋秋旻刷着刷着，蓦地想起楚夏，她是怎么过年的？

她肯定会去医院陪妈妈，宋秋旻想，脑子闪过冷清清的医院，楚夏守着妈妈，孤零零地看春晚。

不行！我要去陪她！

宋秋旻打定主意，跟杜月霞说了楚夏的事，杜月霞倒是支持，就是不放心她一个人，叫林昭陪她一起去。

那阿姨不就是一个人？宋秋旻婉拒杜月霞的好意，说现在还早，还有公交车，就急匆匆要走，又被杜月霞叫住，她一脸无奈：

"带点儿吃的啊,这孩子……"

"对哦!"

宋秋旻不好意思地笑了,还是阿姨贴心。

打包食物时,林昭在一旁帮忙,很是幽怨地看着宋秋旻。

"姐,我也想陪偶像过年。"

"你啊,就在家里好好陪咱妈,下次吧!"

宋秋旻轻轻点了一下他额头,教训他。

"那记得帮我说一声,祝我偶像新年快乐!"

"放心啦,会的。"

宋秋旻边说边走,她带着一大包吃食坐上公交车,怀里沉甸甸的,心里暖暖的。

除夕夜,街道难得没什么人,宋秋旻对着窗户玻璃哈了一口气,她刚才说什么了,"好好陪咱妈",她笑了,好像有点儿亲密,可是听着感觉……也不错。

妈妈,应该就是阿姨这个样子的吧?

宋秋旻一下车,就碰到同样提着大包小包的陶晏之,两个人都愣了。

"你……来陪楚夏?"

"你……来陪楚夏?"

两个人异口同声,又都笑了,这就是默契,这就是朋友啊!

宋秋旻笑着问:"阿晏,你来这里,你妈不就一个人了?"

"她已经睡了,她赶我来的。我妈认识楚夏,知道我过年时,都会来陪她。"

阿晏真是宇宙第一大暖男啊,他的妈妈也真好,宋秋旻忍不住感叹。

楚夏果然在病房里,正无聊地盯着手机,听到动静,看了过来,无精打采的眼睛一下子就亮了,一脸欣喜地冲了出来。

第八章 陶晏之，我不想和你说再见

"阿晏！秋旻！你们怎么来了？"

"来给大王，还有太后请安。"

宋秋旻打趣道，楚夏乐了，搂住她，不客气地亲了她一口，笑嘻嘻地说："我就知道，朕的爱妃不会忘记本王！还有——"

楚夏看了陶晏之一眼："小陶子，明天就给你升职加薪，升你做大内总管！"

陶晏之一脸黑线："……不用了，谢谢！"

"别啊，不用客气。"楚夏一脸眉飞色舞。

看楚夏开心，他们也开心。三个人一起进病房，这才发现，楚夏的父亲楚国民也在，只是刚才父女俩各占据病房的一角，谁也没说话，没人注意到楚国民。此时，他紧张地站起来，驼着背，手放在裤腿边，讪讪地不知道说什么好。

宋秋旻和陶晏之跟他问好："叔叔过年好。"

"过年好，过年好。"楚国民连忙应道，也不敢多说话，看着有几分可怜。

宋秋旻难免有些恻隐之心，不过想到他之前做的事，又实在可恨。她环视病房，发现病房是布置过的，春联、窗花、中国结，一样不少。

"我跟护士姐姐说好的，只能放一两天，我妈喜欢热闹，这样喜庆点儿。"楚夏解释道。

宋秋旻点头，把食盒拿出来，还好还好，都还热着。

楚夏迫不及待地拿了块炸鸡腿，放进嘴里，直夸好吃，杜阿姨简直是现代厨神。

再加上陶晏之带来的食物，竟把医院的小桌板摆得满满的，围在一起，还真有过年的气氛。宋秋旻看着仍束手无策站着的楚国民，不知道怎么办，直到陶晏之碰了楚夏一下。

"楚夏，叫你爸一起吃啊。"

楚夏动作一滞,半天没反应,大家都以为她不会开口,她有些别扭,粗声粗气道:"过……过来吃点儿,我同学带了很多。"

楚国民蒙了,他大概没想到有一天女儿还会同他说话,愣了半天才手忙脚乱,连连摆手:"不不不,我不饿,不饿。你们吃,你们吃。"

他说得结结巴巴的,口气全是卑微的讨好,像怕说错话,在女儿面前楚国民不是一个父亲,更像一个罪人,一个犯人。

宋秋旻看得不是滋味,又明白,他们的矛盾不是一朝一夕就能化解的。

不过楚夏松了口,病房的气氛也没之前那么尴尬。楚国民还过来同他们说了几句话,问父母知道吗,这么晚,又过年,会担心的,还有谢谢他们大年夜跑来陪楚夏。

"叔叔,您不用客气。我们是朋友,对不对啊,大王?"

"不对,你是我爱妃。"

两个人没心没肺地笑了,楚国民也跟着笑,宋秋旻看着,觉得这样挺好的。

三个人关上门吃吃喝喝,打打闹闹,闹了一夜,中途还跑到医院楼下偷偷放烟花。其实不算烟花,是烟花棒,一人举着一根烟花棒,看黑暗中燃起三簇小火花。火花虽小,可仿佛也能把黑夜照亮,照得他们眼睛亮晶晶,也照得心里一片光明。

不远处,传来"轰轰"的鞭炮声,漫天的烟花一起绽放,似乎要把黑夜照成白昼。

他们一起抬头看烟花,楚夏感叹。

"新的一年了。"

"是啊。"

"我们给新年定个小目标吧?"

"好啊。"

"那我先说,"楚夏闭上眼睛,神情认真,"我希望我妈妈能醒过来!"

第八章 陶晏之，我不想和你说再见

宋秋旻也双手合十："我希望大家都好好的，林昭不要生病，我能考上好大学！"

轮到陶晏之了，虽然他一脸嫌她们幼稚，很不屑的样子，可最后还是说："希望妈妈能健健康康。"他心里又想，愿妈妈早日走出伤痛。

许完愿，三个人抬头看漫天的烟花，火光把他们的脸照得明艳艳的。

宋秋旻忍不住问："大王，我们的愿望会实现吗？"

"肯定会！"楚夏拉过她的手，紧紧握住，冲她露出一个自信的笑。

宋秋旻点头，刚刚，她还在心里偷偷许了一个愿望，那就是——

她希望阿晏，每一天都好好的，快快乐乐。

2. 很好，很好，一切都刚刚好

宋秋旻和陶晏之陪楚夏到了天亮才回去。

回去依旧是陶晏之送她，闹了一夜，宋秋旻也乏了，昏昏欲睡，困得头一点一点的，最后差不多趴在陶晏之背上睡过去，直到到家，才被叫醒。

"啊，到家了？"宋秋旻还迷迷糊糊的。

"是啊，"陶晏之笑她，揶揄道，"宋秋旻，你知不知道你流了我一背的口水。"

"啊？"宋秋旻一慌，赶紧去擦口角，明明什么都没有，她终于反应过来被他骗了，她不满道，"陶晏之，你这个骗子！"

陶晏之已经一溜烟儿跑了，只留下一个潇洒的背影，冲她摆手：

"秋旻，新年快乐。"

好吧，阿晏，新年快乐。

宋秋旻看着他离去的背影，笑了。

259

她回家后,困得只想往床上一躺,又眼尖地看到卧室的书桌上放着一个红包。宋秋旻拿起来,厚厚的,应该是杜月霞给她的压岁钱。

洗手间传来冲水的声音,林昭迷迷糊糊地走出来,揉着眼睛问:

"姐,你回来了?怎样,我偶像看到你,高兴吗?"

"高兴!你偶像要我跟你说,祝你新年快乐,好好学习。"

"哇!"

林昭露出迷弟的满足神情,看到她手中的红包,又说:"对了,这是压岁钱,妈给你的。她这次真大方,给我包了二百块。"

说着,他也不再在意,又回去睡觉。

宋秋旻打开红包,数了数,心里不是滋味,五百。

她五百,林昭二百,而林昭这小子还挺开心,上天对他也并不公平,给他一个治不好的病,一个要小心翼翼的身体,一个嫌他是累赘离开他的生父,所以他一直活得战战兢兢,小小年纪就十分懂事。

宋秋旻记得,爸爸还活着时,就不止一次说过,林昭比她懂事。可如果有人宠有人爱,谁愿意早早懂事?懂事不过是没得选择,一种早熟的生存方式。

宋秋旻心里酸涩,她抽出三张钞票,另找了个红包包起来,去找林昭。

她鲜少进他们的卧室,不大的房间放了两张床,感觉走路都要横着走。林昭正搂着被子呼呼大睡,睡相倒是挺幼稚的。宋秋旻看了一会儿,伸出手,包住他的脸,她的手刚被吹了一路,冷冰冰的。

林昭果然被冻醒,看到她,痛苦地喊:"姐,你到底是不是我亲姐?"

"我当然是你亲姐了!"宋秋旻笑眯眯道,她把红包放在被子上,"赏你的。"

林昭这下彻底清醒了,起来拆红包,又塞回去,还给她:"我不要。"

"怎么了?"

第八章 陶晏之，我不想和你说再见

"你自己又没多少钱。"

"哟，还敢小瞧我，"宋秋旻把红包塞回去，"拿着，这是我自己赚的！我不是跟你说过吗？我给同学补英语，这是他给我的补习费。"

"真的？"

"当然，收着吧！本来姐姐就要给弟弟压岁钱的。"

林昭这才收起来，特别高兴地感叹："姐，你终于做了件亲姐的事。"

"臭小子，会不会说话？我平时对你不好吗？揍你了啊！"

"好好好，特别好。"

林昭赶紧求饶，宋秋旻这才放过他，她也觉得，她自己终于像个姐姐了，以前更像……一个欺负弟弟的熊孩子。

她打量了下房间，说："你和阿姨住一间，到底不方便，要不我们换一下？"

"不行，我妈每天那么早起来，会吵到你，你都要高考了。"

"我睡得很死的，听不到。"

"不行，这个没得商量，我妈不会答应的。"

"好吧，"宋秋旻没办法，又说，"那等我高考完，再跟你换。"

林昭这才答应，眼睛笑眯眯的，弯成两个好看的月牙，嘴甜道："姐，你真好。"

要放过去，林昭这样说，宋秋旻准会在心里嘀咕"哼，马屁精"，今天她听着却挺高兴的，她看着睡得头发乱七八糟的林昭，有些嫌弃，又笑着跟个小傻子，不过挺可爱的，算了，以后对他好一点儿。她看被子叠得整整齐齐的另一张床，问：

"今天不是初一吗，阿姨怎么还出摊？"

"她跟人去庙里，说给咱们求平安符。"

"哦。"宋秋旻点点头。

杜月霞没多久就回来了，果然给了他们一人一个平安符。她还欣喜地跟宋秋旻说，她抽了一个上上签，说这是个好兆头，她高考肯定没问题。

你离开后，我才学会告别

宋秋旻笑着应着，她想阿晏说得对，爸爸虽然走了，可她还是有家，有家人陪伴的。

而陶晏之回到家，被风吹了一路，也毫无睡意。

也不知妈妈醒了没，他动作尽量放轻，开了门，看到妈妈已经起床了，还做好早餐，正坐在餐桌旁看手机，一看到他，就站起来，笑道：

"阿晏回来了？快过来吃饭。楚夏妈妈怎样？"

"还是老样子。"

"唉，楚夏也是个命不好的，希望她妈早点儿醒来。"

"肯定会醒的。"

妈妈难得这么神采奕奕，陶晏之心里暗自高兴，开心地和妈妈坐着一起吃饭。

早餐很丰富，看来妈妈很早就醒了，陶晏之很是内疚，爸爸不在的第一个年，他竟没陪妈妈过。虽然昨晚她早早睡了，可这样也不对。

他忍不住问："妈，你是不是睡不着，起来等我啊？"

"没有，我睡得挺好的。"陶妈妈笑眯眯道，"昨晚，我梦到你爸来了，把我骂了一顿，说虐待他儿子，有多久没给你做早餐。我起来，想了想，好像是有一阵子没给你做饭了。"

她又慈爱地看他："阿晏，这段时间辛苦你了，你放心，妈妈会振作起来。"

"妈——"陶晏之激动得不知说什么，心里又苦涩又感动，他偷偷给爸爸点赞，终于知道回来看妈妈了！

母子俩坐着吃饭，有说有笑，家里的气氛难得轻松。陶晏之暗自高兴，看来昨天许的愿望灵验了。

吃完早餐，陶晏之动作麻利地去洗碗，听到妈妈在问：

"对了，阿晏，昨天病房的另一个女孩是谁啊？"

第八章 陶晏之,我不想和你说再见

陶晏之心一惊,手一滑,手里的碗差点儿掉下来,他尽量装作平静地问:"什么女孩?"

"就是楚夏朋友圈发的照片,只看到一个背影,是你们班来了新同学吗?"

"哦,哦,那个是楚夏的朋友,也来看她。"

"这样啊,"陶妈妈笑眯眯道,"我还以为你也学别人,交女朋友。"

"妈!"

"害羞啦?"

陶妈妈难得有心思开玩笑,陶晏之却疲于应付,他……他又对妈妈撒谎了,从第一个谎言开始,他撒的谎越来越多了。

洗完碗,陶晏之实在不知如何面对妈妈的笑脸,他借口去遛烈火。

"去吧,"陶妈妈乐呵呵道,又递上一个红包,"儿子,拿着压岁钱,去买几件新衣服,收拾得漂亮点儿。"

陶晏之接过,心情是说不出的复杂。

烈火乖巧地跟他出门,一下楼,被冷风一吹,瑟缩了一下。

"对不起,总是拿你当借口。"陶晏之蹲下来,摸了摸它的大脑袋。

"汪。"烈火叫了一声,似乎说没关系,走在前面。

陶晏之跟着烈火,手里紧紧握着红包,这是他第一次拿压岁钱,心里充满愧疚,妈妈对他这么好,他却一次次地骗她,他真的很不孝顺。他叹了口气,把红包放进口袋,摸到一个硬硬的东西,他拿出来,是一个红包,很厚。

陶晏之打开,红包里塞满了钱,还有一张字条,是宋秋旻的字迹。

阿晏:

钱还给你,如果你不要,就当为师给你的压岁钱。

还有,很高兴认识你,新年快乐。

宋老师

这钱是他之前给她的早餐费和补习费,她又还回来了。应该是今天趁他没注意,偷偷塞到他的口袋的,她一分钱也没收,是真的想帮他。

为什么?为什么她不能讨厌点儿,偏偏是这么好的人?陶晏之把红包放回口袋,心情复杂,他想起之前她送给自己的那块玉,他又还回去了,她没说什么,但两个人着实尴尬了一阵子。

好像他们之间有点儿不同了,怪怪的,陶晏之说不出来,就觉得不一样了,比如他总是不经意地想起宋秋旻,想起她的笑,眼睛明亮,笑容很甜,想起她叫自己的名字,"阿晏""阿晏"地叫,嗓音清爽,又很亲昵。明明很寻常的称呼,却总让他心头一热,心软软的,脸还有些烫。

宋秋旻,秋旻,陶晏之心里念着她的名字,他想,她要不是宋秋旻就好了。

这样,他或许可以给她一个"莫失莫忘"。

可她是宋秋旻啊!

陶晏之叹了一口气,继续牵着烈火,走着走着,天空突然飘起雪,先是星星点点,然后慢慢变大,他抬头,看着漫天的雪花,纷然而下。

"汪汪!"烈火很高兴,追着雪花。

陶晏之笑了,真美啊,他把手插进口袋,碰到那硬硬的红包,本能地避开了,但最后还是紧紧握住。

下雪了,不知道她有没有看到。

宋秋旻看到了,她还打开窗,伸手去接雪花。

她想,陶晏之应该收到她给的"压岁钱"了,希望这一次不要再被退回来了。

哼,他要敢,为师就打断他的腿!宋秋旻恶狠狠地想,她觉得这样也不错,一直做他的宋老师也挺好的,起码,她的青春有这个人经过,留给她这么美好的回忆。

她在群里发信息——

秋天的童话：大王，下雪了，你看到没？

叫我大王：本王看到了！

楚夏也在看雪，她甚至很有心情地给妈妈念着：

"北国风光，千里冰封，万里雪飘……"

很好，很好，一切都刚刚好。

3. 你……你对得起你爸吗

春节一过，楚夏就要去参加艺考了。

陶晏之和宋秋旻去送她，楚夏背着一个简单的黑色双肩包，戴着她标志性的鸭舌帽，穿着一件复古红的抽绳牛角扣中长款连帽棉衣，搭浅蓝色牛仔裤，坐在行李箱上面，随便一坐，都像街拍大片，随性慵懒。

她见到两位好友很开心，站了起来，长身玉立，笑容明艳："宝贝们，本王要先行一步进京赶考啦！"

她身边并没有其他人，陶晏之问："你爸呢？"

"我叫他别来了。"楚夏淡淡道，"年纪大了，受不了奔波，况且医院那边也要他看着。"

陶晏之点头，宋秋旻不放心："那么远，你一个人行吗？"

"行！本王什么大风大浪没见过？何况区区一个艺考，So easy（很容易）。"

她这么说，宋秋旻也只得点头，又夸她："大王，你今天真是盛世美颜，一定能轻轻松下拿下他们。"

楚夏笑了："借爱妃吉言啦！"

他们三个人照旧笑嘻嘻地开玩笑，闹到快到点了，楚夏才站起来，背起双肩包，说：

"走了！亲们，不要太想本王啊！"

"大王一定会高中的，吾等等候大王归来。"

楚夏一笑，又用力抱了宋秋旻一下，转头对陶晏之说：

"小陶子，本王不在的这段时间，要好好照顾你宋老师！"

说着，她笑了笑，转身离开，没有回头，大步向前走，背影很潇洒又很孤决，像一个奔赴战场的战士，她为她的妈妈而战，为自己的梦想而战。

"总有一天，你会给自己一个奇迹。"宋秋旻蓦地想起这句话，她觉得，总有一天，楚夏会创造奇迹，会让全中国人重新记住她的名字。

梦想，会让最平凡的人闪烁光彩，何况是一个本来就自带光芒的人。

有梦想真好啊，宋秋旻感叹，从车站出来，她忍不住问身边的陶晏之："阿晏，你以后想报哪所学校？"

"我？"陶晏之眼里闪过一丝迟疑，似乎并不想说，但见她始终期待地看着自己，还是开口道，"我以前想跟我爸一样，当个警察，考警察学校。不过——"

陶晏之很苦涩地笑了下："自从我爸出事之后，我妈就跟我说，什么都可以，但是公检法绝对不行，说……太危险了，她怕我出事。"

"阿晏，你不要怪妈妈自私，我不能再没有你。"陶晏之想起妈妈的话，他摇了摇头："所以，我现在也不知道将来要做什么了。"

闻言，宋秋旻心里"咯噔"一下，她记得楚夏说过陶晏之很能打，连林昭也一直叫他陶大侠，他从小跟他爸练搏击，就是为了当警察吧？现在却……她低着头，眼里全是自责和不安，她害得他没了梦想。

气氛突然之间又沉重了，他们都不由自主地想起那场车祸。

陶晏之看了身边的女孩一眼，她低着头咬着下唇，显得消沉不安，不知为何，他不想看她这样子，他主动问："你呢，你将来想做什么？"

第八章 陶晏之，我不想和你说再见

"我……我……"宋秋旻有些结巴，她心里松了口气，阿晏真好，还主动跟她说话，她的眼睛又亮了起来，说，"我想当珠宝设计师。"

"珠宝设计师？"陶晏之莞尔，果然是女孩子，喜欢漂亮的东西，他点头，"感觉很华丽。"

"才不是因为这个，"宋秋旻打断他，谈起梦想，她仿佛也会发光，她认真严肃道，"我觉得珠宝除了是一种装饰，追求美之外，还有更深层的意义。比如，两个人相爱了，会有定情信物，要结婚，就有戒指，这些珠宝、玉石，本是没有意义的东西，可一旦成为信物，那就不一样了，那可能是一生的守诺。"

"贾宝玉有金玉良缘、木石前盟，白素贞用一根发簪找到许仙，杨过送给郭襄三根银针，因为有了承诺，这些最平凡的东西，都变得不一样了。"宋秋旻望着陶晏之，眼睛亮晶晶的，"我以后要设计很多很多独一无二的东西，给别人当信物。阿晏，你记得之前我给你的那块玉吗？那就是我设计的。"

"你设计的？"

"是啊，我随手画的，但没想到我爸找人雕出来了。"

那块玉果然很珍贵，陶晏之想，他的心情又有些复杂，但嘴上只是淡淡道："挺好看的。"

"真的啊？"宋秋旻期待地看着他，见他点头，马上绽放出一个无比灿烂明艳的笑容，又孩子气地说，"我……我将来设计的，会更好。"

陶晏之笑了，温柔鼓励地看着她："秋旻，你行的。将来，你和楚夏，都会变成伟大的人，一个是伟大的演员，一个是伟大的设计师。"

那你呢，你会是什么？宋秋旻感动地看着陶晏之，眼睛明亮清澈，她说，"阿晏，如果你能当警察，你一定会像你爸一样，也是一个伟大的警察。"

陶晏之笑笑，没说什么。

"真的。"宋秋旻又说。

陶晏之莞尔，她这是在安慰自己，他笑道："没事的，不当警察我也可以做其他的。"

可我想看你穿警服的样子，宋秋旻想，命运真不公平，让他没了亲人，还要放弃自己的梦想。她偷偷看了身边的少年一眼，高大挺拔，五官端正标致，如果他穿上警服，一定非常帅，英俊精神，比任何人都好看。

两个人边走边说，一路有说有笑。

正过年，街上人很多，宋秋旻紧紧跟着陶晏之，陶晏之也放慢脚步等她，乍一看，就像一对出来约会的小情侣，男孩俊朗帅气，女孩灵动可爱，也般配得很。两个人也并不急着回去，一路走走停停，宋秋旻不时指着什么给他看，亲密无间的样子。

直到一声带着不敢置信和惊恐的惊呼打断他们。

"阿晏！"

陶晏之抬头，看到不远处，妈妈正不敢置信地看着他们。

那一刻，陶晏之头皮一麻，后背一凉，一股寒意渗进去，他愣在原地，愧疚不安地望着母亲。

"你……"陶妈妈全身都在颤抖，气得说不出话来，半天才终于说出一句完整的话，残酷地问，"你……你对得起你爸吗？"

闻言，陶晏之的脸一下白了，毫无血色，全身如处寒冬，又被泼了一桶冷水，他看着母亲，面前颤巍巍的瘦小女人，他一句话都说不出来，也不知道说什么好。

陶妈妈一刻也看不下去，也不想理儿子，转身头也不回地走了。

"妈！妈！"陶晏之反应过来，本能地追了过去。

"阿……阿晏。"宋秋旻小声地叫了一声，手不自觉地伸出去，想拉住他，又生生地停在半空。她看着他追了过去，一向挺得直直的背，这次却有些驼了。

"阿晏。"宋秋旻小声又叫了句，她站在原地，直到看不到他，才抬起脚,发现脚早已站麻了,也不知道站了多久,她找了个地方,随便坐下来,心里很茫然。怎么办?他妈妈会骂他吗?都怪自己不好,为什么一定要和他做朋友?

宋秋旻用力地打了自己一下,她恨死自己了,打心底讨厌自己。

4. 我真不懂,你怎么能忘了你爸的死

陶晏之追着妈妈回家。

一到家,陶妈妈就直接走进卧室,把门锁上,看也没有看儿子一眼。

"妈,你听我说!我真不是故意骗你的……我和她……就普通同学的关系……"

任陶晏之怎么敲门,怎么说话,陶妈妈在屋内都一声不吭,不给任何回应。

哪怕妈妈骂他一句也好,可这样子,比打他骂他还难受,陶晏之不知怎么办,心里又急又内疚,他错了,他不该跟妈妈撒谎,不该骗她,可他……和宋秋旻握手言和真的错了吗?

陶晏之知道他伤了妈妈,可心里还是觉得,自己没错,他想放下仇恨没错,宋秋旻也没错,她不该被当作罪人一样被审判,他最大的错误就是不该跟妈妈撒谎。

爸爸说过,一家人最重要的是坦承,这样才能风雨同舟,但从他第一次对妈妈撒谎,他就把妈妈排除在外。

他伤了妈妈的心,陶晏之没再敲门,坐在门后给妈妈发短信,一条接一条。

他跟妈妈讲他和宋秋旻的事,讲和她成为同学,他也很意外,一开始他确实很怨恨她,心里想的全是报复,所以同学帮他出气,王定波带

头孤立她，可他发现，这样他并没有觉得解气，反而更苦闷。

自从爸爸去世后，陶晏之一直不快乐，甚至过得很痛苦，他要面对爸爸突然离世的打击，还要照顾妈妈，到了学校，还要和一个仇敌朝夕相对。所以，宋秋旻一次次示好时，陶晏之没拒绝，他只是想活得轻松点儿，带着仇恨活着太痛苦、太压抑了。

他知道，他自私，他对不起爸爸，也对不起妈妈，可是他好累，真的好累。

爸爸去世后，妈妈说，以后这个家就靠他了，可扛起一个家，真的好累，心累。有时候，陶晏之都走到家门口了，却不敢按下门铃，因为他怕，怕打开门，看到一个死气沉沉的家，妈妈又抱着爸爸的照片在流泪，那时，陶晏之就很想躲，躲到楚夏的夏王宫，在那里，他可以暂时忘掉悲痛、仇恨、愧疚。

可就算如此，和宋秋旻关系越来越好，陶晏之也从来没有放下心里的愧疚和不安。

他一直抱着侥幸的心理，心想，妈妈不会发现的，他和宋秋旻就是普通同学，可妈妈看到了，就这么毫无预兆地看到了。

又是意外，每一场意外都是猝不及防的灾难，爸爸的离世，是一场灾难，这次也是。

卧室传来一声又一声的信息提示声，可陶妈妈的门始终紧闭，也不知道她到底有没有看。

妈妈，对不起。

发完最后一条信息，陶晏之起身，对着爸爸的照片跪下来。

无论他有多少个理由，在妈妈面前，都是借口，不管怎样，他对不起生他养他的父母。

时间一分一秒地流逝，屋子里静悄悄的，死一般的寂静。

他们不是对峙，也不是较量，只是都太悲伤了，陶妈妈也不是无法

第八章 陶晏之，我不想和你说再见

谅解儿子，只是失望。哀莫大于心死，大概就是如此。

陶晏之一直跪着，直到夜幕低垂，天已经黑了，陶妈妈的门还是关着，屋子里没传出什么动静，陶晏之站起来，踉跄了下，腿早已跪麻，又酸又疼。

他到厨房，随便做了点儿晚餐，端到妈妈门前，轻声敲门："妈，晚上了，你吃点儿东西吧。"

陶晏之敲了半天，妈妈一声不吭，他没办法，把饭菜放在了门口。

他也没心思吃饭，又到爸爸的照片前跪着，跪之前，他忍不住看了一眼，门紧紧闭着，卧室没有开灯，因为没有光渗出来。

妈妈一点点光都不肯给他，陶晏之跪着，感觉心被抛入黑暗，温暖细碎的阳光在快速地散去，远离。

这一跪又是一夜。

跪着跪着，陶晏之中途累得睡过去，他醒来，第一件事就是去看卧室门外面的饭菜。

没人动过，还是昨晚的样子。

这样不行的，会出事的，陶晏之起来把菜端回来，重新做了早餐，又去敲门。

"妈，我做了早餐，你起来吃点儿。"

他小心翼翼地哄着，生怕自己又说错什么，但陶妈妈始终不给任何回应，要不是屋子里偶尔传来咳嗽的声音，陶晏之都要怀疑卧室有没有人了。

"妈，你至少喝点儿水吧。"

任陶晏之怎么说，陶妈妈都不理会。

陶晏之说着说着，心里也有委屈涌上来，他就算有千错万错，也是她的儿子，她就一句话都不跟他说吗？爸爸是她的丈夫，他跟宋秋旻说话，就不是她儿子了？

当然这只是一闪而过的念头，陶晏之没办法，越痛苦越纠结，也越来越惶恐不安，妈妈在里面做什么？一个人会不会出事？她会不会想不开？怎么办？她连口水都没喝……

陶晏之心急如焚，夜幕又一次低垂时，他去叫妈妈吃饭，陶妈妈还是不理会，他终于忍不住了，说：

"妈，你再不开门，我去叫开锁师傅了。求求你，跟我说句话吧。求求你了，妈。"

最后一句，他是哽咽着说的，他怕，他真的怕了，怕妈妈出事，他的人生无法再经受一点点意外，他已经没有了爸爸，不能再没有妈妈。

陶妈妈还是没回应，陶晏之擦干眼泪，说："那我去找开锁师傅了。"

他站起来就要往外走，就在这时，门终于开了，陶妈妈站在门后，冷冷地看着他，她还穿着昨天的衣服，头发也是昨天的样子，只是神色憔悴，眼睛深深地陷进去，显然陶晏之跪了一天一夜，她也没睡。

"妈……"陶晏之叫了一声，不敢看妈妈的眼睛，也不知道跟她说什么。

陶妈妈没应他，只是冷冷地看他，眼神很冷漠，仿佛那不是她疼爱了十八年的儿子，而是她的仇人，她恨他，可再仔细看，就能看到藏在眸里最深沉的痛。

"妈。"陶晏之又叫了一声，这次他跪下，哽咽地说，"妈，我错了。"

他已经跪了一天一夜，膝盖着地时，疼得他眉都皱了。陶妈妈几乎要伸出手扶住儿子，身体已经向前倾，又站直，她看着他，儿子已经这么高大，有自己的想法和主意。

怪他吗？最初的震惊和不解过去，似乎是不怪的。

怨吗？也不能怨的。

那是什么？为什么就是无法原谅？

第八章 陶晏之，我不想和你说再见

陶妈妈面如死灰，因为熬夜，深深陷下去的眼睛没有一丝神采，她没再看儿子，她的眼神轻飘飘的，飘过她引以为豪的家，墙上儿子的奖状、老公的奖章，还有他的……黑白照片。

遗照，直到今天，这一刻，陶妈妈还是不敢相信，他死了，就这么走了。没心没肺，一句话都没留下，一个招呼都没打就走了。儿子也没心没肺，那是撞死他爸爸凶手的女儿，他还能跟她有说有笑，最近他总是很晚才回来，是不是都跟她混在一起？

都说，杀父之仇，不共戴天。她当然不希望儿子去报仇，可他竟忘了他们的仇恨。

阿晏的短信陶妈妈也看了，他说，带着仇恨活着很痛苦，可她就是靠着这股怨恨，撑着这口气活着。她不原谅，许爱玲一辈子都不原谅，不原谅凶手，也不原谅凶手的女儿，父债子还，天经地义。

要怪，只能怪她有那样一个爸爸！那是她活该，罪有应得！

陶妈妈咬牙切齿地想，就在过去的一天一夜，她甚至想随丈夫去了，儿子太让她失望，可不行，她走了，那个小丫头不知又会闹出什么幺蛾子，会怎么祸害她的儿子？对，一切都是那个女孩的错，儿子没错，都是宋秋旻的错！

"阿晏，"陶妈妈冷冷地开口，一字一顿道，"你以后不要再和她说一句话，一句都不行。"

"妈……"陶晏之抬起头，悲伤地看着母亲，只看到了决绝和痛苦。

"怎么，舍不得？"陶妈妈很嘲讽地笑，她失望地看着他，"你从小到大，没跟妈妈撒过谎。可你想想，为了她，你说过几次谎话？"

陶晏之愧疚地低下头，陶妈妈没看他，她的眼神仍轻飘飘地落在丈夫的遗照处，黑白两色，他走了，把她生命中所有的光彩和温度全部带走了。

她叹了一口气，说不出的颓废和悲痛，还有些神经质，喃喃道："我真不懂,你怎么能忘了你爸的死?"

她嗓音沙哑,这句话,没有指责,没有责怪,就这么平平淡淡地说出来,却仿佛有一把锤子,重重地砸在陶晏之的胸口。

是啊,他怎么能忘了爸爸的死?

5. 再见,秋旻

开学了,高三下学期,真正的黑色高三开始了。

班级黑板上出现倒计时,(6)班的同学沉寂了不少,上课认真听讲,下课累得趴在课桌上睡觉的学生也不少。

楚夏还没回来,宋秋旻旁边的座位空空的,宋秋旻的心也空空的。

开学第一天,大家围在一起,热热闹闹地讨论都去了哪里玩,过年收了多少红包。宋秋旻看到陶晏之走进教室,她走了过去,想冲他打个招呼,却看到他直直地从自己身边走过,看也没有看自己一眼。

接下来,每一天都是这样,自己在陶晏之面前,又变成了一团看不见的空气。

那天被陶妈妈看到他们走在一起,宋秋旻就知道不好了,她无数次地想给阿晏发个信息问一下,又生生止住手,已经编辑好的短信,最终还是没发出去。

她不敢,怕听到不好的消息,怕他又一次不理自己,哪怕晚一天晚一分晚一秒也好。

可这一天终究还是来了,开学一星期,他们没再说过一句话,形同陌路。

星期五下午,宋秋旻还是来到"夏王宫",她有她家的钥匙。

许久没人来,她把房间打扫了一遍,然后拿起英语课本,等着陶晏之过来,她还要给他补习英语,她想让他高考时,英语能上 135 分。

他不会来的,不会再来的。心里一直有个声音这样说,宋秋旻不想听,也不愿意面对。

不,他会来,他会来的。她给自己鼓劲,一直望着窗外,起初还在客厅等着,后来跑到二楼的大露台,最后跑到楚夏院子的大门不断张望。

她一直等着,等到华灯初上,等到月挂柳梢,等到满天繁星,他还是没来。

他果然没来……

宋秋旻就像坚持演一部早已看到结局的无声哑剧,她一个人的独角戏。

可她就是不想离开,她还期盼着,或许,他正在赶来,正迎着寒风,穿过竹海,正在赶来的路上。

但陶晏之始终没有出现,宋秋旻也舍不得走。最后,她竟不知不觉等了一个晚上,趴在桌上不自觉地睡过去。

醒来,身上披着一条冬被,显然是有人来过了,难道是楚夏回来了?

"楚夏!楚夏!"宋秋旻喊,没人回应,她去楚夏的卧室看,没人,不是她。

宋秋旻有点儿失望,脑子灵光一闪,是——阿晏?

对,肯定是他,阿晏来过了,宋秋旻心中狂喜,她赶紧下楼,边跑边喊:

"陶晏之,你在哪里?"

宋秋旻喊了半天,把夏王宫找了个遍,还是没看到人,到底是谁来过了?

肯定是阿晏,宋秋旻心里很确定,又无比怨念,自己是猪啊,竟然睡着了?

怎么就睡过去了?宋秋旻无比沮丧,又有点儿小确幸,肯定是阿晏,

第八章 陶晏之,我不想和你说再见

阿晏之前也给自己盖过一次被子。她记得，她醒来，就看到他靠在沙发上，微风，窗帘飘扬，看书的俊美少年，那画面很美好。

宋秋旻又回到二楼，注意到桌上多了张纸，用杯子压着。她拿起看了一眼，手一抖，纸轻飘飘地落下。

纸上只有一句话，陶晏之的字迹，他写——

再见，秋旻。

可是，她并不想和他说再见。

宋秋旻还想让他的英语上135分，她还准备了好多好多试题给他做，她还想给他送早餐，不想看他啃面包，想给他当啦啦队，为他送"小敏同学"，她还想坐在他的单车后座上，和他一起穿过竹海，听他悠扬的口哨声，还想看他打架子鼓，也想拉巴扬给他听……

好多好多事，她还想和他一起做，他怎么能说再见？陶晏之，我不要和你说再见。

不要，绝对不要！

可宋秋旻的心还是像不断飘落的纸一样，落到哪里，她不知道，她只知道，她很难受。她都已下决心，不去喜欢阿晏，把心意都藏起来，只和他做普通同学，为什么这样都不行？她到底做错了什么？是不是她真的有罪？

宋秋旻坐在地上，想了很久，始终想不明白。

地板上很冷，可她像没有知觉般，痴痴傻傻地坐着。她紧紧地抱着那条被子，多么温柔的阿晏，就算和她告别，也会担心她着凉。不是陶晏之的错，是自己，全是自己的错，都怪她是宋秋旻。

如果我不是宋秋旻多好，宋秋旻想，又觉得傻，她怎么可能不是宋秋旻？

她就算改名换姓，她也是宋秋旻，也是爸爸的女儿，宋军也是她的爸爸，她永远改变不了他们之间复杂尴尬的身份。

第八章 陶晏之，我不想和你说再见

这个世界真好笑，总在她觉得明天会变得更好的时候，给她一个暴击。

宋秋旻坐在地上，满心仇怨，她不怨谁，只怪自己，直到她抬头，看到一缕阳光照进客厅。

宋秋旻起身到露台，她看到一个初升的光芒万丈的太阳，在无边的竹海上空冉冉升起。

她看着看着，眼睛湿润了，被寒夜带走的温度一点点回到身体，是啊，有什么可怕的？马上就是新的一天，新的开始。

再艰难、再黑暗的日子她都过来了，她还怕明天吗？

她不怕，陶晏之跟她说再见又怎样？她还是想让他高考英语上135分，她还要帮他实现当警察的梦想。

他不跟她说话，又一次远离又怎样？她不怕，也不怪他，因为她知道，阿晏是个多么好多么好的人，他是她见过的最美好的少年。

够了，已经够了，她该满足了，人生有这样温柔的人出现，她知足了。

只是，宋秋旻心里还是有一点点幻想，要是能和阿晏再说句话就好了。

陶晏之，我真的一点儿都不想和你说再见。

宋秋旻在这万丈光芒中想起她和陶晏之的一点一滴。

她想起，他曾冷漠刻薄地奚落自己，也站在所有人面前，承认他的错；她想起，路灯下，他伸出手，说"我们都忘了吧"；她想起，他面无表情地把快餐盒放在桌上；她想起，他偷偷把伞给自己，却骑着单车穿过暴雨；她想起，他打架子鼓，嘴角弯起坏笑的样子……

阿晏，全世界最好的阿晏，我一点儿都不想和你说再见。

宋秋旻想起一部电影《白夜行》，两个有罪的人，他们都是戴罪之身，他们约定，像陌生人一样活着，不能说话，不能见面，等着十五年后，有一天，他们能在阳光下手牵手，慢慢地走。

在阳光下手牵手，慢慢地走，多么美好的画面，宋秋旻觉得她和陶晏之和电影里面的主角很像，他们若在一起，就是有罪，可是一个人喜欢上另一个人，哪有什么应该不应该？都是不由自主。

不过，她不会告诉陶晏之她喜欢他，这是她的秘密，永远不能说的秘密。

就算这样，宋秋旻还是忍不住想——

阿晏，你说，这世上会不会有一个地方，一个很远很远我们都不知道的地方？那里没人认识我们，没人会觉得我们是有罪的，那时，我们也能牵着手，在阳光下慢慢地走。

不管是黑夜白天，都能慢慢地走，不，我不要走路，我要坐在你的单车后座上，搂着你的腰，把脸贴在你的背上，那感觉，很温暖、很美好。

阿晏，你说，会不会有这么一个地方？

如果有的话，那地方一定很美好。

山河大地，海晏河清。

而陶晏之骑着单车，飞快地穿过竹林。

他走过这条路很多次，每次身后都坐着一个笑盈盈的女孩，他们有时候会说说话，有时候则什么都不说，他吹着口哨，她哼着歌，微风轻轻地吹过脸颊。

因为有她，夜晚都变得宁静又温柔。

如今他的车后座空荡荡的，没有人坐在身后，以后也不会有，他刚跟她说了再见。给她留的字条，因为他不敢当面说，不敢看她清澈的眼睛，对着她，他说不出口，可他们终究会说再见的。

再见，再也不见。

陶晏之仰着头，逆着风向前进，风吹得他眼睛有点儿酸，他没有哭，他只是很难过，难过他们还会面对面，他却不能和她说句话，对她笑一下。

人生，是不是总是这样，有很多的身不由己，言不由衷？

可陶晏之望着前方，又想，要是有一个地方就好了。

第八章 陶晏之，我不想和你说再见

一个遥远却能对她微笑的地方。

这个地方在哪里？

没人知道，也无人回答，唯有竹林的风依旧吹啊吹，掉下一片片碧绿的竹叶，就像从空中缓缓飘落下一根根梦想的羽毛。

这根梦想的羽毛飞啊飞，飞到遥远的首都，那里有一个女孩，依旧戴着标志性的鸭舌帽，神情恬淡自若，但胸口多了个号码牌。她在等，等人叫她的名字。

"29号，楚夏。"

从前，她一直在找一个没有人认识她的地方。

如今，她要去曾经最熟悉的地方再一次开始。

这一次她要加冕为王。

她也在找一个地方，一个万众瞩目的地方。

风继续吹，把羽毛吹向更远方，这一次它漂洋过海，静静地落在大洋彼岸。

那里有个俊秀的少年，正坐在图书馆里，阳光把他照得静谧又柔和，他的神情也很温和，他在看书，确切地说，是一本手账。

有一个女孩朝他走来，看了他一眼，不满道："不是吧，又在看你的菜谱？"

男孩没回答，把手账收好，慢慢地起身。

女孩跟在他身边，问："走吧，一起吃饭。"

"不了，"男孩微微一笑，说，"我想一个人吃。"

看着一脸莫名的女孩，他又说："以后我都一个人吃饭。"

说完，他脚步轻松地向前走，后面传来女孩不满的质问：

"江何，为什么？"

因为这是我想念她的方式，男孩在心里回答。一个人吃饭时，他总是很想她。

他也在找一个地方,一个能对她说喜欢的地方,那里没有门第之见,没有隔着千山万水,只有他和她,他喜欢她。

会不会有这么一个地方?

他们都不知道,可能有,也可能没有,可能在未来,也可能在当下。

但他们都不会放弃,他们都在路上。

——本季完——

在很远很远的地方

这是我第一次写完长篇，当天马上写后记。

因为长篇完成的瞬间，我一般会松懈下来，会懒，只想无所事事。可我刚才看了一眼日历，8日，很吉利。"8"这个数字在坊间代表好运，我希望这本书有个好运气，于是在吃了几个草莓干之后，我咬咬牙，决定再啰唆几句。

一直以来，我都固执地认为自己是个言情作者，可是我的朋友啊，编辑啊，都说我不是，他们说我是个青春作者，说我是写青春故事的。于是这一次，我真的写了一个关于青春的故事，它完完整整地发生在校园，讲了三个人的成长。

阿晏、宋老师、楚大王，他们来了。

写这本小说时，我最先喜欢上的是阿晏。

说来很神奇，我对阿晏有种莫名其妙的喜爱心态，这是第一个我还没开始动笔就非常喜欢的男主角。几年前，我写《挥手告别小时光》，用了很长的时间才对叶一诺入戏，可阿晏不一样，我光叫他的名字，就非常亲切。

我只要想到他，就能想象到他的样子，笑容明朗、眼神坚毅，他很幼稚，和很多男孩一样，靠欺负和取笑来表达自己的喜欢；他也很有担当，发现自己做错了事，就会勇于承认和改正；他还很矛盾，因为他重感情，怕伤到至亲的心，也怕伤害到自己的朋友。这就是陶晏之，一个优缺点同样明显的大男孩，他不完美，可是他很好。

我真的很喜欢他。

楚夏，楚大王。

楚夏是个自带光芒的女孩，她和宋秋旻、陶晏之不一样，她很潇洒，但她也有自己的悲伤。我最喜欢楚夏的洒脱和孤决，喜欢她身上那股不怕输的劲儿，也等着她"心有猛虎，鹰击长空"的那一天。

人生就是一场向死而生的游戏。"向死而生"是楚夏最喜欢说的话，她把人生当游戏，她什么都不在乎。可就算是一场游戏，她也要乘风破浪，玩得漂亮，这就是楚夏，我们的楚大王。我还没想好，这样的楚夏会为谁驻足，但我想，那一定是个非常出色的人。

最后，说说我们的女主角宋秋旻。

说实话，我并不是很喜欢她，因为宋老师真的太爱哭了——发现自己与男神之间巨大的差距要大哭一场，和最好的朋友大吵一架后哭了，终于傻兮兮地明白自己的心意，喜欢上了阿晏但又不能喜欢时又哭了……

写着写着，我问自己，这家伙也太爱哭了吧，眼泪怎么这么多？果然是个公主病少女啊，矫情、爱哭，心理戏还特别多，真爱给自己加戏！以至于我忍不住借楚夏之口，给她取了个"水库王宋哭哭"的外号，随身携带着一个水库的泪量！

这样被作者嫌弃吐槽的女主角，宋秋旻大概是第一个。我有时候也是蛮心疼宋老师的。她并没有什么错，只是喜欢一个不该喜欢的男孩，可她的心很真挚。

我对宋秋旻最初的设定是"一个只知道花钱，别的什么都不会的公主病少女"，刚出场时她确实是这样，可后面，她慢慢地成长，不再去指责别人，不再给自己找借口，她长大了，是不是？

我期待着，她变得更好！

说了这么多，我想聪明的读者应该猜到了，他们的故事还没结束。

楚夏的妈妈会不会醒来？重回演艺圈的楚夏能不能实现人生的逆袭，让大家都记住她的名字叫楚夏？

宋秋旻和阿晏会怎样？他们能找到那个很远很远的地方吗？那个能牵着手慢慢走的地方，那个山河大地，海晏河清的地方。

还有林昭，他会不会也有自己的故事？

我不知道，我真的不知道，因为……我想先去打一局手机游戏……

这个故事呢，其实挺悲伤的。楚夏说得对，他们三个都是心里有伤的人，但里面也有很多很温柔、很温暖的力量，希望最后带给你们的还是向上的力量。

那些扎在我们血肉里让我们感到疼的痛，叫成长。

那些在成长里受过的伤，也教会了我们勇敢和坚强。

愿我们都孤勇赤诚如最初。

分享一首我很喜欢的诗给大家：

借我一个暮年，
借我碎片，
借我瞻前与顾后，
借我执拗如少年。
借我后天长成的先天，
借我变如不曾改变。

无受伤不人生，希望大家喜欢我的孩子们。

如果喜欢，可以到我的微博 @ 麦九 MJ 或公众号 maijiu2013，跟我说一句："阿晏，很高兴认识你。"

感谢一直以来有你们的陪伴，好了，我们下一部见！